Alex Brandner

Lennard

Roman

Bibliografische Information der Deutschen Nationalbibliothek
Die Deutsche Nationalbibliothek verzeichnet diese Publikation
in der Deutschen Nationalbibliografie; detaillierte bibliografische
Daten sind im Internet über www.dnb.de abrufbar.

Herstellung und Verlag:
BoD – Books on Demand, Norderstedt

ISBN: *978-3-751-94817-3*

Für B., P., M. & nochmal P.

1. FAVO

Fabian Vogt war Kunstlehrer, was für sich genommen schlechthin eine Untertreibung ist. Bereits zur Schulzeit mochten wir ihn auf Anhieb. Er war von stattlicher Figur und hatte eine wehende, hell ergraute Mähne und einen ebenso grauen Bart. Da er fast ausschließlich in weißem Hemd mit meist schwarzer Weste und dazu passendem Jackett in Erscheinung trat, glich er unserer Vorstellung eines Gelehrten des vorvorigen Jahrhunderts bis ins Detail. Einige, die ihn zum ersten Mal sahen, fühlten sich aus der Ferne an das aus jedem Geschichtsbuch bekannte Bild von Karl Marx erinnert.

Diesen Vergleich hörte Fabian Vogt aber gar nicht gerne, zumal er bei näherer Betrachtung auch nicht wirklich zutraf. Wenn überhaupt Ähnlichkeiten mit vergangenen Größen Geltung haben durften, so hatte er die fast schulterlangen Haare eines Franz Liszt, während seine Barttracht mit der Andeutung eines Schnurrbartes an Verdi erinnern konnte. Im Gegensatz zu diesen beiden verrieten seine kleinen dunklen Augen aber einen spitzbübischen Charakter, den ich im Laufe der Zeit immer mehr schätzen lernte. Sein Mund, der, hinter dem Bart versteckt, zu lächeln schien, strahlte nicht ausschließlich Liebenswürdigkeit aus, sondern verriet vielmehr eine zufriedene Überlegenheit. Daher wusste er durch einen weltgewandten und weltmännischen Gesichtsausdruck zu bestechen, mit dem er reihenweise Schülerinnen und insbesondere Kolleginnen hinzureißen im Stande war.

Wenngleich ich mit meinen Kunstwerken nicht allzu sehr brillieren konnte, sah er, der Künstler, doch immer und ganz ohne Ironie, mit der er ansonsten nicht sparsam umging, etwas Wertvolles in dem, was man tat. So war das Gemalte doch eben das Werk eines jeden einzelnen, wodurch er es verstand uns beizubringen, die bildenden Künste ernst zu nehmen. Dem Unterricht fehlte es aber keineswegs an Witz, insbesondere wenn er als Kunstschaffender ob beim Ton Formen, Aquarellieren oder Kohlezeichnen selbst ans Werk ging. In kürzester Zeit erstanden unter Favos Händen lustigste Tonfiguren, bunt-abstruse Aquarelllandschaften oder obskure, hämisch lachende Kohleskizzen. Fabian Vogt pflegte seine Bilder mit ‚Favo‘ zu signieren und erklärte, dieses Kürzel in Anlehnung an ‚les fauves‘ zu verwenden, was bei einigen seiner Ölbilder, die durch kraftvolle Linienführung und intensive Farben bestachen, unmittelbar einleuchtete. Für uns legte natürlich seine oft ungewöhnlich wilde Frisur den Namen Fauve nahe.

In der Kunstgeschichte war Favo außerordentlich bewandert, so dass er zu fast jedem kleinen und großen Kunstgenie eine Anekdote parat hatte. Wenn dies einmal nicht der Fall sein sollte, erfand er wenigstens eine gewitzte Geschichte, wobei er uns am Ende umwunden offenbarte, dass das eben Erzählte auf seinem Mist gewachsen war:

8

„Und wenn es aus unbekannten Gründen unter Umständen nicht so gewesen sein sollte, was meiner Vorstellung nach nahezu unmöglich scheint, dann ..." Dann schloss Favo schnellstens die Erzählung ab, bevor er sich restlos in dieser zu verheddern drohte. Nachdem ein tiefer Seufzer ihn in die Unterrichtsrealität zurückgeholt hatte, blitzten alsbald seine Augen auf: „Jetzt aber ran an die Arbeit!"

Selbstverständlich war er erbarmungslos in seiner Kritik an Scharlatanerie in der Kunst und noch erbarmungsloser kritisierte er die meist selbst ernannten Kunstkritiker. Ohne Zweifel zählte er sich aber selbst ebenfalls zu diesen und setzte mit von Ironie getragenem Stolz noch einen obendrauf: „Welcher dieser gewichtigen Männer hätte denn überhaupt den Mumm, mich als über ihnen stehenden Kunstkritiker zu ernennen?"

Respekt durch irgendwelche Sanktionen musste er uns nicht einflößen. Wir fragten uns seinerzeit, vor wem man denn Respekt haben sollte, wenn nicht vor ihm. Für uns war er sehr bald eine nahezu unanfechtbare Instanz des Intellekts geworden, und damals war mir keineswegs klar, ob ich es überhaupt einmal nötig haben würde, ihm zu widersprechen.

Favo war interessiert am Menschen an sich, er selbst war ein Mensch des Geistes. Ein ungeheures Wissen in Literatur, Philosophie und der Menschheitsgeschichte schlechthin schien in ihm versammelt. Man war versucht zu sagen, dass sich in ihm die Geisteskultur des Westens verkörperte, zumal er die Historie der entsprechenden Disziplinen derart verinnerlicht hatte, als ob er sie durchlebt hätte. So konnte kaum verwundern, dass Favo einem wan-

9

delnden Zitatenschatz glich, den es erfreute, einen hin und wieder berühmte Aussprüche erraten zu lassen. Seine Freude steigerte sich noch darin, eigene Zitate einzustreuen, bei denen er munter funkelnde Augen bekam, wenn man eben dieses einem seiner Lieblingsautoren oder Denker zuschrieb.

Soweit seine Welt der Geistes- und Kulturwissenschaften die Kreise der Naturwissenschaften oder der Mathematik berührten, zeigte er hierfür ebenfalls reges Interesse. Oft traf man ihn mit Tomas Toffas, unserem einstigen Physiklehrer, an, der ihn gerne in angeregte und sicherlich anregende Diskussionen über irgendwelche philosophisch-physikalische Themen verwickelte.

Wie sein Name unschwer erahnen lässt, hatte Tomas Toffas seine familiären Wurzeln in Ungarn, die dadurch verdeckt wurden, dass seine Eltern mit dem damaligen Wegzug und der Ankunft im neuen Land seinen Namen von Tamás zu Tomas ändern ließen. „Keine Bange, ich vermisse den Akzent nicht", hatte er uns versichert.

Seine äußere Erscheinung entsprach so gar nicht derjenigen Favos: Er war gut einen Kopf kleiner, hatte kurzes, schwarzes Haar und war von drahtig-sehniger Statur. In seinem Gesicht mit dunklem Teint lagen haselnussbraune Äuglein, die meist freudig aufmerksam umhersprangen, manchmal aber auch traurig in die Ferne blicken konnten. Tomas – wie auch sein Land – war uns bekannt für seine Vorliebe für Tokajer, den wir bei späteren Einladungen seinerseits in größeren Mengen mitgenießen durften. Es kam nie vor, dass der Kofferraum seines Autos nicht mit Flaschen gefüllt war, wenn er seinen ungarischen

10

Verwandten wieder einen Besuch abgestattet hatte. Er lebte mit seinem Sohn schon lange Zeit hier und sprach daher nahezu perfekt unsere Sprache. Nett fanden wir, dass Tomas das ‚ng‘, wie in ‚Zeitungen‘ nicht nasal, sondern mit diesem leicht anklingenden ‚g‘ aussprach, was insbesondere durch seine hohe Sprechgeschwindigkeit für uns schon rein physiologisch ein Phänomen war. Wenn Favo und Tomas eine ihrer hitzigeren Diskussionen pflegten und dabei die Hitze weiter anstieg, hatte Tomas die lustige Angewohnheit, mit dem Zeigefinger in den wohlgeformten Bauch Favos zu stupsen. Dieser kuriose Akt leitete schließlich das letzte Argument ein oder war es oft bereits selbst. Hierdurch senkte sich für gewöhnlich die Temperatur erheblich, und der Disput fand unter beiderseitigem Lachen ein Ende.

Neben seinem philosophischen oder metaphysischen Interesse hatte Favo für alle naturwissenschaftlichen Neuigkeiten ein offenes Ohr, da, wie er gerne betonte, die Technik der Menschen Kultur entsprang. Allerdings war er nicht milde im Urteil bei so manch verwegenen technischen Errungenschaften, wie sie sich beispielsweise bei pervers ausgefeiltem Kriegsgerät finden. Auf der anderen Seite zeigte er ohne Scheu eine fast kindliche Freude im Umgang mit technischem Schnickschnack, bei dem zweifelhaft war, ob er dem Menschen in seinem menschlichen Fortkommen tatsächlich hilfreich war. Dies war der Hauptgrund, weshalb wir bei Besuchen nie Mühe hatten, Favo ein Mitbringsel oder zu seinem Geburtstag ein Geschenk zu besorgen, das Favos Augen glückselig aufblitzen ließ.

Wie sich zeigte, sollte der Kontakt zu Favo nie abbrechen, selbst lange nach der Schulzeit fanden wir uns immer wieder bei ihm in seiner Wohnung ein.

*

Für Lennard war Favo der Glücksfall schlechthin. Schon in den ersten Kunstunterrichtsstunden erkannte Favo Lennards außergewöhnliches Talent. Er verschlang alles, was ihm Favo über bildende Künste zu erzählen vermochte. Er lernte unmittelbar die ausgefeiltesten Techniken, um Bleistift- und Kohlezeichnungen, Bilder in Öl sowie tönerne Skulpturen zu fertigen. Für jeden neuen Trick, den Favo ihm beibrachte, und für jede sonderbare technische Raffinesse zeigte Lennard sich dankbar. Oft ergab es sich, dass die beiden die gesamte Mittagszeit im Atelier, wie wir das kleine, vollgestopfte Zimmer neben dem Kunstsaal nannten, verbrachten, um dort Leinwände auf Rahmen zu spannen, neue Farben auszuprobieren oder Zeichnungen zu besprechen.

Bald vermochte Lennard in unfassbarer Perfektion im Stile der verschiedensten Kunstrichtungen zu malen, was darin gipfelte, dass er am Ende der Schulzeit Favo neunfach auf ein in ebenso viele Quadrate unterteiltes Poster bannte: Dieses Werk begann oben links im für meine Augen eher steifen pompejanischen Stil, der aber gleich einem Mosaik gemalt und erst bei näherem Hinsehen von einem echten zu unterscheiden war. Unten rechts endete es in einer lustigen, bunten Favo-Knollenfigur von Nicki de Saint-Phalle. Am meisten Anklang fand die üppig-romantische Darstellung nach Rubens in der rechten oberen Ecke, in der man Favo schlechthin mit ‚Wollust' gleichzusetzen geneigt war. Dazwischen blickte man auf eine markige Kohlezeichnung, die der Renaissance zuzuordnen war: „Luca Signorelli, nicht Leonardo", sagte Favo mit erhobenen Augenbrauen, „und dieser wuchs über Piero della Francesca hinaus." Während Lennard wortlos zuhörte, zwinkerte Favo ihm stolz weiter zu: „Du Luca, ich Piero, was? Lennard, molto bene!" Das folgende Quadrat zeigte ein naturalistisches Caspar-David-Friedrich-Bild von Favo in einem dichten, grünen Wald, fast mystisch von zarten Sonnenstrahlen beschienen, was im Hinblick auf Favos Statur selbstverständlich ein Schmunzeln hervorrufen musste. Der Impressionismus war zentral etwa im Renoir-Stil vertreten, wo Favo durch die Punktierung in bunten Farben bizarr entfremdet wirkte. Tolle Farbflächen umrahmten Favos Blick im folgenden Toulouse-Lautrec-Miniposter. Es verwunderte nicht, dass Favo noch wilder wirkte, wenn man ihn nach Otto Dix darstellte, wie es Lennard unten links meisterhaft expressionistisch gelang. Ich erahnte, dass Favo sich selbst am liebsten mit der Darstellung nach Picasso identifiziert hatte. In der Tat erstaunte mich diese Zeichnung deshalb in großem Maße, da es Lennard geschafft hatte, mit wenigen Strichen einerseits Picassos Zeichenstil zu kopieren und andererseits Favos wesensgebende Züge darin widerspiegeln zu lassen.

Lennard selbst verbat es sich selbstverständlich, irgendeinem Segment den Vorzug zu geben. Er nannte es untertrieben ‚Übungswerk' und überreichte Favo das Po-

13

ster als Abschiedsgeschenk nach den letzten Abiturprü-
fungen, die nun gut ein Jahr hinter uns lagen.

2. WIR PACKEN AUS

Da lag nun das in Luftpolsterfolie eingewickelte Ungetüm eingezwängt zwischen ein paar Kisten und den restlichen Möbeln in Lennards ansonsten geräumigem Zimmer. Es befand sich im Tiefparterre. Aber da das Haus an einem Berghang lag, konnte man von dort direkt über eine kleine Terrasse in den Garten spazieren. Das war besonders für das nächtliche Reinspazieren recht praktisch, weil man dann nicht das ganze Haus aufwecken musste. Allerdings befand sich unmittelbar über der Terrassentür ein Schwalbennest, weshalb für gewöhnlich reichlich Dreck vor diesem Eingang lag. Meinem skeptischen Blick zum Dach hinauf entging nicht, dass das Nest bereits verlassen war, obgleich der Sommer gerade erst Einzug hielt, so dass ich sauberen Fußes das Haus betreten konnte.

Es war mit Lennards restlicher Familie, den Schönethals, und dazu gehörte sein nicht ganz einfacher Onkel, eine ausgemachte Sache, dass Lennard den Flügel von Großmutter Katharina bekommen sollte, weil er schließlich als einziger den nötigen Platz dafür hatte. Das war in Wahrheit das einzige Argument, das besagten Onkel dazu bewogen hatte, dieser Entscheidung zuzustimmen.

Wir rissen die durchsichtige Plastikfolie von Lennards neuem Instrument auf, wobei die Lufteinschlüsse reihenweise knallten, was uns zusätzlich zum Spaß des Auspackens ein Gefühl von nützlicher Arbeit verlieh. Endlich kam das elegante, schwarz glänzende Instrument zum Vorschein. Geistreicherweise waren die drei gedrechselten Holzbeine nicht angeschraubt. Auch die Pedale fehlten und warteten zusammen mit ihrem Hebelmechanismus in einer Kiste darauf, von uns wieder anmontiert zu werden.

Nur unter großen Anstrengungen gelang es uns, dieses dunkle Ungetüm aufzustellen. Wir platzierten den Klavierhocker und zwei weitere Stühle um den Flügel herum. Als erstes stemmte ich das Ende hoch: „Schnell", stöhnte ich, „schieb' den Hocker hier drunter."

Völlig außer Atem von dieser nur Sekunden dauernden Aktion blickte ich noch nicht siegesgewiss auf das jetzt schräg liegende Ding vor uns.

„Irgendwie müssen wir den Hocker sichern, bevor er umkippt", meinte Lennard.

„Da ist was dran, und zu lange warten sollten wir damit auch nicht", führte ich seinen Gedanken aus.

Nachdem wir das Problem mit herbeigezogenen, schweren, büchergefüllten Kisten gelöst hatten, hoben wir die andere Seite des Instruments an, um dann gleichzeitig mit den Füßen die Sitzflächen der beiden anderen Stühle unter den Flügel zu bugsieren. Mit Schweißperlen auf der Stirn blickten wir uns stolz an. Der Stolz schwoll ins Unermessliche, nachdem es uns endlich gelungen war, das Instrument mit den Beinen und den goldfunkelnden Pedalen

16

zu komplettieren, woraufhin wir uns in das uns weich zugrinsende rote Sofa fallen ließen.

Lennards Blick fiel auf eine weitere Kiste, die unter dem Schreibtisch stand, und er machte sich nun daran, sie hervor zu ziehen. Zum Vorschein kamen kiloweise Klaviernoten, die zum Teil mit fast antikem Notendruck hergestellt sein mussten.

Danach griff er zu einer länglichen, schmucken Schachtel, die obenauf lag und überließ mir den wunderbaren Schatz an gedruckter Musikkunst mit den Worten: „Das ist wohl eher etwas für dich. Du kannst selbstverständlich mitnehmen, was dir gefällt."

„Lass mich mal schauen ... ich kann doch nicht ...", stotterte ich wissbegierig bei dem Anblick dieses schönen Fundus, und ich vertiefte mich sofort in die Notenstapel, die ich aus dem Karton hievte.

Schließlich hatte ich das Glück gehabt, seit dem vierten Lebensjahr auf Kosten der Nerven meiner Eltern und meiner Schwester Klavier spielen lernen zu dürfen. Dementsprechend hatte ich im Laufe der Zeit eine reichhaltige, allerdings wenig geordnete Sammlung an Klaviernoten auf, neben und um meinem alten Klavier herum angelegt. Das Klavierspiel war eines der ganz wenigen Dinge, genauer gesagt das einzige, was ich außergewöhnlich gut konnte und wovon ich glaubte, ein echtes Talent zu haben.

Als ich einen französischen Band sämtlicher Chopin-Walzer entdeckte, setzte ich mich an Lennards neuen alten Flügel und spielte voller Entzücken den Minutenwalzer, um gleich den Tastenanschlag des Instruments zu testen,

17

der, wie sich herausstellte, wunderbar leicht war und sehr rasche Repetitionen zuließ. Dies gipfelte darin, dass ich die Taktgeschwindigkeit ununterbrochen steigerte, was Lennard erst zu einem Lächeln und schließlich zu einem herzlichen, offenen Lachen veranlasste, wie ich es bis dahin von ihm noch nicht gekannt hatte.

Erstaunt wandte ich mich nach der gespielten Minute Lennard zu: „Kanntest du den berühmten Minutenwalzer etwa noch nicht?"

„Natürlich", wiegelte Lennard ab, „den kenne ich schon lange, sehr lange."

Er lehnte sich mit verschränkten Armen an den Flügel, nachdem ich mich noch einmal vergewissert hatte, dass dieser sicher stand, und holte aus: „Wie du weißt, war ich früher als kleiner Junge und auch zur Schulzeit sehr häufig bei meiner Großmutter. Meine Eltern haben sich im Studium kennen gelernt und in derselben Kanzlei ihre Arbeit begonnen. So ergab es sich, dass ich oft bei meiner Großmutter Katharina übernachten durfte und manchmal auch wochenweise bei ihr war. Da stand dieser schöne, schwarze Flügel im prächtigen Salon ihrer Gründerzeitvilla mit dem Klavierbänkchen davor. Du warst doch auch mal da?"

„Klar ...", warf ich ein.

Er fuhr unerschrocken fort: „Und ich patschte als kleiner Pimpf auf den Tasten herum, woraus aber bis heute bekanntermaßen nie etwas Großartiges geworden ist. Eines Tages, ich erinnere mich genau, nahm sie mich an ihrem Flügel auf den Schoß und raste immer schneller den Minutenwalzer runter, bis ich sie am Ende Lachtränen über-

18

strömt mit lautem ‚Nochmalnochmal'-Gerufe aufforderte, das Stück ein zweites und ein drittes Mal zu spielen."

Dich, Deine Gegenwart vermisse ich.

Lennard blickte ins Leere und durchbrach das Schweigen nach einer Pause: „Das ist überhaupt meine erste Musikbegegnung, die sich in mein Gedächtnis eingebrannt hat. Und Franziskus schaute uns dabei zu."

Lennard nahm vorsichtig seine bei seiner Großmutter lieb gewonnene Statue, die ihn sein junges Leben lang begleitet hatte, aus der Schatulle und stellte sie vorsichtig auf den Flügel.

Mir wurde immer klarer, wie eng Lennards Beziehung zu seiner Großmutter gewesen sein musste. Zwar lag die Beerdigung bereits einige Wochen zurück, war mir in diesem Moment aber präsenter denn je. Glücklicherweise hatte ich kurzfristig entschieden, dort zu erscheinen. Obgleich mir Lennard schon am gleichen Tag vom Tode seiner Großmutter berichtet hatte, sprachen wir nicht über die bald stattfindende Trauerfeier oder gar darüber, ob es ihm recht gewesen wäre, wenn ich dort anwesend sein würde.

Ich lief zu Fuß die leichte Anhöhe zum Friedhof hinauf und fragte mich an diesem grauen, regnerischen Tag, ob es bei Beerdigungen denn immer regnen und ein grauer, kalter Wind wehen müsse. Da ich zum ersten Mal eine Trauerfeier miterlebte, konnte ich diese Frage nicht mit Klarheit beantworten.

An einer Hecke schnitten Gärtner hervorstehende, frische grün-freche Triebe heraus, was von zwei krächzenden Krähen mürrisch beäugt wurde. Ein paar Meter weiter fand ich sonderbar große Mülltonnen, die übervoll mit ausgedienten roten Totenlichtern gefüllt waren. Eine mächtige dunkle Wolke betonte, dass heute die Sonne nicht mehr zu sehen sein werde, und es begann kräftiger zu regnen. So eilte ich durch das Friedhofstor, an traurigen Gräbern vorbei hin zur Kapelle.

Auf den letzten Metern schwirrten mir abstruse mathematische Abschätzungen durch den Kopf, wie viele Beerdigungen ich denn miterleben müsste, um bei einer über das Jahr zufällig angenommenen Verteilung von Regentagen realistisch behaupten zu können, dass es bei Beerdigungen tatsächlich immer regnet. Diese pietätlos anmutenden Gedanken verloren sich aber rasch, als ich in die Friedhofskapelle trat. Darin waren viele dunkel gekleidete Herrschaften, Verwandte und noch mehr Bekannte der Verstorbenen versammelt, die sich bereits auf die Bänke zu verteilen begannen. Ich setzte mich ebenfalls und erkannte Lennard von hinten neben seinen Eltern in der ersten Reihe sitzen.

Das Verhältnis zu seiner Mutter war nicht besonders ausgeprägt, von außen betrachtet fast nüchtern. Sie war zwar eine liebenswerte aber doch eine überaus ehrgeizige Frau mit klarem Blick für Karriere und berufliche Ziele. Daher fand sie kaum Zeit für häusliches Familienleben, dem sie ohnehin nicht viel abzugewinnen schien.

Lennards Vater hingegen hegte reges Interesse am schulischen Tun seines Sohnes, insbesondere je älter sein Sprössling wurde. In vielen nächtlichen Unterhaltungen, die ursprünglich von den behandelten Sachthemen der verschiedenen Fächer ausgingen, diskutierten sie reichlich und

20

sicher gewinnbringend über alle möglichen Aspekte. Dementsprechend gewannen diese Gespräche höchstens dadurch eine persönliche Note, wenn der Vater begann, aus seinem Erfahrungsschatz zu schöpfen und hie und da eigene Erlebnisse schilderte.

Daher suchte Lennard, wenn ihn etwas tief bewegte, das Gespräch zunächst mit seinem Vater, ehe er sich mit seiner Mutter besprach. Man konnte sich sicher sein, dass es dem Vater als Jurist in einer angesehenen Anwaltskanzlei wahrlich Leid tat, wenn er aufgrund seines Berufes nicht die Zeit fand, mit Lennard zu sprechen.

Andere Verwandte glaubte ich nicht zu erkennen. Außer einem mürrisch dreinblickenden, stämmigen Mann, der so gar nichts von Lennards Statur hatte, von dem ich meinte, dass er Lennards wenig beliebter Onkel sein müsse. Im gleichen Moment dachte ich: ‚Der Mann ist aufrichtig.‘ Denn er bemühte sich wenigstens nicht freundlich zu tun, wenn er es im restlichen Jahr über ja auch nicht war.

Die Trauerfeier wurde von einem freundlich dreinblickenden, etwas gebückt gehenden Geistlichen durchgeführt. Er war ein enger Bekannter der Verstorbenen gewesen, und so ergab es sich, dass er einen beeindruckenden und bewegenden Nachruf in freier Rede vortrug. Alle lauschten gebannt. Alle waren in den wunderbar stillen Pausen in Gedanken vertieft.

Merkwürdig, dass Menschen das Leben erst zu vergegenwärtigen scheinen, wenn der Tod sie dabei streichelt.

Beim Verlassen der Kapelle erhaschte ich einen Blick von Lennard, dessen aufblitzende Augen verrieten, dass ihn meine überraschende Anwesenheit sehr freute. Während ich in dem Trott der Leute mitging, zerbrach ich mir den Kopf, in welcher Form ich denn kondolieren könnte. Diese Gedanken führten zwar weit aber zu keinem befriedigenden Ergebnis.

Vor dem offenen Grab mit dem herabgelassenen Sarg sprach ich zunächst Lennards Eltern schlicht mein Beileid aus. Nun stand ich vor Lennard und blickte in seine getrübten Augen. Ich gab ihm meine Hand und legte die andere um seine Schulter. Sogleich zog er mich an sich und umarmte mich. *Es ist in der Tat schwer nachzufühlen, wie einem ein Stück aus dem Herzen herausgeschnitten wird.* Meine wortlose Anteilnahme ließ mir die Tränen in die Augen schießen, und mir wurde bewusst, welch großer Verlust dieser Tod für Lennard bedeuten musste.

Bevor er mich entließ, schauten wir uns durch diese eindrucksvolle Erfahrung in unserer Freundschaft tief gestärkt dankend an. Nachdem ich eine Weile beiseite stehend gewartet hatte, kam Lennard zu mir, um mir nochmals für mein Kommen zu danken. Ich meinte, er solle lediglich wissen, dass ich für ihn da sei und es mir schwerfiele, nachzuvollziehen, wie es ihm denn tatsächlich ginge.

*

Ich selbst hatte Lennards Großmutter, wenn er bei ihr anzutreffen war, zwar einige Male gesehen. Es wäre aber vermessen zu behaupten, dass ich sie dadurch sehr gut kennengelernt hätte. Sie hatte früh ihren Mann verloren und war mit ihren beiden Söhnen zurück zu ihrem Vater, der schon einige Jahre später starb, in das prächtige Haus

22

gezogen, das nur zwei Straßen weiter im alten Viertel lag. Obwohl sie vom Glück nicht sehr beschenkt wurde, war sie eine lebensfrohe Frau gewesen und hatte zugleich etwas von einer wohlerzogenen Dame des Bildungsbürgertums alter Schule. Jeder, der zu Besuch gekommen war, verließ ihr Haus mit einem Lächeln, und der restliche Tag schien einem nichts mehr anhaben zu können.

Die grundpositive Haltung zog sie unzweifelhaft zu großen Teilen aus ihrer Religiosität, die nicht so sehr dem frommen sonntäglichen Kirchgang als vielmehr den ihrer Meinung nach wahrlich christlich lebenden Menschen verpflichtet war. Bis ins hohe Alter und bis kurz vor ihren Tod behielt sie eine beneidenswerte Würde, sie ließ sich nicht gehen, sie litt nie vor anderen, sich zu beschweren war ihr fremd. Es war nicht Stolz, der bei so manchen von einem Hauch Arroganz umweht war, es war ihre Würde, mit der sie ihr Leben meisterte, die einen beeindruckte. Lennard spendete die Gewissheit Trost, dass seine Großmutter immer in ehrlichem Umgang mit dem Tod, der die Seelen heimholte, gelebt hatte und sie darin ihrem Glauben entsprechend Frieden gefunden haben musste.

Wir hatten früher am Ende unserer Schulzeit miteinander ausschweifende Diskussionen bis lange in die Nacht hinein über die Wurzeln unserer Kultur und der damit verbundenen Bedeutung des Christentums geführt. Selbstverständlich hatten wir schnell die allzu naheliegenden Kritiken an der Amtskirche, an verbissener Radikalität, an päpstlichen Dogmen und befremdlichen Weisungen hinter uns gelassen, um uns lieber mit dem zu befassen, wovon wir glaubten, dass es Kern der Religionen sei. Anfangs setzten wir uns mit der politischen Dimension wie beispielsweise dem Missbrauch von Religion oder von Menschen gemachter Ideologien auseinander und lasen reichlich Bücher, um der geschichtlichen Entwicklung ein wenig gerecht zu werden. Doch um dem eigentlich christlichen Glauben und seinem Prinzip Liebe näher zu kommen, begannen wir Stellen aus der Bibel herauszusuchen, die wir in naiver Exegese sezierten. Nicht selten kamen wir zu dem Schluss, dass Lennard doch aus dem in reichlich gesundem Erfahrungsschatz eingebetteten Bibelwissen seiner Großmutter Katharina schöpfen sollte.

Nur ein oder zweimal kam ich daraufhin mit zu Lennards Großmutter, wo wir uns in der Nähe des Flügels, auf dem Franziskus thronte, mit einer Tasse Tee wissensdurstig auf Thonetstühlen niederließen. Dort trug sie mit mildem, fast buddhistischem Lächeln nie verlegen Ansichten vor, erzählte etwas aus Biographien oder rezitierte weit weisende Sätze. Bereichert um neue Ansichten und Verknüpfungen mit anderen Textstellen setzten Lennard und ich einige Tage später unsere Reise in die Religionen fort.

Mit dieser Franziskusstatue verband Lennard außer der Erinnerung an seine Großmutter all diese zu bejahenden Eigenschaften des Christentums, die er durch sie erfahren und die sie seiner Ansicht nach gelebt hatte. Mit einem Blick auf diese wunderschön gearbeitete Porzellanstatue fragte ich:

„Hast du deiner Oma denn auch deinen Zweitnamen zu verdanken?"

„Ja, und da bin ich ihr sicher nicht böse. Franziskus von Asissi. Wir waren mit der Familie – ja tatsächlich,

24

meine Mutter und ihre Schwiegermutter waren dabei – in seiner Heimat, in Asissi gewesen."

Lennard hielt inne und ließ noch einmal diesen Italienaufenthalt Revue passieren.

„Dort hatte ich eine Menge Spaß und Großmutter Katharina hat mir alles Mögliche erzählt und geduldig meine Fragen beantwortet. Es kommt mir schon wie eine halbe Ewigkeit vor."

Unwillkürlich blätterte ich wieder in dem Notenstapel herum, woraufhin Lennard mich fragte:

„Was meinst du denn zu dem Flügel?"

„Klingt gar nicht mal so verstimmt, wie ich es wegen des Transports in dieser Sommerhitze befürchtet hatte. Sehr schöner Tastenanschlag ... und die tiefen Töne ... Hör mal!", und ich setzte an, eine Abfolge von Akkorden bis zum tiefen ‚A' durch den Raum dröhnen zu lassen.

„Einfach klasse!"

Lennard sah amüsiert zu, wie ich mich in das Klavierspiel hineinsteigern konnte, und er meinte mit Blick auf die Notenkiste:

„Nimm doch alle Noten mit."

„Ich kann doch nicht ...", entgegnete ich reflexartig. Aber offensichtlich musste meine Mimik ehrlicherweise das genaue Gegenteil verraten haben. Er ergriff die Kiste, drückte sie mir in die Hände und stapelte die paar anderen umherliegenden Notenhefte obendrauf.

Voll bepackt verabschiedete ich mich kurz und machte mich bestens gelaunt auf den Weg nach draußen. An meinem alten Fahrrad angelangt, mühte ich mich ab, die Kiste auf dem Gepäckträger zu befestigen.

In diesem Moment kam Beatrix über die Straße gelaufen, Beatrix von Mayendorff. Sie sah toll aus, wie sie schlank und elegant mit ihrem offenen, wehenden Haar herüberschritt. Mir schoss durch den Kopf, dass sie ihrem edlen Namen, aus dem sie glücklicherweise, bescheiden wie sie war, nie einen Hehl machte, allein durch ihre angenehme, ansehnliche äußere Erscheinung einmal mehr alle Ehre erwies.

„Hallo Beatrix, das ist ja eine schöne Überraschung. Wann bist du denn wieder zurückgekommen?"

Sie war offenbar vor kurzem von ihrem Au-pair-Aufenthalt in London zurückgekehrt.

„Hallo, du, ich bin gestern Abend wieder gelandet, und ich dachte, dass ich euch sicher hier bei Lennard antreffen werde."

Wir begrüßten uns umständlich, da ich es nicht wagte, meinen Notenschatz aus den Händen zu geben.

„Ist Lennard denn da?"

„Ja klar, du kannst unten reingehen, er freut sich bestimmt."

Da ich wusste, dass Beatrix ganz gut und vor allem gerne Klavier spielte und mir schon oft zugehört hatte, fügte ich ihre Neugierde weckend hinzu:

„Und schau dir seine neue Errungenschaft an!"

3. DER WETTBEWERB

Am ersten verregneten Julisonntag rief mich Favo an, um sich mit uns in der Stadt zu verabreden. Bevor ich Lennard zu diesem Treffen abholte, musste ich unbedingt bei Elinas Wohnung vorbeifahren, um dort endlich meiner Pflicht nachkommen zu können, ihren Briefkasten zu leeren und die hoffentlich noch nicht verdorrten Blumen zu gießen. Mein Gewissen trübte sich passend zum Wetter ein, weil ich zu allem Unglück zunächst Elinas Wohnungs- schlüssel nicht fand. Sie hatte sich genau vor einer Woche damit vertrauensvoll an mich gewandt, da ihre Nachbarin ebenso wie sie selbst für vierzehn Tage verreist war. Und heute erst erinnerte mich der Regen, der sich hoffentlich schon um die Balkonblumen gekümmert hatte, an mein Versprechen.

Als ich an ihrem Haus angekommen war, stieg ich wegen des heftigen Regens besonders rasch vom Rad ab und stiefelte tropfnass drei Stockwerke hinauf. Um innen nicht alles nass zu machen, legte ich zunächst meine wassergetränkte Jacke im Treppenhaus über das Geländer und begann mit dem Versuch, die Tür zu öffnen.

Der Schlüssel passte nicht!

„Typisch, erst finde ich den Schlüssel nicht und dann das!", dachte ich, „das kann wieder nur mir passieren."

Ich versuchte es erneut, doch es war nichts zu machen, die Wohnungstür ließ sich nicht öffnen. Entnervt blickte ich umher. Dabei fiel mein Blick auf das Türschild. Darauf stand allerdings nicht Elina Dirsten, sondern Dr. phil. C. Schmidt, was endlich dazu führte, dass bei mir der Groschen fiel.

Glücklich darüber, dass niemand mein tumbes Unterfangen mitbekommen hatte, ging ich weiter in den vierten Stock. Dort vergewisserte ich mich sofort, ob der ersehnte Name auf der Klingel vor der Tür prangte: Elina Dirsten. Ich atmete auf.

In der Wohnung fragte ich mich als erstes, ob mir diese Unmenge an Grünzeug bei einem früheren Besuch nie aufgefallen war, obwohl es jetzt gar nicht mehr so grün aussah. Schließlich kannten wir uns schon eine Weile und hatten die letzten beiden Schuljahre nahezu den gleichen Schulweg gehabt. Da sie in ihrem Leben ständig umgezogen war, beschloss sie, als ihr Vater als Diplomat erneut eine Auslandsstelle bekommen hatte, nicht mit ihren Eltern wegzuziehen, sondern sich diese gemütliche Wohnung zu nehmen.

Die meisten Pflanzen sahen sehr müde aus, und ich machte mich daran, die allzu traurigen Blätter abzurupfen und einige verdorrte vom Boden aufzulesen. Nachdem ich alle Blumentöpfe reichlich unter Wasser gesetzt hatte, fuhr ich endlich los zu Lennard.

28

*

Obwohl wir spät dran waren, warteten Lennard und ich noch eine Zeit lang mit wärmenden Getränken im Café, bis sich Favo, von oben bis unten durchnässt, strahlend zu uns setzte. Er warf seinen triefenden Regenmantel über die Stuhllehne und verkündete uns stolz, dass er es nun geschafft hatte, den Stadtrat nach längerem hin und her zu überzeugen, einen Wettbewerb auszuschreiben. Da, vom Stadtrat, komme er nämlich gerade her.

„Die grässliche Betonwand vom Rathaus, die zum Vorplatz schaut, soll verschwinden und zwar hinter einem von Künstlerhand gemalten Gemälde! Für die Materialien ist Geld da, und einen Preis soll es auch geben. Um ein nicht zu peinliches Künstlerhonorar muss ich noch kämpfen. Natürlich werden alle, die was halbwegs Annehmbares abgeliefert haben, erst einmal zu einem Empfang eingeladen. Dumm ist nur, dass bald Schulferien sind und in der Uni auch nur noch wenig los ist."

Favo fuhr unerschüttert fort, nicht ohne bei einer vorbeihuschenden Kellnerin einen doppelten Espresso bestellt zu haben.

„Ich mache trotzdem heute massenweise Aushänge in den Schulen, in der Uni und sonst wo. Und morgen steht das Ganze in der Zeitung."

Favo erklärte allerlei Einzelheiten und fügte theatralisch mit erhobenen Händen hinzu: „Bis in zwei Wochen möge das Rathaus überquellen vor Entwürfen."

Während er seinen doppelten Espresso schlürfte, lobten wir Favo selbstverständlich für seinen unermüdlichen Einsatz, wo wir doch wussten, wie sehr ihm ein Gang in die Stadtratssitzung missfallen haben musste.

„Missfallen?", höhnte er, „Infernalisches Zeittotschlagen ist das! Naja, sei's drum. Ich zähle auf euch. Ich muss jetzt weiter."

Er leerte die Tasse in einem Zug, nahm seinen nur unwesentlich trockeneren Mantel und war wieder verschwunden.

Erstaunt blickten wir erst Favo nach und schließlich uns gegenseitig an. Ich musste Lennard nicht erst überreden, bei dem Wettbewerb mitzumachen. So sah ich meine Aufgabe vielmehr darin, ihn, falls überhaupt nötig, bei der Stange zu halten und zu unterstützen, wo es nur ging.

„Lennard, das wird dein erster ganz großer Wurf!", strahlte ich Lennard an.

„Ja, ich denke schon auch, dass ich da Chancen haben könnte."

„Machst du Witze? Wer soll denn da noch mithalten können? Schau mal, während Favos Monolog habe ich mir noch die Abmessung der Wand notiert: achtmeterzehn mal zweimetersiebzig."

„Die ist ja riesig. Dann muss ich schauen, dass ich nichts zu Detailliertes mache, sonst sitze ich da ja ewig dran", meinte Lennard stirnrunzelnd.

Ohne darauf einzugehen fuhr ich fort: „Heute Nachmittag kaufen wir erst mal vernünftiges Papier, damit du deine Idee in den richtigen Proportionen entwerfen kannst. Farben hast du?"

30

Überrascht sah Lennard mich lächelnd an. Er hatte nicht erwartet, dass ich mich so mit Feuer und Flamme für diesen, für seinen Wettbewerb begeistern konnte, worüber ich in diesem Moment selbst auch staunte.

„Klar, Farben habe ich jede Menge und auf deine unentbehrlichen Mathematikkenntnisse verlasse ich mich beim Papierkauf."

*

Im Laden für Bastel- und Künstlerbedarf fühlte sich Lennard wie zu Hause, während ich mich da höchstens um Weihnachten herum rein verirrte, um mein mattes Gehirn für die letzten Weihnachtsgeschenke inspirieren zu lassen.

„Ha, schau dir mal diese Rolle an!", rief ich aufgeregt und lief zu einem übergroßen Metallregal, in dem haufenweise Papierrollen lagen.

„Die ist achtzig Zentimeter breit, hmm, das gibt was Krummes. Oder die sechzig Zentimeter breite Rolle hier."

„Das ist mir lieber. Ich habe nicht vor, am Entwurf schon zwanzig Pinsel zu verschleißen."

„Also gut, dann muss das Ding hier bei einsachtzig abgeschnitten werden, und die Rolle reicht allemal für fünfzehn Entwürfe. Ist dein Tisch so breit?"

„Äh, was für ein Tisch? Nein, nie ..."

„Das kriegen wir schon hin. Auf geht's."

Und schon waren wir mit der Papierrolle und ein paar neuen Pinseln auf dem Weg nach Hause zu Lennard.

Der Schreibtisch war natürlich viel zu kurz und der Flügel war, um mögliche Ideen in diese Richtung sofort abzuwürgen, für jegliche Malerarbeiten tabu. So machten wir uns im Haus erst mal auf die Suche nach einem einigermaßen geeigneten Arbeitsplatz. Da kein anderer Tisch in Frage zu kommen schien und wir zum zweiten Mal auf dem Dachboden angelangt waren, fragte ich Lennard:

„Macht ihr diese Tür hier eigentlich jemals zu?"

„Nicht dass ich wüsste", und Lennard ahnte, was ich vorhatte.

Die ausgehängte Tür schleppten wir runter bis in Lennards Zimmer. Dort angelangt, wischte ich erst mal den ganzen Krempel von seinem Schreibtisch runter, was ein Geräusch verursachte, das einem von arbeitenden Müllwagen her bekannt ist.

„Ich lasse es geschehen ...", sagte Lennard erschöpft.

Mit der Zusicherung, dass es überhaupt kein Problem sei, die Klebereste wieder zu entfernen, fixierte ich die Tür mit doppelseitigem Klebeband auf seinem Schreibtisch. Wie sich herausstellen sollte, saß ich später mehrere Stunden mit einem übelriechenden acetongetränkten Lappen und allerlei Hilfswerkzeug fluchend an diesem Schreibtisch, um dieses widerspenstige Klebeband wieder rückstandsfrei wegzubekommen.

„Perfekt!", sagte ich und drückte rechts und links auf die über den Tisch herausragende Tür. „Hier kannst du darauf rummalen, so viel du willst. Da kann nichts schiefgehen, im wahrsten Sinn des Wortes. Jetzt schneiden wir noch ein richtig schönes Stück Papier ab, und dann kann es losgehen!"

Ich rechnete nicht damit, dass Lennard überhaupt noch einen Finger krumm machen würde an diesem Tag.

32

Aber nachdem der erste Papierbogen darauf wartete, bemalt zu werden, nahm er einen Bleistift zur Hand und skizzierte seinen ersten Entwurf. Ich sah ihm noch dabei zu, wie er große Linien zog, um offensichtlich wohl durchdacht das Blatt zu strukturieren. Doch mit einem Mal wurde mir klar, dass sich das Bild bereits in seinem Kopf befand.

Am darauf folgenden Tag kam ich nicht allzu früh zu Lennard, da ich schon eine Ahnung hatte, dass er die Nacht nicht ungenutzt hatte verstreichen lassen. Die Terrassentür stand offen, so dass ich mit einem moderaten ‚Hallo?' sein Zimmer betreten konnte.

Ich schritt sofort auf unseren neu erbauten Zeichentisch zu und beugte mich über die Skizze, um gleich darauf über alle Maßen zu staunen. Mich schaute eine vollkommene Zeichnung an, die mich sofort in ihren Bann zog.

Wie konnte das möglich sein? Dieser Entwurf war jetzt schon fertig gestellt! Musste Lennard ihn nur aus seinem Kopf abrufen und seine Hände zeichnen lassen?

„Ich muss sie an manchen Stellen noch komplettieren, aber sie gefällt mir so schon ganz gut. Über die Farben muss ich mir allerdings noch ein paar Gedanken machen", sagte eine müde Stimme neben mir und sie fügte, ein Gähnen unterdrückend, hinzu: „An Papier mangelt es mir jedenfalls nicht."

Völlig übermüdet stand Lennard mit einer Hand in der Hosentasche vergraben und in der anderen eine dampfende Kaffeetasse haltend da und schaute mit kleinen, sich nach Schlaf sehnenden Augen zu mir herüber:

„Willst Du auch einen?"

Er schlenderte zur Kaffeekanne und schenkte mir eine Tasse voll ein.

„Das gibt's ja gar nicht!", rief ich, „Hast du die ganze Nacht daran gesessen? Und jetzt liegt hier eine fantastische Zeichnung, die nur noch auf ihre Farben wartet?"

Lennard hatte, bis die ersten Sonnenstrahlen ins Zimmer blinzelten, skizziert, radiert und gezeichnet. Ich stand vor ihm, packte ihn mit den Händen an den Schultern und sah ihn mit freundlichem Ernst an:

„Heute wird nichts gemalt. Du kannst dich nicht so schnell verbrauchen."

Seine Augen blickten nickend durch mich hindurch.

Meine Ermahnung an die begrenzten Kräfte fruchteten, wenn überhaupt, nur kurz. Denn nach drei Tagen, als ich mir erneut ein Bild vom Stand des Bildes machen wollte, war es bereits vollbracht.

Ungläubig und fasziniert zugleich drang das Werk über meine suchenden Blicke in mich ein. Rechts oben schien ein Weg im dunklen Blau zu beginnen, der durch das seltsam anmutende Gelände führte und sich schließlich im Nirgendwo dieser wechselreichen Landschaft verlor. Aber worin bestand dieser Wandel?

Im Himmel, der sich weinrot absetzte, zogen wenige schwarze Schwalben ihre kurvenreichen Bahnen. Gleiche, sich aber doch unterscheidende Menschen wanderten umher. Was war der Zweck dieser Menschen, die da und dort auf diesem Weg letztlich richtungslos liefen?

Es sind nicht Menschen, es ist der Mensch.

Der Mensch in seiner Zeit! Nur andeutungsweise waren die Figuren durch ihre jeweilige Mode gekenn-

34

zeichnet, vielmehr hoben sie sich durch ihren zeiteigenen Malstil voneinander ab. Mit einem Mal erkannte ich, dass nicht eine Landschaft, sondern dass die Welt ebenso einem Wandel unterliegt und hier in diesem Bild allen möglichen Stilrichtungen unterworfen ist. Und es regte sich bei mir zwar die Erkenntnis, dass hier das Zeitlose mit der Zeit auf wunderbare Weise zusammengeführt war. Aber in gleichem Maße beunruhigte mich das Suchen des Menschen, seine zu allen Zeiten immerwährende Rastlosigkeit unter der Leichtigkeit des Schwalbenfluges.

Ich brauchte keine Worte zu suchen, die meine Anerkennung nur spärlich hätten ausdrücken können. Lennard und ich blickten uns an. Er sah gar nicht gut aus, was ohne Zweifel seinem Schlafmangel zuzuschreiben war. Andererseits entging mir nicht, dass er nach vollbrachter Arbeit erleichtert mit den Mundwinkeln lächelte. Da ich darauf vertrauen konnte, dass wir uns Worte sparen konnten, nickte ich kurz, um mich wieder dem neu erstandenen Werk zuzuwenden.

Lennard brach schließlich als erster das Schweigen: „Wie du siehst habe ich noch keinen Stil. Oder ich könnte sagen, noch habe ich meinen Stil: den Stil der Stile."

„Der Stil der Stile", murmelte ich, um mich der Zweideutigkeit zu vergewissern.

Nachdem ich mich von dem Bild losgerissen hatte, dachte ich wieder an den Wettbewerb und daran, wie schade es ist, solche Perlen vor die Menschen zu werfen. Aber mir machte sogleich Mut, dass dennoch immer wenigstens irgendjemand eben diese Perlen anerkennen würde.

„Warte noch bis nächsten Freitag. Es macht sich nicht gut, den Entwurf zu früh abzugeben", meinte ich, und es drehte sich mir bei dem im höchsten Maße unzulänglichen Wort ,Entwurf' der Magen um.

Da bis zum Abgabetermin noch einige Zeit blieb, verwunderte es nicht, dass der Wettbewerb während dieser Zeit unser tägliches Gesprächsthema wurde. Wir überlegten, wie man das Bild am besten transportieren könnte. Dabei kamen wir zu dem Schluss, dass Lennard einfach einen zweiten etwa gleich großen Bogen Papier mit ähnlicher Menge an Farbe bemalen sollte, um daran das Zusammenrollen austesten zu können. Wir besprachen auch schon siegessicher, wie viele Farbeimer und welche Hilfsmaterialien man für das Original benötigen würde. Vier Wochen sollte der Gewinner Zeit haben, das Bild zu realisieren, was selbst in meinen Augen unter normalen Umständen bequem zu schaffen war. Ebenso wurde dem Künstler ein Honorar zugesichert, was angesichts des anstehenden dritten Semesters gerade für Lennard angenehm war, da er ansonsten wieder den nicht sonderlich mitreißenden Job in einem chaotischen Musikladen hätte übernehmen müssen.

Lennard zeichnete und malte in der verbleibenden Zeit bis zum Empfang im Rathaus nichts. Zurecht hatte er sich gewünscht, sich endlich wieder seinen Büchern widmen zu können. Für sein weiteres Studium hatte er sich viel vorgenommen, so dass man bei ihm in jeder Zimmerecke neu gekaufte und haufenweise entliehene Bücher finden konnte, die er nächtelang verschlang.

36

*

Am Sonntag nach dem Abgabetermin war es soweit. Im Foyer des Rathauses fand der Empfang zu Ehren der Wettbewerbsteilnehmer statt. Und da jeder gebeten worden war, höchstens zwei weitere Personen mitzubringen, ging außer mir noch Elina mit.

Sie war gerade aus Italien wieder zurückgekehrt und hatte am Freitag auf meinen anfeuernden Anruf hin Lennard besucht, um sich das neue Gemälde anzusehen. Zwar waren Lennards Eltern an der Arbeit ihres Sohnes interessiert, meinten aber, dass wir jungen Leute gehen sollten. Außerdem hatte ich ja behauptet, dass Lennard gewänne, woraufhin sie mich beim Wort nahmen und auf jeden Fall zur Einweihung des fertigen Gemäldes erscheinen würden.

Im Foyer hingen Bilder über Bilder. Demzufolge staunten wir mit all den anderen Gästen über die bunt gewordene Innenansicht des Rathauses. Ich schätzte diese neue, leider einmalige Ausstellung auf über dreißig Exponate. Das veranlasste Elina dazu, neugierig in einem ersten Überblick zu zählen, bis sie bei siebenunddreißig aufhörte. Sie kam zu dem Schluss, dass man daraus, an welchem Ort die einzelnen Entwürfe aufgehängt waren, nicht auf den Gewinner schließen könne.

„Darauf habe ich anfangs auch spekuliert", meinte ich und machte mit dem Begutachtungsrundgang den Anfang, indem ich auf einen der Entwürfe zuging.

Lennard entschuldigte sich, da er Beatrix gesichtet hatte, von der er wissen wollte, was sie alles über die

Kunstakademie in London bei ihrem langen Englandaufenthalt in Erfahrung bringen konnte und ob sie sich denn dort bewerben mochte.

„Abstrakt", meinte ich zu Elina beim ersten Bild, das keinen bleibenden Eindruck hinterlassen sollte.

„Dass hier so viele mitgemacht haben, hätte ich nie gedacht", sagte Elina und fuhr fort: „Naja, bei manchen Bildern meint man, deren Besitzer hätten nur die Kohle nötig, die es beim Gewinn abzusahnen gibt. Schau dir das hier mal an, da kommt einem ja das Grauen."

Derweil zog sie mich mit ihrer Hand zum nächsten Bild. Schon das Material war wenig ansprechend: „Bisschen wellig geworden das Papier, Packpapier wohlgemerkt", analysierte ich, „das soll ganz offenkundig den künstlerischen Basis-Aspekt untermauern."

Auf dieses Wort ‚Basis-Aspekt' hatte uns vor kurzem Favo aufmerksam gemacht und uns mit schallendem Gelächter den dazugehörigen Zeitungsartikel unter die Nase gehalten. Auf diesem Papier war ein in Wasserfarben gemalter, schlafender Hirte mit seinen Schafen zu sehen, die wir jetzt aber alleine ließen, um zu interessanteren Werken vorzustoßen.

Daneben gab es eine Bleistiftzeichnung von einer Dampfeisenbahn, die prinzipiell gar nicht so übel war, bei der man sich allerdings fragte, ob es ein Fortschritt bedeutete, sie an Stelle der bestehenden Betonwand zu sehen.

Ganz ansprechend, aber alles in allem sehr einfarbig, war ein Wald, bei dem versucht worden war, ihn möglichst naturbelassen abzubilden. Ich deutete auf die paar Blümchen, die davor offenbar als Auflockerung des dichten Grüns gedacht viel zu brav angeordnet waren, und meinte:

„Das ist garantiert von einer Frau", woraufhin Elina den Kopf herumwarf und mir sofort entgegenwarf: „Hmm" und hinzufügte, dass ich wohl recht haben müsse, da umgekehrt ein Mann so was außer als Kind nie im Leben malen würde, was uns schließlich das Namensschildchen unter dem Bild bestätigte.

Wir schlenderten weiter durch das Foyer und blieben vor einem großformatigen, offensichtlich aus Kinderhand entstandenen Bild stehen.

„Schön", entfuhr es uns gleichzeitig, und wir grinsten uns an. In buntesten Farben spielten allerlei Kinder miteinander, gingen zusammen baden und malten selbst farbige Bilder. So strahlte das Bild einen freundlich an und lud unmittelbar zum Verweilen ein. Es war eine Gemeinschaftsproduktion von einem Mädchen und einem Jungen.

„Eine hübsch bunte Fassade würde das geben. Etwas Erfreuliches an dem Rathaus wäre vielleicht gar nicht schlecht", sagte Elina, woraufhin ich meinte:

„Ich mache mir wirklich Sorgen, ob wir nicht im Moment vor dem Sieger des Abends stehen. Und mich beunruhigt noch mehr, dass mir dieses Bild auch noch gut gefällt."

Elina tröstete mich aber sogleich: „Einen Beigeschmack hat das natürlich. Ich höre die Mamas im Ohr klingeln: ‚Los Sara, los Lukas, malt jetzt weiter, da gehört doch noch eine Schaukel drauf. Ihr möchtet doch den Preis gewinnen.‘"

Ich musste unweigerlich lachen, weil es genau so gewesen sein musste. Nicht gänzlich überzeugt sagte ich: „Tja, ich denke Lennard macht das Rennen, auch wenn ich ein Grummeln im Bauch habe."

Elina unterbrach mich mit einem Kichern und zog mich an sich heran, um mir ein belustigendes Gemälde auf der gegenüber liegenden Seite des Foyers zu zeigen. Sie deutete auf eine rostrote Wand, auf der zwei graue Streifen von oben nach unten verliefen. Lennard und Beatrix standen direkt vor diesem dürftigen Gemälde, das von ihnen offenbar gerade betrachtet wurde. Diesem chancenlosen Etwas gelang es immerhin, Lennard die Mundwinkel zu einem Lächeln zu verziehen.

Endlich versammelte man sich in der Mitte der Eingangshalle. Der Kulturausschuss, der aus acht Mitgliedern bestand und die Sieger bestimmte, hatte Favo gebeten, die Teilnehmer des Wettbewerbes und die Gäste willkommen zu heißen. Darin lag also der Grund, weshalb wir ihn bislang noch gar nicht gesehen hatten. Denn er hatte eben für diese Rede noch ein paar Stichworte auf einen Zettel zu kritzeln, damit er sich bei den Preisgeldern für den dritten und zweiten Platz auch ja nicht vertat. Im Vertrauen hatte uns Favo zwei Tage zuvor erzählt, dass die Ausschussmitglieder sogar alle bis auf eine ‚Dame' in Ordnung waren. Diese eine wartete aber in jeder Sitzung mit ihrer vorgestrigen Haltung auf, dass der Erfolg in diesem Wettbewerb mit Begabung wenig zu tun habe und alles eigentlich nur anerzogen sei und vom Milieu abhinge. Ich hatte vor Augen, wie Favo bei solchen Sprüchen an der Decke rotierte.

40

Favo machte seine Sache erfreulich gut und vergaß auch nicht, artig den Kulturausschuss zu loben und den abwesenden Bürgermeister mit einem gar nicht kleinen, zweideutigen Seitenhieb zu versehen: „Auch dem Bürgermeister, der durch Abwesenheit mehr als durch Anwesenheit glänzt, sei an dieser Stelle gedankt."

Als sich das erstaunlich offene Gelächter gelegt hatte, schloss er: „Es ist mir eine Freude, nun das Wort an die Herrschaften des Kulturausschusses weiterzureichen und die Preisverleihung beginnen zu lassen."

Er machte nicht die kleinste Andeutung, auch nicht durch eines seiner üblichen vielsagenden Augenzwinkern, wer denn nun auf Platz eins gelandet war. Während alle gespannt klatschten, löste ein freundliches Paar Favo ab, das aus einem älteren Herrn des Stadtrats und der Kulturdezernentin der Stadt bestand, um zunächst ohne Umschweife den dritten Preis zu vergeben:

„Platz drei geht an Beatrix von Mayendorff!"

„Den dritten Preis macht Beatrix!", rief Elina und umarmte mich vor Freude. Elina und ich waren uns einig, dass die nahezu perfekte Kohlezeichnung des mittelalterlichen Stadtkerns, auf der man sehr detailreich die Fachwerkhäuser, Brunnen und das Markttreiben studieren konnte, verglichen mit den anderen Entwürfen hervorragend war und einen vorderen Platz verdient hatte. Sicherlich sprachen gegen eine Realisierung auf der Betonwand das Fehlen von Farben und vielleicht auch das gar nicht passende Format.

Beatrix freute sich riesig bei der Preisübergabe, und ich konnte beobachten, dass ihr zwei Tränen aus den Augen entwischten. Lennard gratulierte ihr sichtlich erfreut als erster, indem er mit seinen beiden Händen eine der ihren drückte. Elina rannte sofort zu Beatrix rüber und flog ihr laut lachend um den Hals. Natürlich umarmte ich Beatrix ebenfalls und freute mich mit ihr über diesen schönen Erfolg.

Sie erklärte uns, dass sie damit eigentlich nicht gerechnet hatte. Sie habe nämlich aus Zeitmangel die schon vor diesem Wettbewerb begonnene Kohlezeichnung fertiggestellt und direkt eingereicht, wovon sie sich für die Aufnahme bei der Kunstakademie Vorteile versprach. Außerdem wussten wir von Lennard, dass sie nun fast ausschließlich abstrakte Kunst malte und die allermeiste Zeit damit verbrachte, Skulpturen zu modellieren.

„Das freut mich einfach riesig!", entfuhr es ihr mehrfach und noch ein weiteres Mal, als Favo ihr die Hand zur Gratulation reichte.

Auf Platz zwei kam das Bild der beiden Kinder, die mir nicht älter als zehn, elf Jahre schienen und die vor überschwänglicher Freude begannen, wild herumzutanzen. Sicher hatten die begleitenden Eltern sie vorab mit allerlei Erklärungen getröstet, damit diese bei einer Nicht-Platzierung nicht allzu traurig sein mussten.

„Hörst du den Stein von meinem Herzen fallen?", fragte ich Elina.

„Noch ist nichts gewonnen", antwortete sie ohne mich anzugucken und grinste über den Erfolg, mir für einen Augenblick einen Schrecken eingejagt zu haben.

Da ich gerade der Unsitte nachging, mit den Schlüsseln in der Hosentasche herumzuklimpern, fragte ich Elina: „Ach, willst du hier deinen Schlüssel wieder haben?"

Sie machte nur: „Pssst! Nachher! Hier ist es viel zu spannend."

Interessant war es immer noch, aber ich spürte, dass meine Anspannung langsam zum Lohne der Vorfreude auf Lennards Preis weichen konnte. Neugierig warteten wir auf die finale Verkündung, und während Elina sich vorreckte, krallte sich ihre Hand vor Aufregung an meiner Schulter fest. Jetzt blitzten zum ersten Mal Favos Augen zu uns herüber.

Die Kulturdezernentin hob wieder an: „Der Sieger dieses Wettbewerbes ist derjenige, der noch ein ganzes Stück Arbeit vor sich hat."

Ihr älterer Kollege fuchtelte wild mit einem großen Pinsel durch die Luft.

„Ich fürchte, die sind lustig", sagte ich. Der Kollege hörte mit dem Pinselfuchteln gar nicht mehr auf. „Und eine Show haben die sich überlegt, Donnerwetter!"

Elina verdrehte nur die Augen und beobachtete weiter die Szenerie. Eine Urkunde wurde in die Höhe gestreckt, und die Frau Dezernentin fuhr fort:

„Diese Urkunde wird bestätigen, dass der Sieger dieses Wettbewerbs nach Vollendung des Gemäldes den eigentlichen Preis erhalten wird." Sie machte eine kunstvolle Pause.

„Der Name des Gewinners ist: Lennard Schönethal!"

Wir platzten beide los und jubelten zu Lennard rüber. Er winkte dankend zurück, während Beatrix ihn freudig lachend nach vorne bugsierte. Dort angelangt, nahm er jetzt mit zufriedenem Lächeln den Pinsel und die Urkunde in Empfang.

Ein kräftiger Applaus setzte ein, bevor die Gratuliererei losging. Da es einiges Gewühle gab, zog ich Elina, die sich mit beiden Händen an mir festhielt, hinter mir durch das Gedränge.

Als wir kurz vor Lennard standen und ich mich zu ihr umwandte, um sinnreich „Stau ...“ zu sagen, stieg mir ein Duft in die Nase, den ich zuvor nicht bemerkt hatte. Es war der liebliche und dezente Geruch, der von Elinas Hals ausging. Um mich zu vergewissern und diesen Sinneseindruck nochmals genießen zu können, sagte ich irgendetwas Unbedeutendes, um mich abermals zu Elina umdrehen zu müssen. Obwohl wir im ruhenden Gedränge dicht aneinander standen, hielt Elina meine Hand noch immer fest umschlossen. Ich atmete tief durch die Nase ein. Während wir uns langsam weiter schoben, fragte ich mich, ob ich dabei war mich zu verlieben und versuchte, diesen Duft in mein Gedächtnis zu brennen.

Endlich waren wir an der Reihe. Elina strahlte Lennard an und drückte ihm einen deutlich hörbaren Kuss auf die Wange. In diesem Moment war ich das erste Mal neidisch. Nicht auf den ersten Preis dieses Malwettbewerbs und nicht auf die Glückwünsche, sondern einzig auf diesen Kuss.

Der Gedanke verflog sofort, als ich vor Lennard stand und wir uns tief in die Augen blickten: „Du hast es geschafft!“, rief ich und umarmte ihn wie einen älter gewordenen jüngeren Bruder. Nach mir schüttelte Favo kräftig

44

Lennards Hand und drückte ihn, ohne seinen Stolz zu verheimlichen, an sich.

Plötzlich schoss mir durch den Kopf, dass sich die beiden noch nie umarmt hatten, ja jetzt haben sie sich überhaupt zum ersten Mal berührt. Selbst die Begrüßung erfolgte sonst ohne einen Händedruck, obgleich die beiderseitige Freude des Wiedersehens immer augenscheinlich war. Ich hingegen hatte diesbezüglich ein extrem lockeres Verhältnis zu Favo, den es manchmal auch schon ärgerte, wenn ich zu oft in seinen wohlgeformten Bauch stupste, was ich von Tomas gelernt hatte, insbesondere wenn er sich so etwas Leckerem wie Süßspeisen hingab.

Wenn Lennard und ich uns trafen, was ja beinahe täglich war, gingen in der Tat auch nur die kleinsten Berührungen nie von Lennard aus. Unauffällig war sein Händeschütteln, das er guten Anstands halber bei eintreffenden Gästen oder bei sonstigen Anlässen absolvierte. Aber an diesem Abend ließ er es geschehen und erntete Umarmung um Umarmung.

Nachdem sich das Foyer zu lichten begann, verabredeten sich die Preisträger zusammen mit Favo und der Kulturdezernentin in einem Lokal. Elina und ich wechselten mit ihnen ein paar Worte und drückten Beatrix jetzt schon alle Daumen zur Aufnahme in die Kunstakademie in London:

„Wir wollen dich aber noch mal sehen, bevor du über den Kanal entschwindest", beeilte ich mich noch Beatrix zuzurufen, da ich wusste, dass sie persönlich zur Einreichung ihrer Bewerbungsmappe nach London fliegen wollte.

„Ja klar", erwiderte Beatrix noch immer strahlend, „wenn ich die Modelle und meine Mappe fertig habe, zeige ich sie euch."

Zusammen mit Elina ging ich auf den Ausgang zu.

Eine Unruhe kam in mir hoch, weil ich nicht ergründen konnte, ob wir uns wie üblich durch ein ‚Tschüss' und vielleicht ein kurzes Umarmen verabschiedeten oder ob nicht zusätzlich etwas in der Luft lag, nach dem man nur zu greifen brauchte.

Ich war äußerst wortkarg und versuchte meine Sinne beisammen zu halten. Dabei redete ich mir ein, keine Erwartungen haben zu wollen und keinen Plan zu erstellen, da ein solcher, unabhängig davon wie er aussähe, nie in Erfüllung ging.

Draußen angelangt, schloss Elina ihr Rad auf und sagte noch ganz aufgewühlt: „Ich freue mich so für Lennard und finde die ganze Aktion einfach toll."

Da ich schwieg, fügte sie hinzu: „Das war ein richtig aufregender Abend."

Ich machte noch immer keinen Laut.

Elina gab mir unvermittelt einen Kuss auf den Mund und machte sich auf, mit einem ‚Tschüss' winkend loszuradeln.

Da war also das nicht Erwartete und doch so Ersehnte. Weil ich aber in solchen Situationen gar nicht schlagfertig bin, wunderte ich mich selbst darüber, wie mein Mund rief: „Du, Elina, was ist mit deinem Wohnungsschlüssel?"

So musste ich mich wenigstens nicht bis zum nächsten Wiedersehen grämen, warum ich denn nichts versucht hatte außer nicht umzufallen. Über meine wieder erlangte

46

Stimme staunend fügte ich mit klopfenden Herzen leise hinzu: „Komm doch noch mal her."

Elina drehte um, lehnte ihr Rad an die Laterne und kam mit ihrer wehenden Lockenmähne auf mich zugerannt. Mit einer Geste gab ich zu verstehen sie aufzufangen. Während wir uns ein paar Mal drehten, übersäten wir uns mit Küssen, als ob diese sich über die Zeit angesammelt hätten und jetzt endlich befreit würden. Leicht schwindlig pressten wir unsere Körper aneinander, um den für diese Nacht letzten Kuss nicht enden zu lassen.

Dann sagte sie: „Behalte ihn." Und sie verschwand durch die Nacht.

4. SCHÖNER ABSCHIED

Ich rief Elina an, um ihr mitzuteilen, dass ich für heute Abend Wein besorgen und Lennard, der gerade vom Rathaus zurückgekehrt war, abholen würde. Weil Beatrix am kommenden Morgen nach London fliegen würde, wollten wir uns endlich wieder einmal zu einem gemeinsamen Abendessen treffen. Außerdem hatte Lennard nun etwa die Hälfte seines gewaltigen Gemäldes angefertigt, weshalb auch ihm ein entspannender Abend mit uns zusammen angemessen schien.

Beatrix war bereits da. Sie war per Auto zu Elina gekommen, da sie allerlei Gepäck dabei hatte. Schließlich wollte sie nicht nur ihre überdimensionale Bewerbungsmappe, sondern auch einige Skulpturen nach England zur Aufnahme in die Kunstakademie mitschleppen. Der bestechende Plan, der von beiden ausgeklügelt worden war, bestand darin, dass Beatrix bei Elina übernachten sollte, die sie am frühen Morgen zum Flughafen bringen würde.

Ich begrüßte Elina nicht zu überschwänglich, um nicht Beatrix und Lennard andeuten zu wollen, das gleiche zu tun. Zwar bestand kein Zweifel, dass die beiden ein glänzendes Paar abgeben würden, aber als plumper Kuppler aufzutreten, lag mir nun gerade bei ihnen doch fern. Lennard gab Beatrix mit festem Blick in ihre Augen die Hand. Dieser Händedruck schien die beiden zueinander zu ziehen. Obgleich die an sich nicht übertrieben herzliche Begrüßung nur kurz war, hatte sie einen gewissen unnachahmlichen Stil, der unmittelbar mit Lennards aufflammendem Charme zu tun hatte.

Beatrix sah umwerfend gut in ihrem schwarzblau satinierten Anzug aus, in dem ihr schlanker Körper steckte. Ihre schwarzen, kaum schulterlangen Haare waren nur wenig zerzaust und hatten nicht nötig, frech auszusehen. Sie hatte einen etwas dunkleren Teint, der ihre tiefblauen Augen fast exotisch aussehen ließ. Diese schönen Augen waren von dunklen, feinen Augenbrauen geziert, wobei ihre linke fast unmerklich höher gezogen war, so dass dieses Auge mit Neugierde in die Welt zu blicken, während das andere Geborgenheit zu versprechen schien. Die schmale Nase in ihrem gänzlich faltenlosen Gesicht besaß von der Wurzel bis hin zur Spitze eine ebenmäßige Form. Der mit einem dunkelroten, dezent aufgetragenen Lippenstift vollkommene Mund zeigte eine freundliche Andeutung immerwährenden Lächelns.

Weil Elina uns gleich der Küche verwies und dort allerlei Zeug zu schnippeln begann, setzten wir uns an den Tisch in ihrem kleinen, gemütlichen Wohnzimmer.

„Aber mach doch schon mal eine von den Flaschen auf", meinte Elina, und ich machte mich daran, den Karton aufzureißen und die erste der Rotweinflaschen zu entkorken.

„Könnte reichen für heute Abend, ich muss ja gut schlafen", meinte Beatrix. „Wie sieht es denn mit deinem Studium aus?", fragte sie an mich gewandt. Da nur noch drei Wochen bis zum Semesterbeginn blieben, war es naheliegend, dass wir diesen Abend mit Gesprächen über das vergangene, unserem ersten Jahr nach dem Abitur und der nahen Zukunft verbringen würden.

„Bei Mathematik bleibe ich, Zahlentheorie ist einfach klasse. Aber ich habe mich immer noch nicht entschieden, ob ich dazu Informatik oder nicht doch lieber Physik als Nebenfach belegen sollte. Vielleicht frage ich noch mal Tomas, was er dazu meint. So habe ich mich entschlossen, zunächst quer Beet die im kommenden Semester angebotenen Veranstaltungen zu besuchen. Dann kann ich mich später immer noch entscheiden", erklärte ich. Ich bemühte mich, nicht zu prahlerisch zu wirken, was aber nach meinen etwas chaotischen Ausführungen keine große Schwierigkeit darstellte. Außerdem hatte in diesem Kreise sowieso keiner von uns Bedenken zu haben, offen all seine Möglichkeiten und Pläne anzusprechen, zumal wir uns immer gegenseitig Tipps gaben und Ratschläge einholten, wenn wir sie benötigten.

„Es wird dich interessieren, dass ich spaßeshalber auch bei einer Kunstgeschichtsvorlesung und einmal in einem Seminar der Archäologie war." Zu meiner eigenen Verwunderung nahm ich das Geschenk der Universität der vielen Veranstaltungsangebote an, um wenigstens am Anfang mit Lennard wenigstens in geringem Masse mithalten zu können ohne den Zweck aus den Augen zu verlieren, tatsächlich einen Abschluss zu machen.

„Auch die Abendvorträge der Philosophen sind klasse. Das erzählt dir aber dann doch besser Lennard", und ich übergab ihm das Wort.

Schließlich war es Lennard, der sich in Philosophie eingeschrieben und mich dorthin mitgeschleppt hatte. Er setzte sich in Seminare der Germanistik und der katholischen Theologie, hörte aber auch, um einen umfassenderen Blick zu bekommen, Vorlesungen in den Vergleichenden Religionswissenschaften. Den Besuch kunsthistorischer Seminare hatte er anfangs auch ins Auge gefasst, davon jedoch bald abgesehen, da er darin nach Favos Schule kaum einen Gewinn erkennen konnte.

„Ich erzähle euch am liebsten von den Highlights des letzten Semesters", begann Lennard auszuholen. Ich hoffte noch darauf, dass er mit den antiken Philosophen beginnen würde, so dass man während der Unterhaltung bequem mit Allgemeinplätzen aufwarten konnte. Doch nicht nur ich wurde von Lennards Ausführungen überrascht, die mit den ,Confessiones' aus dem ausgehenden vierten Jahrhundert begannen.

Lennard erläuterte uns den subjektiven Zeitbegriff: „Der Zeitbegriff Augustinus steht im klaren Gegensatz zu Platons objektiv messbarer Zeit. So steht doch das Jetzt maßgebend im Vordergrund, und wir vergegenwärtigen uns Vergangenes oder erwarten Zukünftiges eben in der Gegenwart."

Und mit zunehmender Begeisterung berichtete er, dass Augustinus lange vor Descartes oder gar Husserl und immerhin achthundert Jahre vor der Hochscholastik feststellte, dass der Denkende ist.

51

„Der Zweifel lässt sich nicht anzweifeln", wiederholte Lennard.

„Der sagte schon: Cogito ergo sum?", ließ ich mein rudimentäres Philosophiewissen aufblitzen.

„Im Prinzip schon, ja: ‚Si enim fallor, sum.'"

„Und was denkt er dann weiter?", fragte Beatrix.

Lennard erzählte vom Sein, dessen Zugang das Denken sei, und vom Werden, das durch die Sinne erfasst würde. Er zeigte auf, wo Augustinus' Denken große Ähnlichkeiten zu Platons Ideenlehre hatte und kam zur Wahrheitsfindung schlechthin.

„Letztlich findet sich die Wahrheit in einem selbst und nicht etwa draußen."

„Das ist ja wie im Taoismus!", warf Beatrix ein.

„In der Tat ist Augustinus' Auffassung den fernöstlichen Religionen in vielerlei Hinsicht ähnlich", antwortete Lennard.

„Naja, der Schuss kann auch nach hinten losgehen, wenn man daran denkt, dass er offenbar selbst in sich gegangen ist und dann so unsäglichen Mist wie die Erbschuld und Erbsünde verbreitet hat", empörte sich Elina, die mittlerweile aus der Küche gekommen war. Ich blickte meine Elina an, die aussah, als hätte ihr jemand ein rotes Tuch vor die Nase gehalten.

„... damit kann man sich natürlich nach wie vor nicht anfreunden", warf ich ein und griff nach der Weinflasche, mit der ich mich sehr gut angefreundet hatte.

„Und dann noch der ganze Fegefeuerkrampf und die ewige Hölle!", schloss Elina fürs erste und hielt mir ihr geleertes Weinglas unter die Nase.

„Es ist sogar noch toller", fuhr Lennard fort, „Augustinus meint, dass der Mensch, also die *massa damnata*, nicht nur in die Hölle kommt, sondern dort endlose Qualen leidet ..."

„Unfassbar!", schleuderte Elina raus.

„... und der Grund hierfür liegt seiner Ansicht nach auch noch in der Erbsünde, also für etwas Geerbtes, was gar nicht durch den freien Willen geschehen ist."

Lennard erläuterte noch weiter, dass es mit dem freien Willen sowieso nicht weit her war, da man der Kirche als höchster Instanz zu gehorchen hatte. Darüber hinaus befürwortete Augustinus klar die Anwendung von Gewalt und vertrat sehr Zweifelhaftes über das Führen von Kriegen. Daher sei ihm sicherlich anzukreiden, dass er mit diesen Lehren den Weg in die seitens der Kirche ausufernde Brutalität des Mittelalters ebnete.

„Aber wie gesagt, seine philosophischen, weniger religiösen Gedanken empfand ich als unglaublich bereichernd." Endlich ließ Lennard sich sein Weinglas füllen.

„Und wo gefällt dir dann die Religion wieder?", fragte ich.

„Das ist dann achthundert Jahre später bei den Scholastikern, die sich rationales Fragen trauten und vor allem ebenso rational versuchten, Antworten zu geben, was in der damaligen Zeit keineswegs selbstverständlich war. Peter Abealard etwa, der so weit ging und in der Bibel einen Widerspruch nach dem anderen aufdeckte. Oder Albertus Magnus, der dem Menschen wieder seinen freien Willen zurückgab. Aber noch beeindruckender finde ich die Gedanken und das Tun seines Schülers: Thomas von Aquin."

„Endlich wieder einen Namen, den ich schon mal gehört habe", zwinkerte mir Beatrix sichtlich erleichtert zu.

„Nach ihm stammen Glaube und Vernunft beide von Gott", erläuterte Lennard.

„Hmm. Schließt das eine nicht das andere aus?", fragte Beatrix.

„Eben nicht. Der Glaube ist sozusagen übervernünftig."

„Ach? Heißt das, es ist sogar vernünftig zu glauben?"

„Das kann es heißen." sagte Lennard, „Ich verstehe es so: Man kann, ja man muss rational denken, aber über die Vernunft hinaus und erst zusammen mit dem Glauben erschließt sich Neues, was nicht widersprüchlich sein muss."

„Das kann man glauben oder nicht", meinte Elina grinsend und erzeugte bei Beatrix und mir ein Schmunzeln.

„Thomas von Aquin glaubte es jedenfalls", erwiderte Lennard, ohne ein Lächeln zu zeigen. Er fuhr fort und erläuterte uns dessen fünf Gottesbeweise, die nicht nur in meinen Ohren einander ähnelten wie ein Ei dem anderen. So versuchte ich, da ich beim Begriff des Beweises kritisch zu werden pflege, zu rekapitulieren:

„Der ganze Witz ist, dass es einen ersten Beweger, eine erste nicht verursachte Ursache, ein erstes Notwendiges, einen obersten Lenker und ein höchstes Maß geben muss?"

„Ja, so meint er es."

„Ist ja an sich nichts Abwegiges", sagte Beatrix.

„Das kann man glauben oder nicht", meinte Elina erneut mit diesmal noch größerem Grinsen.

54

Ich tätschelte sie aufs Knie: „Magst du nicht lieber in die Küche gehen?"

„Unverschämtheit!", herrschte sie mich an, gab mir einen Kuss und verschwand. „Du hast aber recht, ich muss mal in den Ofen sehen."

„Ich helfe dir", und Beatrix war eine gewisse Erleichterung anzumerken, diese willkommene Verschnaufpause nutzen zu können.

„Aber eines muss ich noch loswerden", sagte Lennard zu mir, „weißt du noch, wie wir in der Schule Hegel rauf und runter und die Linkshegelianer und dann Marx diskutiert haben?"

Diese Philosophie war mir aufgrund des nicht allzu fern liegenden Geschichtsunterrichts noch präsent.

„Ja schon ...", meinte ich kurz und hoffte auf keine zu anstrengenden Fragen.

„Thomas von Aquin, Hunderte von Jahren vor Hegel, entwickelte eine Diskussionsform, die bei ihm Questionenform heißt, und greift hier Hegels Dialektik vor. Damals war das in Anbetracht der starken Position der Kirche ein beträchtlicher Fortschritt."

„War das wirklich wie bei Hegel?", fragte ich ungläubig.

„Praktisch die gleiche Dialektik, nur schöner und lesbarer", triumphierte Lennard und er erläuterte mir, wie Pro und Contra aufzuführen seien und nach Einschätzung der jeweiligen Argumente danach eine eigene fundierte Antwort gefunden werden sollte.

Ich fragte Lennard nach anderen Vorlesungen, die er belegt hatte oder noch belegen wollte, und hörte ihm weiter gebannt zu:

„Anfangs haben mich sehr die Vorträge, die insbesondere ins Erkenntnistheoretische gingen, interessiert. Dabei betrachtete der Dozent in rhetorischen Kunststückchen einen Sachverhalt aus möglichst verschiedenen Blickwinkeln und versuchte sich dabei in die absonderlichsten Personen oder gar Gegenstände rein zu versetzen."

„Aber du musst doch da Unmengen lesen, oder?", warf Elina dazwischen, die kurz aus der Küche aufgetaucht war.

„Klar, aber die Bücher – jedenfalls die meisten – sind dermaßen kurzweilig", meinte Lennard „ein wenig fühle ich mich wie ein Archäologe, der in alten Büchern gräbt und seine Freude an schönen Funden darin hat. Zur Zeit lese ich ‚Les pensées' von Blaise Pascal ..."

„Ist das auch bei der Pflichtlektüre so?", unterbrach ihn Elina, die ihren Kopf aus der Küche rausstreckte.

„Es ist nicht nur bei der Kür so, selbst bei der Pflicht: Kaum ist ein Buch durch, bleiben mehr Fragen als Antworten, so dass gleich das nächste Buch herhalten muss, um einen weiter zu bringen. Und was könnte interessanter sein als die Philosophie und Religion?"

Darüber etwas erfahren, wonach der Mensch, sein Geist immer strebt?

In Wahrheit beschränkte Lennard sich aber nicht auf die Religionen, sondern besuchte im Zusammenhang mit seinem Philosophiestudium ein historisches Seminar und

56

verbesserte seine Sprachkenntnisse, sofern es da überhaupt etwas zu verbessern gab.

Lennard besaß in gewissem Sinne einen Zeitvorsprung gegenüber seinen Kommilitonen, da er aufgrund seines enormen sprachlichen Talents bereits zur Schulzeit Latein und Griechisch beherrscht hatte wie kaum ein anderer. Dennoch hatte es mich sehr erstaunt, dass er bereits im ersten Semester begonnen hatte, Hebräisch zu lernen. Mein Erstaunen hatte sich noch gesteigert, als er mir damals in der zweiten Semesterwoche seine Unmengen an literarischen Werken gezeigt hatte, die er für sein Philosophiestudium zu verschlingen begann.

„Hm, für mich wäre diese immense Leserei wahrscheinlich nichts", sagte Beatrix kopfschüttelnd.

„Ich lese auch nur Romane", meinte die vorbeihuschende Elina, „und selbst dazu komme ich zu wenig."

„Neben der Malerei", fuhr Beatrix fort „und zum Ausspannen nach dem Modellieren verspüre ich immer einen Drang, mich mit Leuten zu treffen oder raus in die Natur zu gehen."

„Naja, ich nehme es mit der mäßigen Sekundärliteratur wörtlich und lese sie nur partiell", meinte Lennard, „so habe ich nämlich ab Oktober etwas Luft und kann das Seminar in Aramäisch belegen ..."

„Was?", ich brüllte ihn geradewegs an, „bist du verrückt geworden?"

Meine Sorge galt vor allen Dingen seiner ohnehin spärlichen Freizeit, die er fast ausschließlich mit der Malerei verbrachte. Da er während des Semesters tagsüber fast nur in der Universität oder in einer der Seminarbibliotheken anzutreffen war und sich nachts seinem Studium widmete und in seine Bücher vertiefte, war es mir schon bisher nur schwer möglich, ihn zu etwas anderem zu bewegen. Es schlugen ach zwei Herzen in meiner Brust. Einerseits hatte er natürlich vollkommen recht, Bibeltexte und alte Schriften in ihrer Originalsprache lesen zu müssen, um sie zu verstehen. Wie viele Übersetzungsfehler und Missverständnisse haben schließlich nur zu Verwirrungen und zu gravierenden Fehlinterpretationen geführt?

Außerdem kann ja jeder Karussellbremser die Texte auch auf Deutsch nachlesen.

Lennard hatte schlechthin schlagende Argumente. Auf der anderen Seite lag mir einiges daran, Lennards Kräfte nicht vollkommen ausufern zu sehen, sondern sie lieber zu kanalisieren, ohne dass er sich restlos übernahm. Darüber hinaus fürchtete ich, dass er weniger Zeit finden würde, sich mit Leuten, freilich auch mit mir, zu verabreden. Dies sollte sich aber nur kaum bewahrheiten, da wir uns immer wieder bei ihm oder zusammen mit Favo trafen.

Nachdem wir vorzüglich gespeist und die Weingläser zwar gefüllt aber außer Reichweite gestellt hatten, holte Beatrix ihre Kunstmappe. Ich ließ Lennard den Vortritt, so dass er neben Beatrix auf dem Sofa bestens die Werke begutachten konnte.

Neben einigen Tuschezeichnungen, Aquarellen und Ölbildern, die vorwiegend abstrakt waren, bekamen wir vor allem Zeichnungen von Tonfiguren, Plastiken und Abgüssen zu sehen, die Beatrix selbst angefertigt hatte.

„Ist das Akademiegremium denn mit diesen Zeichnungen der Statuen zufrieden?", fragte Lennard, der sich

58

sehr dafür interessierte, was denn zur Aufnahme in der Akademie alles vorgelegt werden musste. Schließlich war es Beatrix nicht möglich, gerade die großen Plastiken mit nach London zu schleppen.

„Kleine Kopien habe ich oft noch als Gipsabguss gemacht, so dass ich die in London natürlich zeigen werde", meinte Beatrix, „Fotografien wären der Anforderung allerdings auch gerecht geworden."

„Diese Zeichnungen sind aber für sich schon unglaublich gelungen. Ich bin mir sicher, dass das dort gut aufgenommen wird, gerade keine Fotos zu zeigen," meinte Lennard.

Elina und ich pflichteten ihm bei und hielten nach dem weggestellten Wein Ausschau.

„Dieses eine Foto nehme ich trotzdem mit."

Beatrix zeigte uns stolz lächelnd eine großformatige Schwarzweißaufnahme, worauf sie in einem ungeheuer verschmutzten Kittel in ihrem Atelier inmitten von begonnenen Statuen, Plastiken, unbehauenen Stein- und Holzrohlingen mit allerlei grobem Werkzeug zu sehen war.

„Das musst du mitnehmen!", meinte ich sofort voller Begeisterung. Lennard bekam das Foto in die Hand und sog sofort die darauf abgebildete Beatrix in sich auf.

Unvermittelt stand Elina auf und meinte auf das noch rumstehende Geschirr deutend:

„Ich bringe mal das Zeug in die Küche."

Dabei bedeutete sie mir mit einer eindeutigen Kopfbewegung, dass ich doch mit aufzustehen hatte. Da ich diese Gelegenheit nutzen konnte, um mein vereinsamtes Weinglas zu ergreifen, stand ich auf und folgte Elina in die

59

reichlich genutzte Küche. Natürlich gab es hier beim Anblick der Geschirrhalden allerlei zu tun, was wir für gewöhnlich bis weit in die Nacht hinein entweder mit den Gästen oder alleine bei einem Digestif erledigten.

„Für die Details lassen wir die beiden lieber mal alleine", sagte Elina in der Küche angekommen.

„Du meinst natürlich nicht nur die Zeichnungen ..."

„Sehr scharf bemerkt!"

„Unser künftiges Traumpaar ...", ließ mich Elina nicht mehr ausreden. Mit einem Kuss beschloss Elina diesen Diskurs und drückte mir ein Handtuch in die Hand.

Beatrix und Lennard führten immer ausschweifendere Gespräche zunächst noch ihre Kunstmappe betreffend und schließlich über die Kunst und die Welt. Lennard war zweifellos ein Bewunderer der Bildhauerei und war selbstverständlich aufs äußerste von Beatrix Objekten angetan. Dabei machte er keinen Hehl daraus, dass ihm selbst das Modellieren weniger lag. Es schien, als ob sich beide, was die bildenden Künste betraf, ideal ergänzten. Dies kam gerade darin zum Ausdruck, dass Lennard nun in Beatrix jemanden fand, der ihm in der Kunst ebenbürtig war, was sicherlich auch an ihrer ungeheuren Kreativität lag.

Beim Abschied staunte ich doch, wie Lennard neben der geistigen zweifellos nun auch die körperliche Nähe Beatrix genoss. Mein Erstaunen wuchs ins Absonderliche, als er Beatrix umarmte und einen lautlosen Kuss auf ihrer Wange ruhen ließ.

5. DAS GROSSE MALEN

Lennard war nun täglich viele Stunden am Werk. Der Grund lag nicht darin, rechtzeitig mit dem Gemälde fertig zu werden, worüber ich mir überhaupt keine Sorgen zu machen brauchte. Nein, Lennard war vielmehr schon frühmorgens so vertieft in sein Tun, dass ihm kein anderer, kein fremder Gedanke kam, der ihn vom Malen hätte abhalten können. Er ließ seine Hände malen und malen, bis die Abenddämmerung hereinbrach.

Teile des Bildes waren stets von großen Kunststoffplanen verhangen. Hierzu hieß es von offizieller Seite, dass darunter an den entsprechenden Stellen die Farbe zu trocknen hatte und Regen natürlich ganz unwillkommen wäre. Favo erzählte uns, dass das vollkommener Unsinn sei und das Kulturdezernat auf diese jammervollen Planen gedrungen hatte, um der Öffentlichkeit nicht schon vorab ein Blick auf das Ganze zu gewähren. Deshalb gab es auch eine unnötig großräumige Absperrung vor der Fassade, was dem Künstler reichlich Freiraum ließ. Hierüber allerdings zeigte sich Lennard sehr zufrieden, da er sich den so entstandenen Freiraum großzügig zu nutzen gemacht hatte. Überall standen Farbeimer und Leitern herum, Tücher und

Pinsel lagen genau so rum wie zusätzliche Abdeckplanen, die vom Hausmeister von Zeit zu Zeit aufgehängt wurden. Außerdem hatte Lennard auf einem alten Stuhl eine Thermoskanne tiefschwarzen Kaffees deponiert, der ihn über den Tag retten sollte. Hin und wieder gönnte er sich bei einem Kaffee zwischendurch eine kurze Pause und las dabei in einem der Bücher, die er neben einem Haufen Klamotten gestapelt hatte. Lennard war dabei, sich in Kant einzulesen. Deshalb hatte er neben den Kritiken auch reichlich Interpretationen mitgebracht, in die er allerdings nur selten schaute, was despektierlich dadurch unterstrichen wurde, dass er eines dieser sekundären Bücher unter ein Bein des thermoskannebeherbergenden wackelnden Stuhles geklemmt hatte.

Offenbar war die gesamte Szene kurios genug, um reihenweise Leute anzulocken, die sich diesen Anblick nicht entgehen lassen wollten. Ein einziges Mal versuchte ein fliegender Reporter, Lennard zu einem Interview zu bewegen. Der Unglückliche ließ aber bald von seinem Vorhaben ab, da Favo und ich just in diesem Augenblick zugegen waren, um Lennard den Rücken frei zu halten. Es gab deshalb kein weiteres Mal journalistischer Störung, weil ich mich danach ebenfalls künstlerisch verausgabt hatte und Papptafeln mit der theatralischen Aufschrift ‚Der Künstler wünscht nicht gestört zu werden. Danke!' beschriftete und aufstellte.

Meine Schilder waren allerdings nicht besonders wasserresistent, wie sich nach dem ersten nächtlichen Schauer zeigen und mir Favos Hohn einbringen sollte. Da aber die wärmende Sonne die Pappschilder nicht nur trock-

62

nete, sondern sie auch noch zu seltsamen Schalen verformte, geschah das Sonderbare: Irgendein Passant warf eine Münze in solch eine Pappschale hinein. Zu Lennards und unserem Glück fand diese Aktion bald viele Nachahmer. So konnten Favo und ich Lennard bald zu einem selbst finanzierten Abendessen in der Altstadtkneipe abholen, was schließlich für einige verbleibenden Abende zu einer willkommenen und geselligen Institution wurde.

Im Kerzenlicht saßen wir auch an diesem Abend in der undurchsichtigen – des hier erlaubten Zigarrenrauches wegen – Kneipe. Lennard und Beatrix tranken einen Rotwein, während Elina, Favo und ich den torfig-morbiden Whisky probierten.

„Wie kann man den doch gleich geometrisch konstruieren?", fragte Beatrix unvermittelt an uns alle gewandt. Lennard und Beatrix hatten sich angeregt über Skulpturen unterhalten und waren nun beim Goldenen Schnitt angelangt.

„Wenn ich in meinem Hirn rumkrame, weiß ich nur, dass irgendwo eine Wurzel fünf vorkommt", meinte ich und senkte meine Nase erneut über mein Whiskyglas, um mich im Torf zu verlieren. Favo zog die Augenbrauen hoch, kniff sie aber sogleich wieder zusammen und schien konzentriert nachzudenken. Doch Elina fühlte sich strahlend aufgefordert, uns eine Lektion zu erteilen:

„Wer hat einen Stift dabei? Keiner?"

Sie lieh sich charmant lächelnd vom Nachbartisch einen Kugelschreiber und rupfte mir eines meiner längsten Haare raus.

„Hey, jetzt habe ich nur noch 399999 Stück!"

63

Es machte ‚Rupf!‘, und schon war ich noch ein Haar los. Bevor ich noch mehr Haare opfern musste, verhielt ich mich lieber ruhig und betrachtete das Atelier, das sie vor sich aufgebaut hatte: ein Bierdeckel, ein Stift und nur ein Haar, da sich das erste offenbar schon verflüchtigt hatte.

„Jetzt bin ich aber gespannt!“, sagte Favo und beugte sich neugierig vor.

Elina brach den Bierdeckel mittendurch, so dass das gewonnene Rechteck als Fundament dienen konnte. Mit dem Stift zog sie erst einmal eine erstaunlich schöne Diagonale. Dann pickte sie mit einem Finger das Haar an einem Eckpunkt fest und mit dem Kuli zog sie mit dem anderen Haarende einen perfekten Viertelkreis, der die Diagonale schnitt. Dieser Schnittpunkt zur gegenüber liegenden Ecke ergab den Radius für den nächsten Teilkreis. Diesen zeichnete sie mit ihrer Haarzirkeltechnik von der Diagonalen bis zur langen Seite des Rechtecks. Alle sahen wir staunend und ungläubig auf Elinas Meisterwerk.

„Hier habt ihr euren Goldenen Schnitt!“, triumphierte Elina.

Ich schaute debil auf das Gekrakel: „Wo?“

„Na hier. Der letzte Kreis teilt die lange Seite des Rechtecks im Verhältnis dieser zwei Strecken da und da.“ Dabei drückte sie mindestens vier Finger auf den Bierdeckel: „Das ist der Goldene Schnitt!“

Nach allseitiger Klärung und bestätigendem Nicken Elinas stellten wir fest, dass tatsächlich alles seine Richtigkeit hatte.

*

Schließlich war es vollbracht. Viele Neugierige waren gekommen. Einige kannte man vom letzten Empfang im Rathaus, so dass der Vorplatz außer mit Stühlen auch mit Leuten einigermaßen gefüllt war.

Skurril wirkte der Verwaltungschef des Rathauses, der nun geschäftig versuchte, die vordersten Stühle auseinander zu schieben. Er war über alle Maßen beleibt, somit entsprechend träge, so dass seine Geschäftigkeit ihm mächtige Schweißperlen auf die Stirn trieb. Normalerweise sah man ihn nur selten, da er morgens im Aufzug verschwand, der ihn zu seinem Büro verfrachtete. Abends verließ er dann mit leicht schief gehaltenem Kopf das Rathaus, waberte über das Gelände und stieg in sein klimatisiertes Auto. Nach einigem Stühlerücken hatte er nun glücklich seinen Platz eingenommen.

Ich saß mit Beatrix weit hinten. Wir waren nämlich erst spät erschienen, da sie mir allerlei aus London zu berichten wusste. So hatte sie beim Einreichen ihrer Kunstmappe schon direkt mit einer Dozentin sprechen und sich mit ihr noch für den gleichen Nachmittag in einem Londoner Café verabreden können. Sie war überaus angetan von Beatrix' Werken und ließ keinen Zweifel daran, dass sich das Auswahlgremium sicher positiv über ihre Arbeiten äußern würde. Daher verwunderte es nicht, dass Beatrix überaus gelöst war und sich nun auf die Preisübergabe an Lennard freute.

Auf Tomas' Eintreffen war ich heute besonders gespannt, weil er mir versprochen hatte etwas Besonderes mitzubringen. Daher war auch ich nicht mit leeren Händen gekommen und hatte in einem Weingeschäft ein Vermögen in einen guten Tokajer investiert.

*

Mein Pech war, dass die Angestellte selbst Ungarin war und mir unermesslich viel zu diesem Wein erzählen konnte und wollte. Überkompensiert wurde dies dadurch, dass sie ebenso unermesslich hübsch war und ich ihren Ausführungen, wenn auch nur halb auf den Wein konzentriert, gerne folgte. Sie war sogleich mit großer Begeisterung bei der Sache, da offenbar nur selten Kunden nach einem Tokajer verlangten. Erst verschwand sie im hinteren Zimmer dieser gemütlich voll gestopften Weinhandlung, um sogleich mit einer Flasche und zwei Gläsern winkend zurückzukehren.

„Den musst du probieren!"

Ich war offenbar sofort ihr bester Freund geworden, da sie keine Anstalten machte, mich zu siezen. Sie schenkte aus der gurgelnden Flasche ein.

„Tolle Farbe", meinte ich, um ihrer Begeisterung wenigstens ein wenig gerecht zu werden.

„Ja, nicht wahr?", und wir stießen an. Sie schlürfte genüsslich, wobei sich ihre Laune noch weiter aufhellte.

„Unglaublich! Schmecke doch diesen tollen Furmint und den Hárselevelü!"

Ich lächelte sie nichtswissend an und trank einen weiteren Schluck.

Mit Blick auf das Etikett fuhr sie fort: „Ach ja, in dem Jahr war die Edelfäule besonders ausgeprägt, diese Fruchtigkeit!"

Ich fand den Wein lecker, aber vor allem pappsüß. Schließlich mochte ich lieber schöne französische Rotweine oder auch mal einen weißen.

„Erinnert mich an einen Sauternes", versuchte ich zu glänzen und stellte mein leeres Glas ab. Dabei schoss mir durch den Kopf, dass es aufgrund der Herkunft meines bezaubernden Gegenübers nicht so angebracht war, französischen Wein ins Spiel zu bringen.

„Exakt!", rief sie zu meiner Überraschung aus und schenkte freudig nach: „Hier ist nämlich gelber Muskateller drin." Mit klingenden Gläsern fragte sie geheimnisvoll: „Du bist wohl Experte? Kennst du auch das Geheimnis der Edelfäule?"

„Naja", rang ich nach Worten, schließlich hatte mir Tomas nach reichlichem Weingenuss schon mehrfach versucht zu erklären, was es damit gerade in Ungarn besonderes auf sich hatte. „Erklärst du es mir?"

Sie begann zu erzählen, dass Mitte des siebzehnten Jahrhunderts in einem Gut im Norden Ungarns ein Priester für die Weinbereitung zuständig war und sich aus Furcht vor einem türkischen Überfall dazu entschloss, die anstehende Weinlese zu verschieben. Das hatte allerdings zur Folge, dass die Weintrauben alle verfault schienen und zu dieser Zeit noch keiner ahnen konnte, dass ein wunderbar süßer Wein entstehen sollte, der seinen Geschmack den scheinbar verfaulten Trauben zu verdanken hatte. „Und so wurde unser Wein so richtig lecker und süß", schloss sie ihre Ausführungen.

Da die Flasche geleert war und ich der hübschen Ungarin lange in die Augen geschaut hatte, beschloss ich nun zum kaufmännischen Teil überzugehen.

„Gut. Ich nehme eine Flasche. Sie soll ein Geschenk für einen Freund aus Budapest sein."

„Aus Budapest? Von dort komme ich auch", und ich liebte dieses ungarische ‚sch' wie sie es in ‚Budapest' aussprach, was weich ganz vorne im Munde geformt wird. „Sehr schöne Entscheidung", kommentierte sie mit Blick auf eine volle Tokajerflasche, und sie schlenderte zur mit Ornamenten verzierten, antiken Kasse vor. Das mechanische Gerassel ließ allerdings einen erstaunlichen Preis erscheinen. Auf meinen nicht zu übersehenden Reflex triumphierte sie: „Der hat sechs Puttonyos!" Ich sah sie noch fragender an. „Der hat eine besonders hohe Restsüße."

„Ist schon gut, das ist er mir wert." Ich fragte mich, ob ‚er' der Wein oder vielleicht Tomas war. Doch die angenehme Weinprobe ließ mich ohnehin bejahen und mich beseelt entschweben.

*

Mit diesem Geschenk erwartete ich nun Tomas. Als er sich zu uns setzte, begrüßte er mich mit: „Hier, für Dich!" Und er übergab mir zwei schwere Taschen mit Klaviernoten. Er hatte sie von einem befreundeten Klavierlehrer bekommen, der aufgrund einer Krankheit seiner Leiden-

68

schaft nicht mehr nachzugehen imstande war. Da sie auf mich zu sprechen gekommen waren, schien es für jenen Freund eine große Freude zu sein, das Herzstück seiner Notensammlung bei mir in guten Händen zu wissen.

Als Dank überreichte ich ihm die Flasche Tokajer: „Und der ist für dich."

Tomas entgegnete formvollendet: „Das wäre aber nicht nötig gewesen", um das in der Tat prächtig aufgemachte Präsent entzückt entgegenzunehmen.

Elina war natürlich noch später dran und ließ ihre Blicke nach uns suchend über den Platz streifen. Ich liebte den Anblick, wenn sie mit ihrer offenen Lockenmähne schnellen Schrittes angelaufen kam. Als sie bei uns angelangt war, keuchte sie mich küssend und irgendetwas von einer katastrophalen Musikprobe stammelnd an, was zum Glück mir schneller als ihr gleichgültig war. Da Elina es mit ihrer wunderbaren, glockenklaren Sopranstimme geschafft hatte, eine erste, wenngleich zeitlich befristete Anstellung am Stadttheater zu bekommen, schien es geradezu an Selbstkasteiung zu grenzen, zur Aushilfe in einem Schulchor mitzusingen. Das brachte ihr allerdings ein kleines zusätzliches Honorar ein, da die Theaterstelle sie nicht gerade in Geld schwimmen ließ.

Schräg vor Lennards neuem Bild standen eine Stufe erhöht Favo und Lennard, die ein paar Worte miteinander wechselten. In Anbetracht des Rummels um ihn wirkte Lennard ruhig und gelassen. In ihrer Nähe war ein Mikrofon aufgebaut, auf das der Bürgermeister jetzt mit visionärem Blick zuschritt. Favo hatte ausgeschlossen, vor allen Leuten – zumal als zweiter – zu reden, weil er eine Ansprache nicht hinbekäme, ohne bissig zu werden, und wir außerdem schneller zum Sekt übergehen könnten.

Die neue Fassade beeindruckte auch die angereiste Presse, deren gestikulierende Fotografen sich schwer taten, dieses neue ‚Stadtgemälde‘, wie es unser Stadtoberhaupt enorm erfindungsreich in seiner Rede bezeichnete, abzulichten. Wir erhörten tapfer des Bürgermeisters Begrüßung, in der er insbesondere Favo, der jetzt seine Augen verdrehte, für ‚seinen unermüdlichen Einsatz‘ hervorhob. Die anschließende Lobesrede über Lennard Schönethals Werk war noch schwerer erträglich. Ich vermochte mir beim besten Willen nicht auszumalen, wie die Gespräche zwischen dem leidenden Favo und dem Bürgermeister abgelaufen waren. Nach reiflicher Überlegung schien mir nur eine einzige Lösung plausibel: Favo musste ich fortan eine ungeahnte Fähigkeit zugestehen, die er trefflich zu verbergen wusste, nämlich die der Diplomatie.

Mitten in dieser ganzen Zeremonie setzte sich ganz außen in der ersten Reihe ein Mann mit größtmöglicher Zurückhaltung, die einem die erste Reihe erlaubt, hin. Es war Lennards Vater. Da erinnerte ich mich, dass Lennards Eltern tatsächlich das Versprechen gegeben hatten, beim Wettbewerbsgewinn anwesend zu sein. Der Platz neben ihm blieb allerdings leer, Lennards Mutter erschien nicht.

Am Höhepunkt des Spektakels angekommen überreichten Favo und der Bürgermeister mit vereinten Kräften den Preis, woran sie in der Tat schwer zu tragen hatten: Eine wunderschöne buchenhölzerne Staffelei. Favo wusste, dass es überfällig war, Lennard von seinen Halteprovisorien für Leinwände abzubringen. Außer dieser Notwendig-

70

keit bekam Lennard ein reichhaltiges Sortiment an Ölfarben überreicht, das für eine längere Schaffensphase genügen sollte, und eine große Holzschatulle, die haufenweise Pinsel beherbergte. Mir leuchtete ein, dass man unterschiedlich dicke Pinsel zum Malen brauchte. Wofür diese unzähligen Pinselarten sich jeweils besonders eigneten, war mir auch unter der Annahme, dass die Holzart des Stiels weniger eine Rolle spielte als vielmehr die Sorte der verwendeten Borstenhaare, unerklärlich. Mich beruhigte, dass Favo im Namen der Stadt das zur Verfügung gestellte Geld in diesen Preis umgesetzt hatte, weshalb auch die Pinselarten ihre Daseinsberechtigung haben durften.

Von einer Aufregung, wie es sie bei der Bekanntgabe der drei ersten Wettbewerbsplätze unzweifelhaft gegeben hatte, war hier keine Spur. Dennoch freuten wir uns mit Lennard über die Preise und insbesondere über den neuen Blickfang in dieser Stadt, sein Werk. Mit lächelnder Zurückhaltung nahm Lennard all diese Utensilien sowie die damit verbundenen Glückwünsche entgegen.

Doch plötzlich schien Lennard das Bedürfnis zu haben, Worte an das Publikum zu richten und stellte sich an das Mikrofon. Dies war insofern verwunderlich, als Lennard sich sonst nie aufbaute, um irgendwelche Reden zu schwingen oder vorgab, mit wichtigen Worten zu scheinen etwas zu sein. Ich sah ihm an, dass ihm am Herzen lag, jetzt, gerade jetzt, diese Worte zu sprechen. Ihm mag dabei durch den Kopf geschossen sein, dass es diesen einen Moment eben nur jetzt gibt, später vielleicht nie mehr.

„Ich bedanke mich dafür, mein Bild der Welt zeigen zu dürfen."

Mein Bild. Es ist mein Bild.

Er atmete tief durch, denn er zeigte nicht irgendeines, sondern seines. Mir wurde klar, dass wahrscheinlich kaum jemand verstand, was und wie viel in diesem Gemälde steckte. Selbst mein Einfühlungsvermögen als Lennards Gefährte und meine Interpretation dürften bislang höchstens rudimentär gewesen sein. Lennard bedankte sich bei Favo nicht nur für die Preise, sondern erinnerte an all die Stunden, die er mit ihm zusammen verbracht hatte und die ihm unendlich viel bedeuteten.

Er schloss seine kurze Rede: „Ohne diese Zeit mit Fabian Vogt wäre dieses neue Gemälde nichts und vieles andere nicht geworden."

6. AUFKLÄRUNG IM SCHWIMMBAD

Nach dieser Zeit des Fassadenmalens wechselte Lennard öfter zwischen einer schaffenden und einer lesenden Phase hin und her. Wenn er sich nicht gerade mit einer Kohlezeichnung beschäftigte, war er in ein Buch vertieft. Besonders munter war er nicht, wenn man ihn antraf, da er noch immer Kant und jetzt auch Voltaire verschlang und gelegentlich sogar eine dieser ungeliebten Interpretationen dazu las.

Hierzu fragte ich Lennard, ob man angesichts der unglaublichen Größe dieses Geistes erstarren müsste. Erstarren müsse man nicht, meinte er, aber er habe mit Blick auf Kants umfassendes Werk großen Respekt davor gehabt.

„Es ist natürlich nicht immer alles gleich spannend", sagte Lennard, „so ganz schnell lese ich die Kritiken ja nicht durch."

„Wie? Liest du die am Stück durch?", fragte ich von größtem Unglauben gepackt.

„Nicht durchgehend. Zur Aufmunterung springe ich gerne zu Voltaire und schnappe mir zur Entspannung eine seiner Satiren oder lese gar einmal einen seiner Romane."

Ich schüttelte den Kopf und murmelte: „Für mich ist Aufmunterung etwas anderes."

„Aber belohnt wird man bei Kant immer wieder, wenn ich zum Beispiel nur an seine Antinomien ..."

„Davon habe ich schon mal was gehört!", warf ich mit geschwellter Brust ein.

„... denke. Das ist erkenntnistheoretisch ein Riesengewinn."

Ich erinnerte mich daran, dass mir Tomas einmal von den Antinomien erzählt hatte und freute mich, einen Bruchteil des Diskurses mithalten zu können.

„Tomas war unglaublich begeistert von Kants Antinomien, in denen das Eine und sein Gegenteil bewiesen wird. Seines Erachtens sind sie grundlegend für die mögliche Erkenntnis in der Kosmologie."

„Das stimmt. Zwar geben sie an sich keine Antworten, doch man lernt Wichtigeres ... "

„Nämlich?"

„... nämlich was zu fragen ist."

„Darf man denn nach Gott fragen?", wollte ich es nun neugierig auf die Spitze treiben.

„Ganz klar, dass spätestens seit der Aufklärung Gott nicht zu beweisen noch zu widerlegen ist."

„Wäre hübsch, wenn das mal alle begreifen würden."

„Aber es kommt viel besser, denn Kant setzt so schön eins oben drauf.", und Lennard hob an: „doch bleibt er, der Gott, das fehlerfreie Ideal, das die ganze menschliche Erkenntnis schließt und krönt."

„Widerspricht hier die Vernunft nicht dem Glauben?", wollte ich etwas verwirrt wissen.

74

„Nein, auch bei Kant nicht, da er selbst meinte, sein Wissen aufheben zu müssen, um dem Glauben Platz zu machen."

„Das ist schon seltsam. Naiverweise hätte ich das von der Aufklärung nicht erwartet."

„Er geht sogar so weit, dass die Existenz Gottes ganz einfach postuliert werden muss, will man das höchste Gut erreichen."

„Was ist denn das?"

Langsam schwirrte mir der mehr und mehr verwirrte Kopf.

„Das entspringt seiner Ethik in der praktischen Vernunft", erklärte Lennard. „Was zu erreichen sein sollte ist die Übereinstimmung der Sittlichkeit ..."

„... die macht ja nicht nur Spaß ..."

Lennard nickte: „Eben. ... und der Glückseligkeit."

„Was man sich in Königsberg alles so ausdenkt", sagte ich erschöpft und begann auf ein Ende des Vernunftdiskurses zu hoffen.

Auf der anderen Seite gefiel mir das gerade besonders gut an Lennard: Wenn er und sein Geist einmal in Fahrt waren, ließen sie sich nicht so schnell stoppen. Einerseits war er von Kants Philosophie mit seinem aufklärerischen Augenmerk auf die Vernunft sehr angetan, zumal diese im Gegensatz zu den personenbezogenen Religionen in großem Maße stringent durchdacht war. In einer besonderen Weise blieb beim Lesen ausschließlich der hohe Erkenntnisgewinn, der einen ebenso hohen Genuss darstellen konnte. Auf der anderen Seite war diese Lektüre, zumal die sekundäre, insgesamt äußerst witzfrei. Daher konnte nicht verwundern, dass er gerade in dieser Zeit den Ausgleich im Kunstschaffen fand.

*

Manchmal ergab es sich aber, dass er sich an besonders schönen Spätsommertagen überreden ließ, mit mir zusammen ins Freibad aufzubrechen. So war es am allerletzten Septembertag derart warm, dass es mich keine Überredungskunst kostete, um mit Lennard und Elina ins Schwimmbad zu radeln.

Obwohl uns das Wasser ein wenig Abkühlung verschaffte, fühlte ich mich ziemlich ausgelaugt und beschloss bald Richtung Liegewiese zu trotten. Ganz anders Elina, die noch mindestens zwanzig Bahnen schwimmen wollte. Lennard war dabei den Zehnmeterturm zu erklimmen, während ich es mir auf dem Rücken liegend bequem machte und begann, in der Zeitung zu lesen.

Bald schien auch Lennard von der spätnachmittäglichen Faulheit befallen zu sein. Er trottete zu mir, trocknete sich ab und legte sich neben mich. Während ich gerade eine unglaublich witzige Zeitungsnotiz las, die mich darin bestätigte, dass die unglaublichsten Geschichten vom Leben geschrieben werden, kam auch Elina aus dem Wasser.

„Was gibt's Spannendes?"

„Das muss ich euch vorlesen!"

„Wirklich?", fragte Lennard mit erschöpftem Desinteresse.

„Doch, nur den kurzen Artikel hier."

76

„Na gut, dann mal los."

„Im Alter von 67 und 68 Jahren haben sich zwei Damen entschlossen, auf ihre alten Tage hin gemeinsam in ein Haus zu ziehen. Soweit so gut."

Ich las weiter: „Doch vor ihrem Einzug schlichen sie bei Nacht mit einer glimmenden, rauchenden Schüssel durch die zu beziehenden Zimmer, um die Geister, die dort möglicherweise wohnten, zu vertreiben."

„Das gibt es ja nicht!", sagte Elina ungläubig, riss mir die Zeitung aus der Hand und wiederholte langgezogen die Worte: „Geister, die dort möglicherweise wohnten."

„Es kam, was kommen musste", referierte ich weiter. „Die eine Dame stolperte, ein Vorhang fing Feuer. Praktisch das ganze Haus brannte ab, und beide Frauen mussten mit stärksten Verbrennungen ins Krankenhaus eingeliefert werden."

Elina und Lennard schüttelten mit ungläubigem Grinsen den Kopf.

„Jetzt habe ich noch mehr Lust auf ein Eis," sagte Elina. „Was ist mit dir?"

Ich nickte.

„Und mit dir, Lennard?"

„Gerne", sagte Lennard, ohne sich zu rühren.

Während ich mich wieder der Zeitungslektüre widmete, blinzelte Lennard den munter zwitschernden Vögeln hinterher. Doch die Augen blinzelten nicht sehr lange.

*

Die Vögel zwitschern friedlich vor sich hin, und das ebenso friedliche Rauschen des Meeres dringt ans Ohr. Plötzlich gelangt etwas Großes, unermesslich Großes mit einem ‚Pflatsch‘ an den Strand, auf den Sand. Was aber liegt dort, was an sich doch ins Wasser gehörte? Was war das? Ein japsender Wal von nie da gewesenen Ausmaßen liegt auf dem Trockenen und versucht mit all seiner Kraft wieder in sein Element, ins Wasser zu gelangen. Er müht sich ab, versucht sich zu wenden und zu rollen, doch keine noch so kraftvolle Bewegung bringt ihn in die Nähe des Wassers. Im Gegenteil, das Meer scheint sich sogar zurückzuziehen. Die Vögel jedoch erfreuen sich an diesem bebenden Wesen und trällern und hüpfen munter auf ihm herum. Ein kleines Vögelchen flattert aber aufgeregt von einem Auge zum anderen, als ob es ihm, dem großen Wal, sagen wolle: „Dort ist das Wasser, es ist ganz nah!" Und es stupst den riesigen Wal immer wieder an die mächtige Schnauze. Endlich fasst der Wal neuen Mut und beginnt mit seinem kleinen, hüpfenden Freund Richtung Meer zu kriechen. Doch da bricht blitzartig eine riesige Woge herein und reißt alle beide, Wal und Vögelchen, mit ins tiefe, kalte Wasser des offenen Meeres.

*

„Habt ihr schön gedöst?"

Elina stand breitbeinig vor uns. Sie hatte ihre tropfnasse Mähne über uns ausgeschüttelt.

„Hier das Eis."

78

„Danke", sagte Lennard wieder erwacht, der trotz seiner jäh abgebrochene Siesta gar nicht unzufrieden schien. Bevor ich mich unzufrieden über meine unterbrochene Lektüre ärgern konnte, sagte Elina: „Nimm auch ein Eis."

Murrend nahm ich es und erntete daraufhin einen dicken, nassen Kuss.

Wir gingen, wenn wir gingen, kurz vor Schluss ins Bad, da es dann erträglich leer war und die Sonne gar nicht mehr brannte. Anfangs dachte ich, Schwimmen sei überhaupt die einzige Sportart, der Lennard etwas abgewinnen konnte. Damit lag ich aber falsch, denn während ich Bahn um Bahn im Becken schwamm, war Lennard kaum länger als zehn Minuten dort zu halten. Das, was er mit Leidenschaft verfolgte, war das Turmspringen. Auch wenn er am späten Nachmittag den Bademeister bemühen musste, die Absperrung aufzuheben, trieb es ihn ausschließlich auf den Zehnmeterturm, worauf mich keine zehn Pferde zu bringen vermochten.

Ich genoss es, ihm dabei bewundernd zuzusehen. Aus dieser schwindelerregenden Höhe blickte er nur kurz hinunter, wobei er jedes Mal von neuem das Becken auszumessen schien. Dann hob er die Arme und streckte sie seitlich leicht über die Horizontale. Er blickte geradeaus und ließ die Zeit stehen. Aus heiterem Himmel kam der Sprung. In einer exakten Parabel sprang er kopfüber in die Tiefe. Mit voraus gestreckten Armen trat sein Körper senkrecht, fast lautlos in die spiegelglatte Wasseroberfläche ein. Dabei hatte er die Technik soweit perfektioniert, dass er sich sogar rücklings fallen und seinen Körper ebenso still im Wasser verschwinden lassen konnte. Es war nicht ein Sprung – es war sein Flug.

Lennard kam auch heute nicht vor der völligen Erschöpfung aus dem Wasser seines letzten Sprungs. Mit rot unterlaufenen Augen legte er sich neben mich und blickte mit mir in den Himmel.

„Was denkst du eigentlich, wenn du da oben stehst?", fragte ich.

„Denken?", atmete er aus. „Das Denken schließt ab, während sich die Sinne öffnen", begann er noch mit einem ironischen Lächeln fast salbungsvoll, sprach dann schwebend mit für seine Art ungewohnten Pausen weiter: „Man schließt die Augen ... spürt den Wind ... hört die versinkenden Geräusche ... nimmt die Stille war ... atmet und lebt ganz fern."

Mir begannen, seine Worte im Kopf herum zu kreisen und er schüttete noch mehr hinzu: „Im Wissen zu sein hebt man an zum Sprung zurück zum Hier."

Ich blickte ihn mit großem Erstaunen, fast erschrocken an. Denn sein Blick schien vollkommen abwesend zu sein und seine monotone Stimme machte auch nicht gerade einen beruhigenden Eindruck. Es war sein Innerstes, das in diesem Augenblick zu sprechen schien. Darin hatte ich auf diese direkte Weise bislang noch nie Einblick erhalten. Dort musste eine tiefe Unruhe herrschen, etwas, das immer sucht. Ich wusste wohl, dass Lennard während seines bisherigen Studiums Unmengen Zeit mit Sprachen und Linguistik verbrachte, ein immenses Pensum an literarischen Werken abgearbeitet hatte und immer weitere Bücher verschlang. Dabei wechselte er aufgrund seines Sprachtalents zwischen den Werken so schnell hin und her, dass einem schwindelig wurde: in Aramäisch verfasste Originaltexte, die sein Bibelstudium offenbar zum Abschluss zu bringen schienen, oder ‚La Commedia' von Dante Alighieri, die für ihn gerade auf Italienisch ein Hochgenuss war, oder Voltaires Schriften, die man seines Erachtens auf Französisch lesen *musste*.

Dass er seinen Intellekt herausforderte, war sein gutes Recht, seiner Ansicht nach war es seine Pflicht. Wie ich meinte, führte dieses Dasein ihn sicher an seine Grenzen. Äußerlich machte sich dies in vielen schlaflosen Nächten bemerkbar, die er nur durch Kaffeekonsum durchstand, um weitere Bücher zu lesen oder etwas zu malen oder zu skizzieren. Letzteres unternahm er gerne mithilfe eines gewöhnlichen Papierblocks, worin eine Skizze nach der anderen entstand. In diesen außergewöhnlich arbeitsamen Phasen wirkte Lennard nach außen wenn nicht unruhig so doch etwas fahrig und machte einen fast ungesunden Eindruck.

Sehr aufmunternd war in diesem Zusammenhang eine hübsche alte Voltaire-Biographie, glücklicherweise ein dünnes Büchlein, die ich ihm von einem Flohmarkt mitgebracht hatte. Lennard verspeiste das Buch an einem Abend und berichtete mir in langen Zügen aus dem überaus interessanten und vielseitigen, zuweilen kuriosen Leben dieses Freigeistes.

„Voltaire ist unglaublich klar in seiner Sprache, und außerdem war er auch noch Geschäftsmann."

Lennard verstand es natürlich, mich meiner Unwissenheit wegen schnell in Erstaunen versetzen zu können.

„Wie? Ich dachte, der philosophierte kräftig herum, und hat er nicht eine politische Schrift nach der anderen verfasst?"

„Ja, das hat er schon", führte Lennard aus, „aber endlich war da ein überragender Denker, der seine Brillanz auch wirklich zu Geld machen konnte ..."

„... was ja bei Philosophen oder Künstlern im Allgemeinen keine zu ausgeprägte Fähigkeit ist", unterbrach ich ihn mit diesem kaum missverständlichen Wink, auf den er mit keiner Silbe einging.

„Hatte denn Voltaire wirklich zeitlebens Geld? Sonst ernten doch immer nur die Nachkommen ..."

„... und die Frauen."

„Sogar beides: Ruhm und Geld."

„Ja wirklich. Das Amüsanteste, was ich aber fand, gefällt dir bestimmt", fuhr Lennard fort, „in Paris dachte ein neuer Generalkontrolleur, er müsse die französische Staatslotterie reformieren. Das hat er dann auch gemacht. Voltaire beobachtete das und rechnete diese wohldurchdachte Reform genau durch. Schließlich beschloss er siegesgewiss mit ein paar Kompagnons einfach sämtliche Lotterielose aufzukaufen."

„Alle?"

„Ja alle. Die Lotterie war so unsinnig, dass man auf jeden Fall mehr gewann als man eingesetzt hatte, wenn man schlichtweg alle Lose kauft."

„Gibt's ja nicht! Das ist in der Tat schwachsinnig ..." entwich es mir.

„Kaum wurden die Gewinne ausbezahlt ..."

„War das viel?"

82

„In der Tat über eine Million Livres. Jedenfalls tauchte Voltaire erst mal ab, bis der neue Finanzier vom Finanzminister wieder abgesetzt worden war."

Dies war eines der wenigen Male, an denen Lennard direkt nach einer Lektüre etwas aus eben dieser erzählte. Diesmal lag es wohl daran, dass ich es war, der ihm das offenbar sehr anregende Buch über Voltaires Leben geschenkt hatte.

*

An einem weiteren Tag hatte Beatrix ins Schwimmbad mitkommen wollen. Wir trafen uns erst spät, da sie noch einen wichtigen Anruf erwartete, wie sie Lennard kurz angebunden mitgeteilt hatte. Aber Schwimmen sei dann genau das Richtige für sie. Wir wussten, was das zu bedeuten hatte, da vor kurzem der Auswahltermin zur Aufnahme in die Kunstakademie abgelaufen war.

Als Beatrix nun eintraf, erübrigten ihre strahlenden blauen Augen und ihr verzaubertes Lächeln jede Nachfrage.

„Es hat geklappt!", rief sie uns entgegen und fiel Lennard und mir gleichzeitig um den Hals. Nicht ganz so überschwänglich gratulierten wir ihr selbstverständlich, machten uns dann aber auf den Weg ins Bad.

Da wir erst spät ins Schwimmbad kamen und die Sonne gar nicht mehr so kräftig wärmte, teilten Beatrix und ich uns praktisch alleine das Becken. Sie war eine ausgezeichnete Schwimmerin und ich musste kräftig ausholen, um gleichauf mitzuhalten. Vollkommen neu aber nicht unerwartet war, dass Lennard zunächst auf einige seiner Sprünge verzichtete, um an den Beckenrand zu kommen, von wo er Beatrix beim Schwimmen zusah. Er nahm ihren Anblick in sich auf, wie sie Zug um Zug glatt und geschmeidig durch das Wasser glitt, bis sie schließlich herauskam.

„Ich sehe dich gerne schwimmen", sagte Lennard auf seine stets unumwundene Art.

Beatrix lächelte ihn sichtlich geschmeichelt an und zog ihn scherzhaft am Ohr: „Hast du da hinten den Schalk im Nacken oder wo steckt er?"

Dabei begann sie sich abzutrocknen. Als sie ausgestreckt auf dem Rücken lag, blickte sie über Kopf auf den Sprungturm, an dem sich die durch die zahm wabernden Wellen dringenden Lichtstrahlen der Unterwasserlampen abzeichneten. Bei diesem Anblick sagte sie erstaunt: „Da gehst du rauf?"

„Ja, das tue ich", und Lennard machte sich daran, den höchsten Turm zu erklimmen und sprang bald darauf herunter, so dass das künstliche Licht einen wilden Tanz vollführte. Beim zweiten Flug drehte sich Beatrix herum, um staunend die ungeahnte Kunstfertigkeit von Lennard im richtigen Blickwinkel zu bewundern. Die darauf folgenden Sprünge wollte sie daraufhin nur noch im Stehen miterleben.

Als Lennard beschloss, seine Aktivitäten zu beenden, kam ihm Beatrix entgegen und meinte sichtlich ergriffen: „Du springst ja extrem beeindruckend. Das habe ich ja gar nicht gewusst!"

84

„... und noch viel weniger geahnt", fügte Lennard lächelnd, seinen raschen Atem unterdrückend, hinzu.

Da es ihn zu frösteln begann, reichte ihm Beatrix sein Handtuch.

Für mich war damit der Augenblick gekommen, mich zu verabschieden. Ich hätte mich verbogen, um eine Ausrede für einen sofortigen Aufbruch zu finden. Dies brauchte ich aber nicht, da ich zuvor bereits angekündigt hatte, Elina vom Zug abholen zu wollen, da sie ein paar Tage bei einer Freundin gewesen war. So gut es mir möglich war, nur nicht irgendeinen unnötigen Unterton mitschwingen zu lassen, wünschte ich beiden einen schönen Abend. Mir wünschte ich, dass Lennard doch mit Beatrix endlich zusammenkommen sollte. Schließlich waren die beiden nicht nur in Elinas, sondern auch in meinen Augen das Traumpaar schlechthin.

7. ESPRESSO

Jedem noch so flüchtigen Beobachter konnte nicht entgehen, wenn Lennard begann, in seine Welt der Malerei, in seine Kunstwelt, einzutauchen. Er schien in einer eigenen Sphäre den Pinsel über die Leinwand zu führen und die Farben sein Bild erschaffen zu lassen. Immer schweigend und ohne den Blick je umherschweifen zu lassen, entstanden neue Skizzen, Zeichnungen und Bilder. Dabei musste man sehr trickreich vorgehen, um Lennard aus seiner Welt zu holen, zumal er aus der unsrigen keinen Laut zu vernehmen schien.

Weil er auch nach mehrmaligem Ansprechen nur schwer loszueisen war, entwickelte ich die Strategie, auf der Höhe der Leinwand in sein Blickfeld zu treten. So machte ich mir mit der Zeit einen Spaß daraus, in Abhängigkeit vom Abstand zur Staffelei seinen Konzentrationszustand zu ermitteln: An der Wand stand das wunderbare, alte, weinrot bezogene Biedermeiersofa und halb davor eine nicht besonders aparte Stehlampe aus den siebziger Jahren mit viel zu schwachen Glühbirnen drin. Bis hin zur Staffelei war es besonders einfach, weil man dann nur noch die Rauten des damit gemusterten, riesigen dunkelblauen Teppichs zählen brauchte – und das waren genau fünf. So kam es vor, dass er mich nach stundenlangem Malen schon in der Nähe des an der Wand stehenden Sofas wahrnahm und mich mit ‚Gut' begrüßte und sich von der Leinwand verabschiedete. Da man in diesem Fall ohnehin nicht mehr von überragender Konzentration sprechen konnte, war selbst für ihn eine Pause unabwendbar. Manches Mal ergab es sich aber, dass ich erst zwischen ihm und der Leinwand zu stehen kam, bis ich ihn davon überzeugen oder wenigstens überreden konnte, den Pinsel hinzulegen und später mit der Malerei fortzufahren. Das war dann Grad fünf entsprechend der fünften Raute meiner entworfenen, nach oben geschlossenen Konzentrationsskala. Natürlich konnte man den unpassendsten Moment erahnen, und es war dann ratsam, das Unterfangen, ihn aus seiner Welt zu holen, etwas zu verschieben, zumal es stets von neuem eine Genugtuung war, Lennard beim Malen zuzusehen. Ich ertappte mich auch schon dabei, dass ich einfach nur neben ihm auf dem roten, alten Sofa saß, die Zeit vorbeiziehen ließ und ihm zusah.

Als ich heute durch die offene Tür in Lennards Zimmer trat, tippte ich auf etwa Konzentrationsgrad fünf. Allerdings probierte ich das altgewohnte Spielchen diesmal nicht aus, sondern sah ihm lieber beim Zeichnen zu.

Lennard hatte begonnen, ein Bild von Beatrix zu skizzieren. Am nächsten Morgen schon wollte sie die Stadt verlassen, um bald das Kunststudium in London antreten zu können. Sie benötigte schließlich noch einige Zeit, um ein Zimmer zu finden, aber fürs erste konnte sie bei ihrer ehemaligen Au-pair-Familie unterkommen. Da sie also für einige Zeit fort sein würde, wollte Lennard ihr noch heute ein selbst gemaltes Werk überreichen. Hierzu war ihm der Gedanke gekommen, sie in ihrem Tun zu zeigen, bei dem er sie sogar einmal hatte erleben dürfen. Das war etwas Besonderes gewesen, da Beatrix normalerweise niemandem gestattete, ihr beim Werkeln zuzusehen. Das Bild war kaum größer als ein Blatt eines Zeichenblocks. Schon ließ sich Beatrix in feinen Tuschezügen als Bildhauerin erkennen.

Nur ungern ließ Lennard eine unfertige Arbeit, schon gar nicht diese, liegen. Dennoch machte er sich auf, um mit mir zu Favo zu gehen, den er schließlich schon längere Zeit nicht mehr besucht hatte.

Mit über einer Stunde Verspätung kamen wir an dem außen schön restaurierten, innen aber etwas vernachlässigten Gründerjahrehaus an, in dem Favo schon seit etlichen Jahren eine Wohnung bewohnte. Die Haustür stand offen, so dass wir dadurch wenige Sekunden unserer Verspätung wettmachen konnten.

Im holzknarzenden Treppenhaus begannen wir sofort ein Wettrennen bis in den obersten vierten Stock, wo Favos Wohnungstür auf unser Klingeln wartete. Uns war klar, dass Favo gar nicht erfreut sein konnte, dass wir eben diese eine Stunde zur Einweihung seiner selbst gebauten Espressomaschine zu spät waren. Umso erstaunter war ich, als Favo freudig die Tür öffnete und sich sichtlich zwingen musste, uns einen die Verspätung strafenden Blick zur Begrüßung zuzuwerfen.

Keuchend warf ich ihm entgegen: „Favo, stell dir vor, Elina kommt auch, allerdings noch etwas später."

88

Da ich wusste, dass er für Elina besonders schwärmte, meinte er nun noch freudiger strahlend: „Schlawiner! Jetzt aber rein mit Euch."

Tomas war auch gekommen, worüber ich mich sehr freute, da ich ihn eine Weile nicht mehr gesehen hatte. Obwohl wir diese kuriose Einweihungsfeier in Favos Küche begehen wollten, begrüßten wir Tomas in Favos Wohnzimmer. Er meinte, dass sie die Wartezeit mit etwas Tokajer – der damit verbundene Geruch war uns nicht unbemerkt geblieben – überbrückt hätten, weil sie dieses Espressokunstwerk niemals ohne uns einweihen wollten.

Favos Wohnung war beeindruckend, schon der ganze Flur bestand aus Büchern. Sein Atelier, das ebenso vollgestopft war wie dasjenige, das er in der Schule belagerte, trotzte jeder Beschreibung. Immerhin gelang es einem noch einen Fuß vor den anderen zu setzen. Hinter und unter all den Sachen verbargen sich wunderschöne Möbel, die aber erst in Favos gemütlichem Wohnzimmer sichtbar wurden. Die schönen hohen Fenster ließen, von einigen Efeublättern verhangen, das Tageslicht hell herein. Nachts konnte man die alten Holzläden schließen, sofern Favo das Sternenlicht aussperren wollte. Und wenn es zu kalt wurde, durfte ein alter Bullerofen, den er mit dem garteneigenen Holz befeuerte, Wärme spenden. In der Mitte stand ein runder, niedriger Tisch, der um sich allerlei verschiedene, antike Stühle und Sessel versammelte. Auf einer gemütlichen Chaiselongue konnte man seine Seele baumeln lassen oder seinen Geist mit einem der vielen Bücher traktieren, die rings um einen herum standen und dicht gedrängt das Zimmer beherrschten. Auf wundersame Weise schienen diese jedoch eine gewisse Ordnung zu haben, und sie hatten vornehme Plätze inne: in alten, massiven Regalen oder auf einer antiken Nussbaumkommode. Das Herzstück war allerdings ein mit Folianten und in Leder gebundene Werke bepackter Bücherschrank, der in Jugendstilmanier die uralten Prachtbände hinter Glastüren vor Staub schützte.

Lennard erblickte eine Lücke darin und begann zu schmunzeln. *Diese Lücke ist von mir.*

*

Monate war es her, als Lennard bei Favo nicht nur auf ein Glas Wein vorbeigekommen war. Es hatte sich zwischen ihnen eine leidenschaftliche Diskussion über Kunst, Architektur und schließlich über mittelalterliche Philosophie entwickelt. An jenem Abend hatte Favo Lennards Interesse vielleicht nicht geweckt, doch aber erheblich gesteigert, gerade in die Werke des ausgehenden Mittelalters und damit in die Gründungsjahre des Humanismus hineinzublicken. Der Diskurs war bei Lennard auch deshalb auf fruchtbaren Boden gefallen, weil er die Scholastiker zur Genüge studiert hatte und sich dementsprechend vielleicht wie Petrarca oder Boccaccio danach gesehnt hatte, sich von theologisch-philosophischen Haarspaltereien der Spätscholastiker zu verabschieden. *Es ist der Mensch, den ich will.*

Favo hatte einen Schlüssel unerwarteterweise ohne jegliches Suchen aus der Kommode geholt und den Jugendstilschrank geöffnet.

90

„Hier habe ich seit einer Ewigkeit nicht mehr reingeschaut."

Beide hatten davor gestanden und große Freude daran gehabt, dass seine alten Schätze von ihm wieder einmal und von Lennard zum ersten Mal in die Hand genommen wurden. So stöberten sie zusammen in diesem alten Bücherschrank, wobei Favo nicht mehr angetan hätte sein können, als mit einem so erfahrenen und über alle Maßen interessierten Lennard diesen Schatz heben zu dürfen.

Mit leuchtenden Augen hatte Lennard auf einen Lederband gedeutet: „Darf ich das bei dir lesen?"

„Ach was!", hatte Favo erwidert: „Das leihe ich dir natürlich."

Und Lennard hatte noch mehr gestrahlt.

„Obwohl", war Favo zögernd fortgefahren, „deine Idee ist nicht schlecht, dann würdest du mich häufiger besuchen." Lennards Strahlen hatte sich aber nur kaum verringert, weil Favo ihm sogleich zugezwinkert hatte.

„Weißt du was? Was soll ich denn damit, ich habe vor vielen Jahren gedacht, dass ich es lesen müsse und habe mir dann sowieso eine kommentierte Ausgabe gekauft. Ich schenke dir den Band."

Lennard hatte es nicht fassen können, als er spät in jener Nacht von Favo mit diesem Schatz unter der Jacke an seine Brust gepresst nach Hause radelte.

Favo hatte ihm einen frühen Druck eines Bandes von Michel de Montaigne geschenkt.

*

„Hast du die etwa selbst zusammengebaut?", fragte ich nicht ohne Bedenken, als wir das Wunderding von Espressomaschine in Favos Küche erblickten.

Das letzte, was Favo stolz selbst gebastelt hatte, war ein zu einer Trittleiter aufklappbarer Bibliotheksstuhl gewesen, dessen Überreste nun als Hocker auf dem Balkon dienten. „Du solltest mal sehen, was die Dinger im Laden kosten", hatte er mir damals erklärt und darauf verwiesen, welches Nachschlagewerk er sich für das eingesparte Vermögen angeschafft hatte. Glücklicherweise war es damals glimpflich ausgegangen, als dieser Eigenbau bei der Erstbesteigung zusammenbrach und Favo mit ein paar blauen Flecken davongekommen war.

„Nicht ganz alleine. Also gut, ein bisschen hat mir Tomas geholfen", meinte Favo augenzwinkernd. „Na, war es nicht so, dass du mir nur ein klein wenig zur Hand gegangen bist?" sagte er mit einem sehr gedehnten ‚klein wenig' an Tomas gewandt. Dieser nickte brav lächelnd, wobei seine gerunzelte Stirn verriet, dass das eine deutliche Untertreibung war.

Das beruhigte mich sehr. Es war deutlich erkennbar, worin die Arbeitsteilung bestanden hatte. Die Maschine war aus mattem Edelstahl gebaut, dessen Mattheit sie noch edler aussehen ließ. Darauf hatte Favo mit hoffentlich hitzebeständigem Lack winzige organische Muster in kaffeebrauner Farbe gezaubert. Der Metallkörper selbst ruhte auf einer dunklen, dicken, massiven Holzplatte, die einem asymmetrischen Halbmond glich.

„Ein schönes Ganzes", kommentierte Lennard, dessen Gedanken woanders zu verweilen schienen, das Werk der beiden. Das veranlasste immerhin Tomas und Favo, sich gegenseitig auf die Schulter zu klopfen.

In der Tat sah die Espressomaschine in keiner Weise schlampig aus und hätte in jedem Designerladen einen Platz in Augenhöhe ergattern können.

Tomas begann, ein bisschen was zu seinem Wunderwerk der Technik zu erklären. Die Einzelteile des Dampfdruckraums hatte er selbst in seinem Keller aneinander geschweißt. Nachdem alles funktionstüchtig zusammengebaut war, hatte er die wenigen Kunststoffteile abgeklebt und war damit zur Brückenbaustelle gelaufen.

Ich glaubte nicht zu verstehen und fragte mit entsprechend ungläubigem Gesichtsausdruck: „Du warst mit dem Ding auf einer Baustelle?"

„Klar, das ist doch der Witz an der ganzen Maschine. Dort bin ich zu einem der Bauarbeiter gegangen, die da zur Zeit mit Ganzkörperschutz die Stahlträger der Brücke vom Lack befreien. Und den habe ich gebeten, doch mit dem Sandstrahler diese Maschine zu bearbeiten."

„Dann bekommt man den Stahl so hin?", klinkte sich Lennard mit mäßigem Interesse wieder in das Gespräch ein.

„Ja, und vor allem ging das ruckzuck! Der Bauarbeiter drückte belustigt auf seine Sandstrahlpistole, wand das Gerät ein paar Mal hin und her und gab es mir mit einem ‚Gut so?' wieder zurück."

„Und gekostet hat es nichts?"

„Eine Flasche Tokajer, die den Mann sehr überzeugte. Daraufhin bat er mich, noch mehr von dem Krempel zu bringen."

Danach durfte Favo die künstlerischen Aspekte übernehmen, und er erzählte stolz, wie er mit dem Lack, der tatsächlich große Hitze verträgt, den Edelstahlkorpus verzierte und den ebenso edlen Holzfuß hergestellt hatte.

Als wir nun daran gingen, die Espressomaschine für uns arbeiten zu lassen, meinte Tomas stolz: „Und damit ich ruhigen Herzens unseren Favo auf sie loslassen kann, habe ich das Ganze mit nur einem Knopf ausgestattet!"

Belustigt meinte ich zu Lennard, dass diese Strategie für Favo sicher nicht verkehrt sei.

Mit diesem einen Knopf konnte man sie anschalten und wahlweise Kaffee brauen oder die Düse für den Milchaufschäumer mit heißem Dampf füttern.

„Es kann auch gar nichts passieren. Hier hinten ist ein Überdruckventil, und falls Favo mal vergisst Wasser reinzutun ..."

„Kann sich einer von euch etwa vorstellen, dass das zu irgendeinem Zeitpunkt passieren wird? Frechheit ...", schnaubte Favo.

„... dann spricht ein simpler Thermostat an", erklärte Tomas unbeeindruckt weiter, „und der Strom ist weg. Man braucht überhaupt keinen Elektronikschnickschnack."

In der Tat war außer dem Manometer, dem Knopf und dem Stecker nichts an Technik an diesem Gerät, was es schlechthin als Kunstwerk aussehen ließ.

Nachdem Favo die mit gemahlenem Espressopulver reichlich versorgte Maschine mit Wasser gefüllt und den Knopf korrekt betätigt hatte, begann sie leise zu schlürfen und zu blubbern. Gespannt blickten wir sie an. In dem Stahlkessel begann sich Druck aufzubauen. Sieben bar

94

waren erreicht, ab hier könnte man höchstens mit großer Mühe einen waschechten Italiener überreden, einen Espresso überhaupt erst als einen solchen zu bezeichnen. Der Druck stieg weiter. Bei fünfzehn bar fing die Nadel des Manometers heftig an zu zittern, woraufhin ich unwillkürlich einen Schritt nach hinten machte, was mir Lennard mit einem zustimmenden Nicken gleichtat. Nachdem sich der Zeiger wieder beruhigt hatte, stieg der Druck weiter an, bis ein zahmes Pfeifen signalisierte, dass der Maximaldruck erreicht war.

„Das ist das Überdruckventil!", freute sich Tomas, der den planmäßigen Vorgang konzentriert beobachtet hatte. Die schöne Druckanzeige, die oben auf der Maschine thronte, zeigte schließlich den unglaublichen Dampfdruck von zwanzig bar an.

Favo zog die Augenbrauen hoch und schien nicht scharf darauf zu sein, die ersten beiden Espressotassen mit Inhalt zu füllen. Doch Tomas fand sich bereit, den ersten Schritt zu tun. Er drehte den einsamen Knopf, und unter freudigem Geblubber ergoss sich das braune Gebräu in die Tässchen. Er überreichte mir die beiden ersten Probeläufe, um den einen an Lennard weiter zu reichen, der sogleich kritisch an der überaus perfekten Crema schnupperte.

„Warte, bis der Druck wieder da ist", meinte Tomas zu Favo, der nun den Mut fand, selbst tätig zu werden und sich ungeduldig vor der Maschine aufgebaut hatte.

Wir hörten aus Favos Mund noch: „Esprimere!"

Doch plötzlich gab es ein ohrenbetäubendes Zischen und die Milchaufschäumdüse blies eine gewaltige Dampffontäne mit unglaublicher Geschwindigkeit aus. In kürzes-

95

ter Zeit sah man die Hand vor Augen nicht mehr, und die ganze Küche stand voller Wasserdampf.

Favo hatte es fertig gebracht, den einen vorhandenen Knopf in die falsche Richtung zu drehen. Als Tomas es geschafft hatte, durch die Richtigstellung des Schaltknopfs die Düse wieder zu beruhigen, konnte man sein Gelächter nicht überhören. Auch ich lachte und wischte mir die Tränen aus den Augen. Lennard war damit beschäftigt, den Kaffee aufzuwischen, den er vor Schreck verschüttet hatte.

Er schüttelte lächelnd den Kopf und versuchte, Favo aufmunternd zuzusprechen: „Du darfst mir zur Abwechslung keinen Espresso, sondern einen Capuccino mit von dir aufgeschäumter Milch machen."

„Wird sofort erledigt!", sprach Favo, der mit seiner nass anliegenden Mähne und dem tropfnassen Bart aussah wie ein Pirat nach einer noch nicht verlorenen Schlacht.

Gerade als Favo den in der Tat ansehnlich aufgeschäumten Milchkaffee an Lennard und einen weiteren Espresso an Tomas ausgeteilt hatte, klingelte es.

„Das ist Elina!", kam es gleichzeitig aus meinem und Favos Mund geschossen. Favo schien sich fast wie ein Kind zu freuen, dessen Lieblingstante mit einem Berg an Geschenken vor der Tür wartete, was Lennard und Tomas unwillkürlich ein augenzwinkerndes Lächeln abzwang.

„Schön dich zu sehen Elina", begrüßte Favo den neuen Gast.

„Ja hallo Favo! Sag mal, kommst du gerade aus der Dusche?", entgegnete Elina mit erheiterter Stimme.

So durften wir einen der ganz seltenen kurzen Momente erleben, in denen Favo tatsächlich in Verlegenheit

96

geriet. Seine nassen Haare betastend sagte er nach einer Schrecksekunde: „Ach was! Wir spielen nur gerade Espressomachen. Komm doch mit in die Küche."

Glücklicherweise war es Tomas, der sogleich seine Dienste und Elina einen frischen Cappuccino anbot, dessen Perfektion sie nicht müde wurde zu loben.

Bald schon verabschiedete sich Lennard von uns, da ihm nach dieser für ihn langen Unterbrechung sehr viel daran lag, seine Tuschezeichnung zu beenden, zumal er Beatrix noch an ihrem letzten Abend bei sich erwartete. Er entschuldigte sich insbesondere bei Elina, da sie ja gerade erst gekommen war. Strahlend und hoffnungsvoll meinte Elina aber, dass sein früher Abschied unter diesen Umständen natürlich überhaupt kein Problem sei.

Als wir es uns in Favos Wohnzimmer gemütlich gemacht hatten, begann Elina Favo vorzuschwärmen, wie toll es wäre, wenn Lennard mit Beatrix zusammenkäme.

„Beziehungen", wollte Favo ausholen, „das ist nichts Einfaches ..."

„Frauen sind toll!", ergriff Tomas rasch das Wort, um Favo von irgendwelchen allzusehr undiplomatischen Frauengeschichten abzuhalten, „Ich kann mir ein Leben ohne sie gar nicht vorstellen, ich liebe sie."

„Oh ja!", rief Favo dennoch, „Apropos: Wenn zwei Menschen im Gewühl sich am Ende der Rolltreppe zufällig treffen und diese beiden es schaffen, sich genau dort mit einem Haufen Belanglosigkeiten zu überschütten, wer ist es? Zwei Frauen!"

Elina und ich grinsten uns an.

Favo kam in Fahrt: „Wenn vor mir ein Auto im Schneckentempo dahin kriecht, wer sitzt am Steuer?"

Elina hob noch breiter grinsend den Finger: „Eine Frau?"

Favo nickte, gestand aber lachend zu: „Eine Frau oder ein seniler Greis! Und wenn ..."

„Lieber Favo, Frauen sind wunderbar!", unterbrach Tomas endlich dessen Ausführungen und piekste ihn in den Bauch.

Und Favo pflichtete ihm bei: „Lieber Tomas, du hast natürlich recht. Frauen sind wunderbare Geschöpfe."

Irgendetwas regte sich aber in Favo, der nun sehr gerührt zu sein schien und sich unumwunden an uns wandte: „Was seid ihr für ein prächtiges Paar! Ich brauche euch gar kein Glück zu wünschen. Ihr seid das Glück schlechthin!"

Er wuschelte in meinen Haaren und küsste Elina auf die Wange. Nicht nur wir beide, auch Tomas waren uns ganz sicher, dass Favo uns nicht aus Höflichkeit zusprach, wie er sowieso nur selten etwas nur aus Höflichkeit sagen würde, sondern es im tiefsten Herzen so empfand. Ich fühlte mich mit meiner Elina natürlich ein bisschen stolz, trotz oder vielmehr wegen des Funken Neides, den unsere Beziehung bei Favo entfachte. Mir wurde nach seinem Monolog aber auch bewusst, dass Favo nicht nur glückliche Zeiten mit Frauen, insbesondere in den wenigen Jahren seiner Ehe, verbracht haben musste.

*

98

Noch in seine Arbeit vertieft klingelte es spät abends, und Beatrix stand bei Lennard vor der Tür. Strahlend überreichte sie ihm ein Päckchen, das nur mit Zeitungspapier umwickelt war.

„Hier für dich mein Freund", und Beatrix drückte es ihm in die Hand.

„Meine liebe Beatrix, ich habe auch etwas für dich", antwortete Lennard und deutete auf seine fast vollendete Zeichnung hinüber. „Sieh sie dir aber erst an, wenn sie fertig ist."

Lennard suchte nach zwei Weingläsern und fand einen Wein: „Magst du noch was essen?"

„Danke, nein."

„Das trifft sich gut, ich möchte noch ein wenig weiterzeichnen."

Lennard schenkte Wein ein und fragte nun doch neugierig: „Darf ich es denn schon aufmachen, obwohl ich mein kleines Bild für dich noch nicht fertig habe?"

„Bitte! Ich hoffe, es gefällt dir."

Mit größter Sorgfalt wickelte Lennard das Geschenk aus.

Voller Erstaunen stellte er die aus Gips gefertigte, tiefblau lackierte Skulptur vor sich hin. Aus einem Block wuchs eine organisch markante Wurzel, die in einen abstrahierten Turm überging, der wiederum oben in ein Sprungbrett mündete. Von dort sprangen kopfüber hintereinander kleine miteinander verbundene Figuren ins Wasser hinab, das aufgewühlt in die Wurzel überging. Diese Figuren stellten aber ein und dieselbe Person dar: Lennards Sprung war dreidimensional stroboskopisch abgebildet!

Dabei war die oberste Figur noch recht rau mit seitlich abgestreckten Armen dargestellt, während die letzte, die mit den Fingerspitzen soeben die Wasseroberfläche berührte, sehr feine Einzelheiten zeigte. Trotz ihrer geringen Größe bildete man sich ein, bei dieser letzten Figur Lennards charakteristische Züge auszumachen. Beatrix hatte einen unheimlichen Blick für derartige Feinheiten und sog sie geradezu in sich auf, so dass sich diese fast in allen Plastiken, die nicht rein abstrakt gehalten waren, fanden.

„Wunderschön", entwich es Lennard leise.

Beatrix war von Lennards Bewunderung sichtlich gerührt. Nach einer kurzen Pause meinte Lennard: „Wenn es dir nichts ausmacht, zeichne ich noch das Bild fertig. Es dauert sicher nicht mehr lange."

„Ich weiß, dass es dir keine Ruhe lässt. Nimm dir alle Zeit der Welt. Ich bin schon sehr gespannt darauf."

Beatrix nahm sich ein Buch und machte es sich auf dem roten Sofa bequem. Immer wieder trafen sich ihre Blicke, so dass sich Beatrix Mund immer wieder zu einem charmanten Lächeln verzog.

Kurze Zeit darauf meinte Beatrix, dass ihr gleich die Augen zufielen und sie sich lieber schlafen legen wollte. Sie verschwand kurz im Badezimmer, während Lennard das Sofa, so gut es ging, zu einem Bett herrichtete. Beatrix erschien in einem eleganten, dunklen seidenen Pyjama, der ihren schlanken Körper kaum versteckte und ihre wunderschönen Brüste hauchdünn und straff bedeckte.

„Tut mir leid, dass ich so früh wieder raus muss", meinte Beatrix und stellte ihren Wecker.

„Kein Problem. Es bleibt uns ja noch ein Frühstück", erwiderte Lennard. Da er sich am nächsten Morgen keine Minute mit Beatrix entgehen lassen wollte, deckte er noch Kaffeetassen und Teller, und um nicht als vollkommen miserabler Gastgeber dazustehen, brachte er ihr noch eine Decke.

Lennard war tatsächlich nahezu fertig mit seiner Tuschezeichnung, als er bemerkte, dass Beatrix auf dem Sofa längst eingeschlafen war. Inspiriert von der Körperhaltung der schlafenden Beatrix zeichnete er noch weitere Einzelheiten ihrer Gesichtszüge aber auch ihres wunderbaren Körpers in sein Bild. Schließlich legte er zufrieden und erschöpft die Zeichnung in eine Pappmappe und versah die Oberseite mit dem Schriftzug ‚Beatrix'.

Er wagte nicht, Beatrix zu wecken. Er strich ihr über das Haar und gab ihr einen Hauch von einem Kuss auf die Stirn. Lennard blickte sie noch eine Weile an, ehe ihn die Müdigkeit schließlich zum Schlafen zwang.

Noch vor Sonnenaufgang stand Beatrix auf. Weil Lennard selbst durch das nervtötende Weckergefiepe nicht wach geworden war, ging sie zu seinem Bett hinüber. Beatrix Mund näherte sich seinem schlafenden Gesicht und küsste lange seine Lippen. Lennard regte sich kurz mit einem behaglichen Murren, war aber nicht wach zu bekommen. Nachdem sie sich angezogen und ihre Sachen gepackt hatte, verabschiedete sie sich mit einem weiteren ausgedehnten Kuss beim schlummernden Lennard und genoss die Berührung seiner Lippen. Dann eilte sie fort, um nach London aufzubrechen.

Stunden später klingelte Lennards altes Telefon. Er nahm während des ersten Klingelns den Hörer ab und rief hinein: „Beatrix?"

„Das Bild ist einzigartig, es ist wunderschön geworden. Und das bin ich?", sprudelte Beatrix los.

Nach einer schweigenden Pause, die einer Frage hinsichtlich ihres plötzlichen Aufbruchs gleichkam, meinte sie mit ruhiger Stimme: „Du warst nicht wach zu kriegen."

„Hast du das denn versucht?"

„Durch einen langen Kuss."

„Nein!"

„Doch."

„Nein ..."

„Stimmt, es waren zwei Küsse auf deinen wohlgeformten Mund!"

Lennard schwirrte der Kopf. Er behielt von dem weiteren Gespräch über das nächste Wiedersehen und vieles mehr fast nichts im Gedächtnis. Stattdessen füllte sich sein Kopf mit nur einer einzigen Frage. *Wie soll mich das ruhig lassen, nicht das Spüren der Lippen in Erinnerung zu haben, das von meinen immerzu ersehnten und doch erlangten Küssen herrührt?*

Überhaupt vermisste er das über das Gegenwartserlebnis hinausgehende noch so kleine Körperfühlen.

Ihm traten Schweißperlen auf die Stirn.

102

8. MUSIK

„Ich habe zwei Karten für morgen Abend! Kommst du mit?"

„Äh, ja sicher, wohin denn? Was gibt es denn überhaupt so Tolles, so aufgeregt wie du hier antanzt?" Und Lennard fügte mit einem Seufzer hinzu: „Tu mir jetzt kein Fußballspiel an ...", wobei er natürlich bemerkt hatte, dass das meinerseits gerade in keiner Weise anstand. Schließlich hatten wir vor fast einem Jahr ein Erstligaspiel besucht, wozu ich Lennard hatte überreden und mit dem Argument des Erlebt-haben-müssens sogar überzeugen können. Allerdings hatte Lennard nach der ersten Viertelstunde gemeint, dass sich meine Überzeugungsfähigkeit nun erschöpft habe, er mir zu liebe aber weiter bleiben wolle. Nichtsdestotrotz hatte sich ein schier nicht enden wollender Kneipenabend angeschlossen, bei dem wir das Phänomen der Masse, des Individuums darin und nach mehreren Gläsern Wein zu unserem eigenen Erstaunen auch das Irrationale im Mann ausgiebig diskutiert hatten. Den Schlusspunkt hatte die Einsicht gebildet, dass sicher schon eine Heerschar hinreichend begabter Zeitungspraktikanten den eben diskutierten Stoff zu Genüge analysiert und das Ergebnis in gedruckter Form abgeliefert haben musste.

Ich fuhr begeistert fort: „Ein Konzert, etwas Klassisches, das man gehört haben muss. Außerdem dirigiert Bianderini – sagt dir natürlich nichts." Lennard versuchte gar nicht erst, wissend zu schauen. Aber ich schien sein Interesse merklich geweckt zu haben.

„Das ist ein …, nein, deeer Dirigent aus Verona", führte ich aus, „was sich gerade bei dieser grandiosen italienischen Musik gut ausnimmt. Ich kann es gar nicht fassen, dass er hierher in die Stadt kommt!"

*

Italienische Musik, na ja, so richtig viel daraus machte ich mir lange Zeit selbst nicht. Schön, ab und zu hörte man ganz gerne die Barockstücke mit dem nicht leise-laut spielenden Spinett an: Manfredini, Corelli und wie sie alle heißen. Es dauerte eben noch ein paar Jahre bis Cristofori das Pianoforte erfinden sollte, so dass die grandiosen Werke Beethovens, Chopins, Liszts und anderer darauf erstrahlen konnten. Sicher, die ‚Vier Jahreszeiten' haben mir gerade als Kind – ‚also, die Aufnahme mit Anne-Sophie Mutter, die musst du dir anhören!' – außergewöhnlich gut gefallen. So durfte ich zu Hause die CDs einlegen und im Kreise der Familie nach einem sonntäglichen Mittagessen hin und wieder Vivaldi genießen. Ganz anders allerdings etwa Telemann, dessen Musik ich geradezu als verheerend langweilig empfand, worin meine Schwester wiederum ganz anderer Ansicht war. Nur ist es

104

mittlerweile so, dass diese Musik des Barocks, und mit Mozarts frühen Rokokostücken verhält es sich ähnlich, schrecklich sorgenfrei ist.

Es gab tatsächlich Bekannte, die sich Rondo Veneziano – was ja so etwas wie ein riesiger, norditalienischer Musikantenstadl ist – anhörten und demnach meinten, behaupten zu dürfen, dass sie sich in italienischer Barockmusik auskannten. Meiner Ansicht nach ließ sich das, gerade wenn man im Fernsehen außer seine Ohren auch noch seine Augen damit belästigte, nicht oder nur mit zeitgleich verabreichtem Alkoholgenuss ertragen.

Dann sind mir natürlich einige Opern bekannt, opulente und wunderschöne Verdi-Opern, unvergessen ‚La Traviata‘, die im Übrigen meine Schwester seltsamerweise nach einer Emanzipationsphase, um von Telemann loszukommen, vollauf begeisterte, was man daran erkennen konnte, dass sie erfolglos versuchte, schönste Arien nachzuträllern. Anders verhielt es sich mit Elina, deren Gesang ich immer mehr liebte, je länger ich mit ihr zusammen war. Abgesehen von wirklich beeindruckenden Arien, die auch von mindestens drei bekannten Tenören nicht nur für den Zuhörer gewinnbringend vermarktet wurden, gehöre ich aber zu der Sorte Menschen, die nach der ersten halben Stunde des Opernbesuchs auszurechnen beginnen, wie viele Leute wohl in den Opernsaal passen, oder damit anfangen, Notausgangslampen zu zählen.

*

105

„Was wird denn gespielt?", Und jetzt schaute Lennard mich wirklich ernst an, als ob er mir eine unangenehme, geradezu intime Frage gestellt hätte, und ich antwortete fast monoton:

„Verdi. Verdis Requiem."

Lennard wusste natürlich, dass ich wusste, dass auch er eine Schwäche für Requien hatte, obgleich wir bislang erst einmal eines, und das war Mozarts berühmtes Werk, zusammen gehört hatten. Ich war nun selbst sehr neugierig auf Verdis Requiem, das ich zu meiner Schande bis dahin noch nicht kannte. So konnte mich der erste Teil seiner Antwort nicht überraschen, der zweite Teil aber um so mehr:

„Da komme ich auf jeden Fall mit! Und Schande über mich, ich habe mir dieses Requiem noch nie angehört."

„Was? Das kann doch nicht möglich sein. Ich hatte mir vorher gedacht, dass ich dir das kaum anbieten kann, weil du jedes Requiem sicherlich schon zig Mal gehört hast. Beatrix hat dich da auch noch nicht hingeschleppt?"

Nach seinem heftigen Kopfschütteln fügte ich hinzu: „Nein? Das ist ein Muss!"

Ehe ich noch etwas anfügen konnte, fiel mir in seinem Zimmer ein dicker Wälzer über Schopenhauer auf, der wunderschön im Goldschnitt gebunden war, und begann darin zu blättern.

„Liest du das gerade? Wie ist das denn so?"

„Schwer", obwohl ihm nicht sonderlich an einer Unterhaltung gelegen war, freute er sich über diese unfreiwillig doppeldeutige Antwort, „na ja, ein toller Geist, sehr apollinisch, als Mensch doch fragwürdig. Das da lese ich

106

auch gerade", und er deutete auf ein ebenso schön gebundenes Buch aus Nietzsches Gesamtwerk ‚Ecce Homo'.

„Das habe ich mir gegönnt."

Und ich blickte staunend auf die dreizehn Bände des Nietzschewerkes. Er zeigte auf einen Band nach dem anderen: „‚Geburt der Tragödie', ‚Menschliches, Allzumenschliches.' Dieses Denken, diese Sprache, das musste ich einfach besitzen." Dann richtete sich sein Blick auf eine kleinere Schrift Nietzsches, die in einer Ecke lag, wo sich weitere Bücher zu Nietzsche und Schopenhauer stapelten:

„Richard Wagner in Bayreuth, das ist eine nicht so schwere Lektüre, mit der ich heute den Abend wohl ausklingen lasse."

Sehr dionysisch. Lennard schmunzelte.

Ich sah ihn verwundert an, da ich doch eine etwas andere Vorstellung hatte, einen Abend gemütlich ausklingen zu lassen.

„Friedrich Nietzsche", sagte ich nur staunend, da mir keine rechte Frage einfiel. Doch ich fragte sehr schlicht und noch immer verwundert auf das Bücherwerk blickend: „Das liest du alles?"

„Also sage ich dir", hob Lennard an „Das ist neu! Er liefert die Diagnose, aber nicht nur die, sondern auch die Therapie. Die Umwertung der Werte ist sehr merkwürdig."

„Aha", machte ich.

„Und sehr faszinierend", fuhr er bedenkenlos mit wachsender Begeisterung fort, „auf drei Seiten liest du so viele Worte, die sonst ein ganzer Haufen an Philosophen ihr Leben lang nicht zustande bringen. Und ein Satz lässt dein Hirn tagelang brüten. Faszinierend!"

107

Lennard war nicht nur von Nietzsches gnadenloser Kritik gefesselt, sondern auch von dem gänzlich neuen Denken und der scharfen Analyse, alleine schon wie es zur Entstehung der rationalen Philosophie gekommen war. Nirgendwo lässt er sich einordnen, und Lennard hatte das erste Mal das Gefühl, etwas völlig Neues zu lesen. Obendrein wurde er durch eine nie da gewesene Sprache belohnt, die an sich von unschätzbarem Wert war. Dem tat Nietzsches gnadenlose Selbstüberschätzung keinen Abbruch, zumal diese nach Lennards Auffassung bei einem solch einzigartigen Geist geradewegs dazu gehören durfte.

„Gut, dann bis morgen um zehn vor acht vor der Mahler-Halle", verabschiedete ich mich bald. Weil ich wusste, dass er an einer großformatigen Kohlezeichnung saß, die kurz vor ihrer Vollendung stand und die für Beatrix gedacht war, hielt ich ihn nicht weiter auf.

„Ja, bis dann." Und schon war ich wieder weg.

Trotz der letzten Tuschezeichnung, die Beatrix von ihm bekommen hatte, war diese Zeichnung für Lennard von tiefer Bedeutung, weil sie einem Aufbäumen gegen die Realitäten gleich kam. Seit Beatrix Abreise nach London waren nun schon einige Wochen vergangen. Er zeichnete nicht etwa, um Beatrix doch noch zu gewinnen, sondern es stellte vielmehr sein Abschiedsgeschenk einer ungelebten Liebe dar.

Beatrix antwortete prompt, nachdem er ihr dieses letzte Bild geschickt hatte. Lennard ließen die wenigen Zeilen ihres Briefes nicht los: ,*Mein lieber Lennard, Liebe. Im Wissen, dass nicht nur zwei Menschen füreinander geschaffen sind, beruhigt mich sehr, dass dieser wunder-*

108

schöne Weg nicht nur von meiner Seite hätte beschritten werden können. Doch Deine Beatrix.'

Nicht dass er sich dessen längst bewusst war, dass er ihre Liebe verloren, ja gar nicht gewonnen hatte. Jetzt war ihm bestätigt worden, dass ihm alles zerronnen war.

Monate später sollte Lennard Beatrix glücklich in festen Händen wiedersehen. Lennard blieb nur, ihr zu ihrem Glück zu gratulieren. Schließlich war Pete, der Schreiberling aus Schottland, der in London mit Feuilletonartikeln bei einer Zeitung seinen Unterhalt verdiente, auch Kolumnen für eine Zeitschrift schrieb und schon ein kleines Gedichtbändchen herausgebracht hatte, ein äußerst attraktiver und witziger Kerl, sodass es einem nur fern liegen konnte, Beatrix eine solche Beziehung übel zu nehmen. Pete W. Ropati, dessen Vater Schotte war und dessen italienische Mamma Ropati hieß, verdankte eben ihr seinen künstlerisch klingenden Namen, der viel interessanter und seines Standes angemessener war als etwa Pete Smith.

*

Ich war ein bisschen zu pünktlich an der Gustav-Mahler-Halle, in der ich schon unzählige Konzerte gehört hatte. So hatte ich noch ein wenig Zeit, meine Gedanken diesem Bau zu widmen, der zwar jenseits des guten Geschmacks war, aber eine unerhört gute Akustik besaß. Außerdem war man in dieser Stadt unglaublich stolz auf die gewaltige, technisch ausgefeilte Bühnenkonstruktion, mit der man was weiß ich wie viele Geometrien mit oder ohne Stufen zu erzeugen im Stande war. Vielleicht war dieser Saal genau der richtige Aufführungsort für dieses Verdiwerk.

Als Lennard erschien, eilten wir sogleich in und durch die Halle bis zur ersten Reihe. Dort blickte ich suchend um mich, was Lennard überraschte, weil dort bekanntermaßen nicht die preisgünstigsten Plätze angesiedelt sind. Als sich mein suchender und sein fragender Blick trafen, sagte ich: „Ich habe diese sauteuren Eintrittskarten um vier Ecken rum geschenkt bekommen."

Wir setzten uns auf unsere noblen Plätze und er fragte, ohne einen Hehl aus seiner Neugierde zu machen: „Von wem denn?"

„Weil ich schon geahnt habe, dass du die nächsten eineinhalb Stunden nur darüber brüten würdest, von wem nun die Karten stammten, habe ich mich gleich bei Elina erkundigt. Ihre Mutter, die heute nicht kann, hat sie von einer Freundin bekommen, die aber krank ist und sich tatsächlich zum Geburtstag sinnigerweise Requiemkarten hatte schenken lassen. Und Elina hat keine Lust auf traurige Musik."

Mit sichtlicher Genugtuung beendete ich meine Ausführung, und ich kam zufrieden zu dem Schluss, dass gegenüber dem eigenständigen Kaufen von Tickets diese tatsächlich über vier zusätzliche Ecken – Käufer, Elinas Mamas Freundin, Elinas Mama, Elina, ich – zu uns gelangt waren.

Ein unpassenderes Gespräch unmittelbar vor einer Requiemsaufführung hätte man wohl kaum führen können. Aber jetzt, wo ein nicht enden wollender Schwarm von Chorsängern die Bühne betrat und die ersten Orchestermu-

110

siker erschienen, begann ich mich mit freudiger Anspannung auf die nächsten Stunden einzustellen. Glücklicherweise hatte ich Erste-Reihe-Karten geschenkt bekommen, denn von hier hatte man tatsächlich neben dem perfekten Musikerlebnis die Möglichkeit, jeden einzelnen auf der Bühne genau zu studieren, und das war bei diesem großen Musikerensemble ein entsprechend langes Unterfangen.

Wie immer wurden die Musiker mit artigem Klatschen begrüßt. Endlich durften die Frauenherzen höher schlagen, als Bianderini sich erst durch das Orchester schlängelte und dann auf das Dirigentenpodest hüpfte.

Dirigenten müssen immer irgendwie über die Bühne spurten oder eben auf ihr Podest hüpfen, vielleicht aus Nervosität, die man ihnen meist nicht anmerkt, oder es drückt vielleicht zurecht dynamisch aus, dass das Spektakel in Kürze beginnt.

Ich dachte nur ‚toll'. Und das dachten hier wohl alle im Saal, weil sich der zunehmende Applaus gar nicht legen wollte. Mit dunklem Teint und nachtschwarzem, welligem Haar, markanten südländischen Gesichtszügen, die vielleicht schon einige Gauloise Blonde genießen durften, hatte ich mir einen Dirigenten nicht vorgestellt, der ein derart großes Ensemble leitete, zumal ich ihn auf nicht älter als vierzig schätzte. Vor meinen Augen sah ich ihn mit einer flotten, zierlichen, seiner würdigen Italienerin auf dem Motorroller durch Verona flitzen, um ihr in einer Espressobar einen Ramazotti zu spendieren.

Die Stille wird zaghaft durch leiseste Klänge gebrochen. Schon der Beginn zwingt den Zuhörer, seine Ohren die Vorherrschaft über die Sinne übernehmen zu lassen.

Das Musikgebäude der Harmonien und der Dynamik wird errichtet: Der Chor übergibt in wunderbarer Folge und Überschneidungen den Solisten. Die leisesten Töne der glockenklaren Sopranstimme lassen es kalt den Rücken hinunter laufen und die eigene Physis wird ganz und gar der Musik hörig. Plötzlich bricht schmetternd das Dies Irae über das Kyrie herein. Schweißperlen treten auf die kalte Stirn. Dieses Dies Irae, das am Ende noch einmal erschallen wird, bevor das Werk in dem Beginn ähnlichen Pianissimo ausklingt. Das direkt anschließende Tuba Mirum lässt die Welt der Blasinstrumente in einer ungeahnten Einzigartigkeit neu entstehen. Nach dunklem Schall blitzen leise Hoffnungsschimmer auf. Chor, Solisten und Orchester kämpfen das Requiem, sie strahlen leise, erstarken und verstimmen in einem Fort. *Der Mensch wird klein und freut sich seiner Träne.*

In Schweiß gebadet, als ob er seine gesamte Kraft zur Bändigung des Orchesters benötigt hatte, stand Bianderini, beide Arme triumphierend in die Höhe gestreckt, auf seinem Podest, bis sich die letzten Klänge in der Halle verloren. Für einen winzigen Moment stand die Zeit still. Dann brandete dem Chor und dem riesigen Orchester ein schier unglaublicher Applaus entgegen. Wie erlöst verließen der Dirigent und die strahlenden Solisten die Bühne, um sich kurz darauf wieder einen Weg durch das Orchester vor zum Publikum zu bahnen. Beim erneuten Erscheinen der Solisten und natürlich Bianderinis vermochte sich der frenetische Applaus, gepaart mit ,Bravo!'-Rufen, noch zu steigern. Offenbar gehörte ich zu der großen Mehrheit, der das Gehörte unter die Haut gegangen war und freute mich eifrig mit, als ob ich seit Wochen nur auf das Klatschen gewartet hätte. Mittlerweile stehend, erkannte ich aus dem Augenwinkel heraus, dass Lennard mit einem nur andeutungsweise wahrnehmbaren, bestätigenden Lächeln seine Hände in einem viel langsameren Tempo fast lautlos applaudieren ließ. Wie beim miterlebenden Zuhören selbst ist man unmittelbar danach in einem Zustand verhaftet, den man zunächst ungern teilen möchte. So richtete ich meinen Blick wieder zur Bühne, wo die Solisten die auf die Bühne geworfenen Rosen aufsammelten.

Diese Musik. *Ich habe Angst vor der Musik. Sprachlos spricht sie zu uns. Man findet sich wieder als nackten Menschen, der Sprache und der sonst scharfen Waffe des Geistes beraubt. Widerstandslos wird die Seele gefangen genommen und die Physis von den Klängen beherrscht. In diesem Ort zwischen Diesseits und Jenseits spürt man die Hitze und erstarrt zu Eis, die Haare sträuben sich auf der Haut und kalte Schweißperlen treten auf die Stirn.*

Verdi. *Mir ist klar geworden, dass ich dieses Requiem einmal im Leben habe hören müssen. Aber viel klarer wurde mir, was für ein Jammer es wäre, gestorben sein zu müssen, ohne dieses Requiem jemals gehört zu haben.*

Verdis Requiem.

9. NIETZSCHE UND TURNER

Wir schenkten uns an sich nie etwas zu Geburtstagen. Bestenfalls tranken wir ein Glas guten Rotwein darauf. Falls wir einmal etwas Passendes entdeckten, brachten wir uns das hin und wieder ohnehin mit. So erinnere ich mich gerne daran, wie mir Lennard einmal zu meiner großen Überraschung aus einem Antiquariat etwas zerfledderte aber höchst erfreuliche Klaviernoten, Debussys Sonaten, mitbrachte. Meine Freude war damals deshalb so groß, weil ich Lennard zuvor die Ohren voll gejammert hatte, dass die Noten vergriffen seien und ich sie nirgendwo finden könne. Mein Gejammer war vermutlich der Grund gewesen, weshalb er sich überhaupt an Claude Debussy hatte erinnern können.

Dieses Mal fiel aber beides zusammen.

„Schau mal, was ich in einem Laden in Berlin gefunden habe."

Ich hatte ein paar Tage bei Freunden in Berlin verbracht und kam nicht in erster Linie wegen Lennards Geburtstag zurück, sondern weil sich meine Mutter kurzfristig zu einem Besuch angekündigt hatte. Dennoch hatte

114

ich den Eindruck, dass sich Lennard freute, als ich ihn an seinem Geburtstag besuchte.

Ich überreichte Lennard eine Nietzschebüste. Genauer gesagt war es eine etwa handgroße, grauweiße Kopfdarstellung, die auf einem ebenso grauen Sockel thronte. Zweifellos war es ein Gipsabguss, ein gut gelungener allemal. Deshalb fiel es mir beim Kauf nicht leicht, einerseits meine Freude über den Fund eines so ausgezeichneten Geschenks für Lennard im Zaum zu halten und andererseits möglichst geringschätzig einen günstigen Kaufpreis auszuhandeln.

Lennard sog die Details dieser Büste geradezu in sich auf und strahlte sie an. *Wundervoll.* Er kannte diese allzu gut, da er einmal das Terrakottaoriginal in einer Provinzausstellung als Juwel entdeckt hatte.

Diese Kopfstudie war in den letzten Lebensjahren Nietzsches entstanden. Der buschige, nicht mehr gestutzte Schnurrbart verdeckt fast vollkommen den Mund. Markant aber nicht übertrieben treten die Wangenknochen hervor, dazwischen die schmale, hagere Nase. Über der Stirn wölbt sich das zwar gezähmte Haar, das dennoch in letzten Zügen Wildnis versprüht. Der ergreifende Blick der tief liegenden, unbefriedigten Augen, die mit ihren Brauen vom Abschied eines Lebens zu erzählen scheinen, in dem vieles gefunden und noch mehr gesucht wurde.

Er blickte mich dankend an: „Danke."

„Sie ist klasse! Ich dachte mir: ‚Die muss ich haben!', und da habe ich diese Büste in diesem seltsamen Laden erstanden."

Diesmal freute ich mich, dass ich ein dermaßen in die Schaffens- und Lesephase passendes Geschenk aufgetrieben hatte, da Lennard dabei war, das Gesamtwerk Nietzsches zu verschlingen. Diese Lektüre zog nicht gerade Frohsinn, sondern im Gegenteil oft angestrengtes geistiges Verarbeiten mit sich. *Das Allerbeste ist für dich ... nicht geboren zu sein ... Das Zweitbeste ist aber für dich – bald zu sterben.*

So war es erfreulich, dass sich bei Lennard neben den Nietzsche-Bänden wenigstens auch Bücher von Hegel, Schelling und Schopenhauer fanden, von denen er hin und wieder naschte.

Doch bei Hegel hatte Lennard seltener nachgelesen, nämlich dann, wenn er sich im Zusammenhang mit seiner anderen Lektüre davon Erhellung versprach, was ihm aber meistens versagt blieb. Schließlich hatte er den Tipp, Hegel zur Hand zu nehmen, von einem Kommilitonen bekommen, der ein durchaus passables Hegelreferat gehalten hatte. Die Passabilität beruhte darauf, dass er nicht zu sehr auf Hegels Dialektik und seinem System der These, Antithese, Synthese herumgeritten war, sondern dass er vielmehr dem Begriff des Wahren Tribut zollte, das dem Ganzen und damit dem durch Entwicklung vollendeten Wesen gleichkommt. ,Diesen Systemdenker – ich sehe ihn in einer Reihe mit Aristoteles und Thomas von Aquin – kannst du unmöglich außen vor lassen,' hatte ihn jener Kommilitone beschworen. Am liebsten wollte Lennard den großherzigen Tipp direkt außen vor lassen, aber da in einem Atemzug Thomas von Aquin genannt worden war, wühlte er sich ein paar Mal durch Hegels

116

Phänomenologie des Geistes. Doch das große Missfallen an so bekannten Thesen wie ‚Was vernünftig ist, das ist wirklich, und was wirklich ist, das ist vernünftig‘, die ihm geradezu naiv anmuteten, blieb. Kein Vergleich zu Kant oder Voltaire, durch deren Werke sich Lennard bereits gebissen hatte. *Hegel und Thomas in einem Atemzug, Frechheit!*

Schelling nahm er sich dagegen zunächst sehr zu Herzen. Schließlich verkörperte er für Lennard wunderbar die erste Hälfte des romantisch gedachten neunzehnten Jahrhunderts, das Nietzsche so gar nicht romantisch beendete. Er studierte dessen System des transzendentalen Idealismus und vollzog dabei allerdings das Dargestellte mehr aus historischem Interesse nach, als dass er wirklich neue Erkenntnisse hätte gewinnen können. Natürlich genoss Lennard die sprachlich geradezu spielerischen Passagen, worin die Natur als der sichtbare Geist und der Geist als die unsichtbare Natur dargelegt werden. Theosophisch wird es gar, wenn alles, was ist, Eines ist. Dies wiederum las Lennard mit verstärktem Interesse, zumal dann der Mensch mit freiem Willen die Bühne betritt. Der Mensch wird böse, sobald der Wille will. *Da stolpert auch er.* So legte sich Lennards Interesse bald ebenso stark wieder, denn die Verknüpfung Gott-Mensch, Herkunft des Bösen versucht Schelling darzulegen. Aber es gelingt ihm nicht, Lennard zu überzeugen.

Vielleicht war es die borstige und dadurch reizvolle Natur Schopenhauers oder doch vielmehr die grundlegende Sicht der Dinge, die Lennard bei ihm wiederum fesselte: Die Welt nur als Vorstellungen, die in Raum und Zeit existieren. Die Idee der Ideen Platons scheint aufgegriffen – das hat ihn allerdings wieder weniger gefesselt. Doch Lennard las mit Genuss die vollendeten Gedanken zum Ursprung der Kunst. Die Schau der Ideen sei nur unter reiner, von Interessen freier Hingabe möglich. Hier ruht der Wille. *Ich entledige mich meiner Individualität und gehe im Objekt auf.*

Im Gegensatz dazu ist der Wille aber die meiste Zeit wach und ist als absolut freier Wille schonungslos. Denn der Mensch erkennt, dass und was er will. Aber keine Befriedigung ist von Dauer, kein Streben findet ein Ende, das Maß des Leidens ist unerschöpflich. So konnte es kaum verwundern, dass Lennard durch diese pessimistischen Aussichten geradewegs zurück zu Nietzsche geführt wurde.

Lennard ging hinüber zum Flügel und platzierte die Büste darauf. Franziskus bekam stattdessen einen neuen Standort und blickte von nun an auf einer Kommode in den Spiegel.

„Hast du Lust, morgen mit in eine Turner-Ausstellung zu gehen?", fragte ich Lennard.

„Ja gerne", antwortete er schneller als gedacht. Mich wunderte Lennards Freude sehr, da ich nicht erwartet hatte, dass ihn Turner sonderlich vom Sockel reißen würde.

*

Der letzte Aprilsonntag machte seinem Namen alle Ehre. Zunächst goss es in Strömen, um danach die wärmste Sonne strahlen zu lassen. So trafen wir uns von außen wie

118

innen durchnässt mit meiner Mutter bei dieser publikumsträchtigen Ausstellung von Bildern, die einst Turner auf Leinwände gebracht hatte. Wer Turner mag und diese Art von Bildern schätzt, der wurde kläglichst, zunächst was die Ausstellungsräume anging, enttäuscht. Doch auch die gesamte Ausstellung war höchstens mittelmäßig, und dabei hatte ich mich darauf gefreut, endlich einmal Kunst und was sich so nennt, in einem derart ehrwürdigen, klassizistischen Bau anzusehen.

Nun besichtigten wir zu dritt die legendäre, wie es in der Zeitung geschrieben stand, einzigartige, in dieser Vielfalt noch nie da gewesene Zusammenstellung des Lebenswerks Edward Turners. ‚Vielfalt!' hatte damals, als wir in einem Café eben jene Zeitung gelesen hatten, Favo laut lachend wiederholt.

Mir selbst sagen diese Bilder nicht viel mehr als die Graffiti, die bunt glänzend auf die Museumsfassade gesprüht waren: ‚Scheiß auf die Kunst!'. Das ‚t' von Kunst war zu einem seltsamen Kreuz Christi verkommen, worüber ich mir jedes Mal, wenn ich hier vorbeilief, Gedanken machte. Irgendwann musste ich etwas dazu schreiben, um herauszubekommen, was es damit auf sich hatte.

Mutter sagte: „Schau dir das mal an! Der Jungspund meint das Gekrakel sei Kunst, nur weil er blasphemiert."

Ich staunte nicht schlecht über Mutters Wortschatz und erblickte die verkniffen heruntergezogenen Mundwinkel in Lennards schmunzelndem Gesicht. Natürlich war mir klar, dass man in ihrer Gegenwart höchstens über die Kirche, die in ihren Augen beträchtlich versagte, nicht aber über ihn selbst, eben jenen Christus, scherzen durfte.

119

„Vielleicht denkt er, die moderne Kunst mache sich lustig über Jesus, weshalb er, der Sprayer, auf die Kunst scheißen kann", meinte ich.

„Blödsinn!", entgegnete meine Mutter sofort, „das ist doch nur ein Muttersöhnchen, der das bisschen Geld, das von seiner Sauferei übrig geblieben ist, in eine Spraydose investiert hat."

„Naja, ich komme nicht darüber hinweg. Ein Problem wird er schon gehabt haben. Stell dir vor, junge Menschen können auch denken." Und da dachte ich nur: ‚Mutter!'

Auf jeden Fall meinte sie nur: „Ich freue mich so, dass es mit meinem Besuch endlich geklappt hat. Und Lennard, dich habe ich auch schon sooo lange nicht mehr gesehen." Darüber hinaus meinte sie, dass es wirklich eine tolle Idee von mir gewesen sei, sie zur Turner-Ausstellung mitzunehmen. Dafür durfte ich mit ihr danach noch Kaffee trinken gehen. Darauf freute ich mich etwa so wie auf die Ausstellung selbst. Glücklicherweise war Lennard dabei, so dass ich über geteiltes Leid zu sinnieren begann.

Wir schoben uns in der Schlange weiter Richtung Kasse vor, was jetzt auf den letzten Metern sehr unangenehm war, da nun die Sonnenstrahlen uneingeschränkt auf unsere Köpfe prasseln konnten. Dabei kamen wir nicht schlecht ins Schwitzen – allerdings auch der freundliche, beleibte Mitbürger vor uns, wie wir bald bemerken sollten. Mutter übernahm die Eintrittskosten, woraufhin sich Lennard mit echtem Erstaunen für dieses Geschenk bedankte.

Schließlich waren wir in der etwas kühleren Vorhalle angelangt, wohin wir uns aber sogleich zurücksehnten, als wir den ersten der drei Turnerräume anzusehen begannen.

120

Einleuchtend war, dass man versucht hatte, die teuren Ölgemälde vor direkter Sonneneinstrahlung zu schützen. Aber es entzog sich meinem Verständnis, wie man nur auf die versponnene Idee hatte kommen können, bei schönstem Frühlingswetter die Fenster vollkommen zu verdunkeln und womöglich noch zu heizen und die Räume damit künstlich in eine Sauna, nein, schwül war es auch noch, in ein Dampfbad zu verwandeln.

Wir sahen uns die erste Regenwolke über zwei Dreimastern an und noch einen Gewittersturm. Da geschah es, Mutter schwelgte los, wie faszinierend doch dieses Gemälde sei – und Lennard hörte tatsächlich aufmerksam zu. Er beteuerte, wie raffiniert Turner hier Licht und Schatten einsetze, wodurch diese unwirkliche Stimmung entstehen könne. Mutter und Lennard kamen von einem Bild zum nächsten und vertieften sich immer weiter in die englische Malerei und die hier ausgestellten Werke.

Der herrliche Schweiß unserer Mitbesucher drohte meine Augen zu reizen, um meine Nase war es sowieso schon geschehen. Und nach dem gelben Wolkenmeer mit Viermaster trieb mich der infernalische Gestank zu einer in der Ecke kauernden Wärterin.

„Ist es nicht möglich ein Fenster zu öffnen? Wenigstens für kurze Zeit?", fragte ich, so höflich ich es unter diesen Umständen noch vermochte. Ich erfuhr, dass die Bilder zu helles Licht nicht vertrügen, und leider seit einer Woche die Klimaanlage des gesamten Westflügels ausgefallen sei. Die Ventilatoren seien aber schon geordert. Besonders nachteilig an dieser Auskunft war, dass in eben jenem

121

Westflügel die Turnerausstellung war, in der wir derzeit umherirrten.

Mir war das Glück beschieden, dass Mutter, was Schwüle anging, nicht die beste Kondition hatte. Nachdem sie mit Lennard eine Weile vor einem besonders mächtigen Werk gestanden hatte, winkte sie mich herbei und zeigte mir noch die graublauen Wolken über der Küste und noch ein gelbbraunes Wolken-Schiff-Hafen-Gemälde.

„Famos! Schau dir doch mal diese Kombination von Pastelltönen an. Herrlich, die muss man sich aus zwei, drei Metern Entfernung ansehen und auf sich einwirken lassen." Ich hatte wenig Lust, neben dem Schweiß anderer Leute und der Schwüle überhaupt noch etwas auf mich einwirken zu lassen.

„Ein paar Minuten einwirken lassen, ein paar Minuten ... natürlich", wiederholte sie.

‚Natürlich!' Toll, jetzt waren wir an diesem ersten heißen Tag des Jahres bei schönstem Sonnenschein, Ra lachte uns wahrscheinlich tot, in einem dunklen, stickigen, heißen, schweißgetränkten Stinkeraum und schauten uns gelbbraune Wolken über Schiff mit Hafen oder Hafen mit Schiff an. Doch die Erlösung nahte. Mutter schlug plötzlich vor, und die Minuten waren kürzer als meine schweißnasse Stirn befürchtet hatte, einen Eiskaffee trinken zu gehen.

Den Eiskaffee mit Rum schlürfend – das war eindeutig das Beste an diesem Tag – schaute ich Mutter und Lennard an, nachdem deren langer Malereiexkurs nun zu Ende gegangen war. Lennard trank nun, eine Schweige-

122

pause genießend, einen schwarzen Kaffee. Mutter summte vergnügt in ihre Vanilleeiskugeln hinein.

Sonnentrunken stellte ich mir vor, wie sie als käfergroßer Mensch in das Glas hinein und auf die unterste Kugel steigen würde. Da nimmt sie die gewaltige Vanillestange, vergräbt ihre Hände darin und versucht sie zu verschieben. Nach einem gewaltigen Anstrengungsakt gelingt dies. Sie nimmt die Kugel in ihre Hände, die Schokostreusel stürzen herab und stemmt sie hoch über den Kopf.

„Sag mal, hast du das vorhin ernst gemeint mit dem Grafittischnösel?", weckte sie mich.

„Bitte was?"

„Ja, ich kann mir nicht vorstellen, dass der sich was gedacht hat, wenn er so was dahin malt und sprüht."

„Also ich denke, dass er was denkt. Jeder, der so was sprüht, macht sich Gedanken über das Leben, wenn es nicht gerade ein Eddingschreiberling vom Bahnhofsklo ist."

In so einem Eiskaffee mit Rum ist in der Tat viel Rum drin, schoss es mir durch den Kopf. „Damit will ich aber nicht behaupten, dass ich es verstanden habe."

„Was meinst du denn dazu?", wandte sich Mutter an Lennard, der sich bislang gedankenverloren zurückgehalten hatte.

„Ich gebe zu, dass ich das Grafitto in der Tat gar nicht schlecht finde, obgleich es die meisten Leute abstoßen dürfte. So detailliert wie es gemalt ist, insbesondere der Corpus Christi, verleitet mich dazu zu denken, dass derjenige, der da tätig war, sich im Innersten mit eben jenem

123

Gekreuzigten identifiziert, auch wenn er es bestreiten würde, wenigstens in geringem Maße."

Bevor ich triumphierend zu Mutter blicken konnte, entgegnete sie: „Ich sehe, ich habe keine Chance ..."

Entsprechend Lennards Gewohnheit spann er unbeirrt seinen Gedanken weiter: „Darüber hinaus ist diese Form von Grafitti geradezu lobenswert, wenn man sich vor Augen hält, mit welch barbarischer Halbbildung sonst Kritik an Religion und Kultur geübt wird." *Sicher, von Nietzsche darf man sich diese Kritik als Humanist und deren Überwinder gefallen lassen.*

Nicht nur ich verarbeitete staunend das Gehörte. Nach einer schweigsamen Pause wandte sich Mutter an mich: „Hast du schon mal gesprüht?"

Ich musste da schon auf- und zu Lennard rüberblicken und unwillkürlich grinsen, obwohl ich wusste, dass Mutter für solche Schweinereien nur wenig, genau genommen nichts übrig hatte.

„Du musst doch zugeben, dass es dich zumindest zum Denken bringt, und eines weiß ich gewiss: Nachdem Lennard uns beide", betonte ich grinsend zu meiner Mutter gewandt, „überzeugt hat, werde ich zu diesem Wandbild meine Frage dazu schreiben, sprühen oder schmieren. Weshalb nicht auf diese Art kommunizieren, wenn solche Menschen vorhanden sind, die das gleiche denken oder ahnen?"

„Schön gesagt", warf Lennard ein, der die weitere Diskussion nur mit einem Viertel Ohr mitzuverfolgen schien.

124

„Damals, weißt du, da waren wir auch ganz anders, gesprayt haben wir nicht, aber wir hatten unsere eigene Art zu kommunizieren ...“ Und dann fing Mutter herrlich an zu lachen. Da musste ich ihr einfach einen Kuss geben und dachte mir: ‚Meine Mutter!‘

Lennard blickte mich überrascht an, stellte seine geleerte Kaffeetasse ab und sagte, er müsse jetzt wieder los, um seinem Philosophiestudium weiter nachzugehen, das ihn zur Zeit so fessele. Dann stand er auf, bedankte sich für den schönen Tag, den wir ihm bereitet hätten, und verabschiedete sich.

10. BEATRIX' ROPATI

„Hallo Beatrix!", rief Elina plötzlich und zog mich an der Hand quer über den Markt zur gegenüberliegenden Straßenecke. Elina war heute mit Lennard und mir losgetrabt, um reichlich leckere Dinge auf dem Markt einzukaufen, weil sie beschlossen hatte, ein schönes Abendessen zu kreieren.

„Schließlich haben wir etwas zu feiern", hatte sie auf meine Frage nach dem Grund gesagt. Ich hatte natürlich wieder keine Ahnung, worauf sie hinaus wollte. Unglücklicherweise bin ich im Verinnerlichen von Terminen wie Geburtstagen oder sonstigen Jubeltagen gar nicht gut, aber glücklicherweise reagierte Elina darauf bislang nie sauer.

Sie grinste mich an: „Heute sind wir genau dreihundert Tage zusammen."

Ich überlegte ein wenig und fragte: „Stimmt das tatsächlich?"

Mit einem noch breiteren Grinsen fragte sie zurück: „So ungefähr schon, oder?"

Ich gab ihr einen Kuss und hatte überhaupt nichts dagegen, einen gemütlichen Abend zusammen mit ihr, Lennard und Favo zu verbringen. Lennard tat es meiner Ansicht nach sehr gut, von seinen Büchern loszukommen und zwischen den bunten Marktständen durchzuschlendern, um allerlei Einkäufe für das Abendessen zu tätigen.

Da dieses Abendessen ein famoses Spinatschafskäse-lasagneessen á la Elina werden sollte, kauften wir Unmengen frischen Spinats.

„Das geht doch mit tiefgekühltem viel schneller und schmeckt genauso", meinte ich mit den jetzt schon reichlich gefüllten Einkaufstaschen in der Hand.

„Du Banause! Unsinn! Wir kaufen frischen Spinat, der gehört da einfach dazu."

Ich verdrehte die Augen. Nun fehlte noch der leckere Schafskäse von dem ach so tollen griechischen Stand.

„Komm, wir müssen noch zu dem Griechen, der schmeckt so lecker."

„Der Grieche?"

Diesmal verdrehte Elina die Augen.

Jetzt liefen wir mit prallen Taschen bepackt hinter Elina her mit dem Ziel, Beatrix und erstmals auch Ropati zu begrüßen. Beatrix und Elina flogen sich um den Hals und strahlten sich an. Ropati stand lächelnd mit dunkelblonden, welligen Haaren daneben. Er hatte einen dunkelgrauen Nadelstreifenanzug und darunter ein dunkelviolettes Hemd mit überdimensioniertem Kragen an, wodurch er etwa einem englischen Dandy der Siebzigerjahre nicht unähnlich sah.

Lennard sagte kurz „Hallo", reichte Ropati die Hand und winkte Beatrix zu.

Elina löcherte zunächst Beatrix mit Fragen zu ihrem neuen Leben in London. Beatrix ließ aber sogleich Ropati einiges aus der Londoner Szene berichten, was Elina sehr willkommen schien. Mir blieb natürlich nicht verborgen, dass Lennard und Beatrix die Zusammenkunft nicht sonderlich angenehm war, da sich beide seit ihrem für beide unglücklichen Aufbruch nach London nicht mehr gesehen hatten. Das Gespräch schmissen vor allem Elina und Ropati, der aus dem gestenreichen Erzählen gar nicht mehr herauskam und offenbar an Elinas Neugierde Gefallen gefunden hatte.

„Spielst du denn noch Klavier?", fragte ich Beatrix, um das Schweigen auf unserer Seite zu brechen.

„Oh nein, leider gar nicht mehr. Glücklicherweise habe ich eine kleine Galerie gefunden, in der ich ein bisschen jobben und sogar eigene Plastiken ausstellen kann."

„Und das läuft?"

„Ja stell dir vor, vom Verkauf meiner ersten Statue konnte ich mir gleich zwei Monatsmieten sparen!"

„Das kannst du dir sowieso bald sparen," schaltete sich nun Ropati mit seinem charmanten Akzent ein. Dabei strahlte er sie mit eben solchem Charme an und drückte ihre Hand.

„Wir ziehen bald zusammen", klärte uns Beatrix auf. Sie vermied dabei Lennard anzublicken.

„Erst ziehen wir aber weiter", meinte Ropati und blickte auf die Uhr.

„Sagt mal, habt ihr beide nicht Lust heute zum Lasagneessen zu mir zu kommen?", fragte Elina Beatrix. Elina fuhr Lennard und mich anstupsend fort: „Die zwei Herren und Favo kommen auch."

128

Lennard freute die Idee nur wenig, so dass er erleichtert war, als Beatrix erwiderte: „Das ist sehr lieb von euch, aber heute gehen wir noch meine Eltern besuchen." Und Ropati strahlte über das ganze Gesicht.

„Na dann noch viel Spaß hier!", strahlte nun Elina zurück.

Ich gab Ropati die Hand: „Und kommt gut über den Kanal."

Als letztes reichten sich Beatrix und Lennard die Hand. Jetzt blickten sich die beiden überhaupt erst in die Augen. *Es gibt diesen Moment, in welchem sich zwei Augenpaare begegnen und wissen, dass sie füreinander geschaffen waren und dass daraus eine nicht endende Liebe hätte entspringen können. Das Wundersame ist, dass dieser Augenblick immer wieder kommt und jedes Mal eine leise Trauer nach sich zieht, da die Wirklichkeit den vergebenen Herzen erklärt, dass die anfängliche Chance vertan worden war.*

Auf dem Weg zu Elina war ich noch beladener, weil sich Lennard bald von uns verabschiedet und mir seine Einkaufstüten in die Hand gedrückt hatte. Allzu viel Zeit war sowieso nicht mehr, um das Abendessen in besonderer Gemütlichkeit zubereiten zu können. Kaum hatten wir alle Einkäufe in Elinas Küche ausgebreitet, machte sie sich daran, die Lasagne vorzubereiten, wobei ich mich bereitwillig zu Handlangerdiensten zur Verfügung stellte.

„Aber gaaanz fein!", orderte Elina die Zwiebeln, an denen ich gerade herumschnibbelte. Diese brutzelte sie dann zusammen mit der Butter in einem Topf.

„Reich mir bitte mal das Mehl."

Ich tat wie mir befohlen, und Elina kippte einen Esslöffel Mehl zur Butter, quirlte herum und schüttete Milch dazu.

„Gibt das eine Mehlschwitze?", staunte ich bei dem ganzen Geblubbere.

„Béchamelsoße!", sagte sie und grinste dazu, „ist aber das Gleiche."

Sie kippte noch eifrig Crème fraîche dazu, und wir würzten im Duett mit Salz, Pfeffer und einem Hauch Muskatnuss.

„Und weil wir lustig sind, kommen noch ein paar Zehen Knoblauch rein."

„Die schneide ich – gaaanz fein", meinte ich nur. Das Wichtigste, nämlich den Schafskäse in Würfelgröße klein zu hacken, kam mir auch noch zu. Derweil stopfte Elina Unmengen Blattspinat in einen riesigen Topf und löschte ihn mit Weißwein ab.

„Die Backformen reibe ich mit Butter ein. Zsch!", zischte sie und verscheuchte mich.

„Da ich nicht mehr erwünscht bin, ziehe ich mich zurück."

Angestrengt hielt Elina mir ihre Wange hin, um einen dicken Kuss zu empfangen.

„Haben wir Wein da?"

„Klar! Ein vorzüglicher Château-La-Tour des unvergessenen Jahrgangs neunzehnhundertneunundsechzig wird den Rachen als Kathedrale erstrahlen lassen." Ich erntete lachend einen weiteren dicken Kuss, machte es mir im Wohnzimmer bequem und riss eine Chianti-Weinkiste auf.

130

Nicht ganz so bequem, aber dafür in einer aufrechten, strategisch günstigen Position umgab sich Elina mit dem Spinat, dem Weiße-Soße-Topf und den Schafkäsewürfeln und platzierte vor sich eine der vorbereiteten Backformen und daneben die nicht-vorzukochen-müssenden Lasagneteigplatten, während der Backofen sich aufheizte. Diese Teigplatten lassen sich auch mit dem Nudelteiggrundrezept und Elinas Nudelmaschine selbst machen, was eine sehr kurzweilige Tätigkeit und lecker ist. Aber es stellt dann doch eine zusätzliche und obendrein gut vermeidbare Arbeit dar.

In einem erstaunlichen Tempo ordnete Elina die Teigplatten in der Backform an, wobei sich zugegebenermaßen eckige Formen besser als runde eignen, pflatschte mit der Kelle Spinat darüber, bröselte Schafskäsewürfel darauf und begoss das Ganze mit Béchamelsoße. Ich schlenderte neugierig zurück in die Küche, als sie ihr Schichtsystem fertig hatte.

„Du kommst gerade rechtzeitig. Reib' den hier mal drüber", und sie drückte mir ein dickes Stück Parmesankäse in die Hand.

„Soll ich nicht lieber geriebenen kaufen?", Elina verdrehte die Augen, sodass ich hinterherschickte: „Aber vielleicht ist frisch geriebener doch besser."

„Ganz wichtig. Lass mich mal schauen, ob die Teigblätter auch gut getränkt sind, sonst kaut man später ewig auf so einem Ding rum."

Und sie piekste mit der Gabel überall rein.

131

„Oh! Hier auf der Nicht-vorzukochen-müssenden-Lasagneteigplattenpackung steht die Temperatur und die Im-Ofen-lass-Zeit drauf," erklärte ich stolz.

„Ich weiß. Ist alles eingestellt."

So harrten wir die restliche Zeit bei einem vorab genossenen Glas Wein aus, ehe die Gäste kamen.

An diesem Abend gab es dennoch unerwarteten Besuch. Favo brachte Pascale Proust mit. Elina kannte Pascale gut, da sie irgendwie musikalisch miteinander in irgendwelchen Orchestern oder Chören mehrfach aufgetreten waren. Weil Favo von ihr eine grandiose Idee, von der wir noch erfahren sollten, mitgeteilt bekommen hatte, war er sofort entschlossen, Nägel mit Köpfen zu machen und sie zum Abendessen mitzubringen, worüber sich Elina riesig freute.

Pascale war blond und kurzhaarig, nicht sehr groß. Ihr Gesicht war markant und ausdrucksstark, was natürlich mit den von feinen Brauen gezierten kräftig blauen Augen zusammenhing, die immer etwas zu suchen schienen, wenn der Mund redete, und im Unendlichen träumten, sobald er still war. Ihr charmantes Lächeln, das manchmal von asthmatischem Husten gebrochen wurde, was aber nicht von den staubigen Secondhandklamotten kommen mochte, die in ihrer Ausgefallenheit nicht jede anziehen könnte, ihr aber ausgezeichnet standen – jedenfalls die meisten –, war einnehmend und vielleicht sogar ein kleines bisschen verführerisch.

„Das sieht aber superlecker aus", sagte sie, als ich ihr als erstes versuchte, ein Stück Lasagne aus der höllenheißen Backform herauszusezieren.

132

„Vorsicht heiß", meinte ich und glaubte eine Neuigkeit zu verkünden.

„Unschwer zu erkennen", entgegnete Favo, „gib erst mal den anderen aus. Das Stückchen hier nehme dann ich." Und er deutete dabei auf ein riesiges Eckstück.

Als alle bedient waren, sagte Elina: „Na dann schießt mal los. Was gibt es denn so Aufregendes?"

Favo zwinkerte Pascale zu und erzählte, dass es eine wunderbare Möglichkeit gäbe, eine Vernissage zu veranstalten. Lennard und ich blickten uns an.

„Sag bloß, Lennard kann da ein Bild ausstellen!", schoss es aus mir heraus.

„Pass auf! Es kommt noch viel besser. Aber das erzählt euch lieber Pascale."

„Naja, es ist so. Ein Bekannter meines Bruders hat eine kleine Galerie."

„Ein Freund von Marco?", meinte Elina, die als einzige Pascales Bruder kannte, der ihr offenbar gar nicht ähnelte wie ein Ei dem anderen. Ich stupste Elina an, dass sie Pascale doch erzählen lassen möge, wo doch nicht nur ich vor Neugierde platzte.

„Ja. Marco und ich helfen bei Karon immer mal wieder mit, wenn Um- oder Aufbauten zu machen sind."

„Karon?", fragte Elina vollkommen ungläubig und zu mir flüsterte sie: „Schon mal gehört?" Ich stupste Elina noch fester an.

„So nennen ihn auf jeden Fall alle, aber eigentlich heißt er Hans."

Pascale nahm einen Schluck Rotwein, und ihre verschmitzten Mundwinkel verrieten nicht nur den Genuss des

Weines, sondern auch die Lust daran, die Spannung weiter nach oben zu treiben. Ich blickte zu Favo, der allerdings vergnügt damit beschäftigt war, die Lasagne zu verspeisen.

„Karon hat vor kurzem begonnen, eine neue Ausstellung mit drei Künstlern zu planen, von denen einer allerdings wieder abgesprungen ist. Naja, da die Galerie drei Räume hat, ist einer wieder frei."

„Und da habe ich sofort an dich gedacht!", wurde sie unmittelbar von Favo unterbrochen, der nun begeistert mit der Gabel zu Lennard rüberfuchtelte.

„Das ist ja klasse! Gleich einen ganzen Raum!", triumphierte ich und reckte das Weinglas in die Höhe: „Auf dein Wohl! Prost Pascale."

Bei Lennard hielt sich die Begeisterung zunächst in Grenzen. Zwar dachten wir Lennard überreden zu müssen, aber er verkündete uns, dass er selbst schon den Entschluss gefasst hat, zu diesem Anlass ein besonderes Bild zu malen.

Damit war das Thema der Ausstellung abendfüllend gefunden worden. Wir planten schon mächtig drauf los, und Elina, Pascale, Favo und ich malten uns voller Freude aus, was an Aufbauten, Sektverkauf, Prospektdruckerei und sonst noch alles anfallen würde.

134

11. IM LIVER

Ich laufe durch den laublosen Wald. Eine verwitterte, alte Büste blickt traurig vor sich auf den Boden, und ich laufe entschlossen weiter. Da sehe ich nebelschwadenumwabert das Schloss, von dem immer wieder erzählt wird. Wenn es nicht so vor meinen Augen läge, sondern in einem Film so wundervoll aus dem Nebel auftauchte, könnte man fast sagen, es sei kitschig. Doch das war es keineswegs. Eine eigenartige Stimmung, wie schön einsam es ist, man hört nicht einmal mehr Vögel zwitschern oder sonstige Laute. Kaum wahrnehmbar abfallend versinkt der gepflasterte Weg vor mir im Wasser, direkt dahinter das mattgelbe Schloss, und still schweben die Nebelfetzen über dem außergewöhnlich vollen See zu meiner Rechten. Ah, endlich noch ein Mensch. Nett, da vorne geht ein kleiner strohblonder Junge, er hat mich, glaube ich, noch nicht gesehen und schlurft mit seinen Stiefeln durch das Wasser. Ja, so etwas hat mir früher auch riesigen Spaß gemacht. Doch fröhlich sieht er nicht aus. Traurig ist er aber auch nicht. Ob er einfach nur so diesen stillen Ort sucht, wie ich? Ich betrachte ihn weiter, da er nun bis zu den Knien im Wasser steht. Seltsam, dass der See zum Rand hin tiefer wird, wieso ist er denn sonst bis zum Bauchnabel im Wasser? Er kommt schließlich auf dem überfluteten, gepflasterten Weg auf mich zu, er muss mich doch jetzt gesehen haben! Es geht doch bergauf zu mir, wieso sinkt er denn immer tiefer ein? Er müsste doch festen Grund unter den Füßen haben! Bei dieser Kälte! Ich schreie: ‚Meine Güte, Kind!‘, und renne los, so schnell ich kann. Bis zum Kinn ist er nun im Wasser. Ich renne immer schneller die Pflastersteine hinunter und strecke schon die Hände nach dem versinkenden Kopf aus. Außer Atem stehe ich knöcheltief im kalten Wasser und sehe direkt unter meinen im Wasser fuchtelnden Händen die blonden Haare verschwinden. Den Kopf müsste ich doch sehen! Nein, ich sehe nur den Weg im Wasser verschwinden. Verstört stehe ich vollkommen blödsinnig im eisigen Wasser und habe mich nass gespritzt. Ich schaue mich fassungslos um, ob mich jemand bei dem lächerlichen Schauspiel beobachtet hatte und stapfe ins Trockene, wo mich die warme Sonne empfängt.

*

Die frühe Sommersonne blinzelte durchs Fenster in Lennards Augen. Heute wollte er sich daran machen, seine Bilder für die Vernissage zusammenzustellen. Schließlich hatte er einen der drei Ausstellungsräume für sich alleine bekommen und wählte einige seiner Bilder aus, die überall in seinem Zimmer standen, hingen oder lagen. Trotz dieses enormen Fundus nahm Lennard diese Ausstellung zum Anlass, ein großes Gemälde, das er in Acryl begonnen und an dem er von Zeit zu Zeit gesessen hatte, zu beenden.

Weil ich wusste, dass Lennard vollauf beschäftigt war, machte ich trotz des schönen Wetters keine Anstalten, Lennard zu irgendwelchen Unternehmungen zu überreden. Statt dessen machte ich mich an etwas Profanes und versuchte meine neue alte Kiste, die mir meine Großtante überlassen hatte, aufzumöbeln. So saß ich, oder besser, lag ich unter meinem Auto und versuchte, dem Quell des Übels auf die Spur zu kommen. Die Ursache für das unaufhörliche Quietschen, das insbesondere bei niederen Drehzahlen einzusetzen gewohnt war, wollte ich finden. Dabei hatte ich den Weg, den die Abgase ab dem Krümmer noch zurückzulegen hatten, bis sie die Möglichkeit erlangten, die Luft zu verschmutzen, im Visier. So rüttelte ich da und dort, wobei sich selbst bei konzentriertem Hinhören nicht das leiseste Quieken bemerkbar machte.

Da kam Marcos kleine Schwester Pascale. Das ist natürlich nicht ganz richtig. Denn sie war zwar vier Jahre jünger aber nahezu gleich groß wie ihr großer Bruder, der selbst nicht sonderlich hochgewachsen war. Ich fand sie sehr nett, und ähnlich wie Elina oder Beatrix oder eigentlich wie alle Mädchen hatte sie immer was zu erzählen. Dabei hatte sie aber die seltene Gabe, keinen Smalltalk führen zu müssen. Egal was es war, sie schien Bescheid zu wissen.

„Was macht dein Auto?", fragte sie mitleidig und kroch zu mir unter den Wagen.

„Ich schaue gerade, ob ...".

„Wieso ist denn die Gummiaufhängung da weg?", unterbrach sie mich und rüttelte am Auspufftopf rum, was ein markerschütterndes Quietschen verursachte und unwillkürlich die Frage nach sich zog, weshalb sich der Auspuff überhaupt noch dem Auto zugehörig fühlte.

Pascale hatte diese selbstverständliche, liebenswürdige Art, einen unabsichtlich maßlos zu frustrieren. Da lag ich über eine halbe Stunde im Dreck unter dieser Karre und sah kein Land.

Nachdem wir unter dem Auto hervorgekrochen waren, meinte ich angesichts des Erfolges aber auch der Hitze wegen: „Möchtest du kurz hoch kommen und was trinken?"

„Gerne."

Oben angekommen holte ich zwei Gläser und stellte sie schon mal auf den Balkontisch. Ich sah erst überrascht die dunklen Abdrücke auf den Trinkgläsern und dann meine schwarzen Hände an.

„Hmm", machte ich, „hol besser du irgendwas aus dem Kühlschrank." Ich versuchte, die dreckigen Finger an der nahezu gleich dreckigen Hose sauber zu bekommen und schob hinterher: „Ich wasche erst mal meine Hände." Es dauerte Ewigkeiten, bis ich den ganzen Dreck entfernt hatte, um wieder halbwegs ansehnliche, dem Gastgeber angemessen saubere Finger zu bekommen. Als ich wieder auf den Balkon trat, fand ich die lesende Pascale in ein Hesse-Buch vertieft.

„Das haben wir früher in der Schule auch gelesen", begann ich das Gespräch.

„Das hier lese ich aber gar nicht für die Schule, sondern weil es mir unglaublich gut gefällt."

Weil ich früher einiges von Hermann Hesse gelesen hatte, unterhielten wir uns ziemlich ausführlich über einige

Bücher und kamen vom Hundertsten ins Tausendste. Ich erinnerte mich daran, dass Lennard bereits zu Schulzeiten ziemlich bald das komplette Werk Hermann Hesses gelesen hatte. Neben der Pflichtlektüre, die ohne weiteren Erkenntnisgewinn bis ins Detail in den nicht enden wollenden Deutschstunden auseinander genommen wurde, war es nicht verwunderlich, dass er selbst während des Unterrichts einfach andere Bücher las. Da ich Siddharta geschenkt bekommen hatte, hatten sich Lennard und ich entschlossen, dieses Buch parallel zu lesen, wobei ich natürlich zeitlich jämmerlich hinterhergehinkt war. Dennoch hatten sich lange Diskussionen angeschlossen, die wir bis spät abends mit unseren beiden Büchern in der Hand in seinem Zimmer geführt hatten. Trotz Lennards damaliger Begeisterung für Hesse konnten seine Romane nie mein absoluter Favorit werden, da diese Literatur absolut ohne Witz auszukommen im Stande war.

Als Pascale aufbrechen wollte, fragte sie mich, ob ich denn heute Abend ins Liver käme. „Ich spiele da mit zwei Kumpels", erklärte sie sich.

Das Liver war eine dunkle, rauchige Kneipe, in der häufig Livemusik gespielt wurde – sehr hörenswerte, sogar Favo trieb sich ab und zu dort herum. Das lag nicht nur daran, dass er der Barkeeperin tief in die braunen Augen blicken mochte, sondern auch daran, dass er mit Oliver, dem Kneipenbesitzer, befreundet war. Das letzte mal mit Favo war es besonders amüsant gewesen, da Oliver uns endlich erzählt hatte, wie seine Kneipe zu ihrem seltsamen Namen gekommen war. Seine Mutter hatte, als er sturzbesoffen zu Hause einschlug, wie so oft gesagt, er ruiniere sich nur seine Leber. „O, Oliver", sollte sie gejammert haben, „eine Alkoholvergiftung. O, Oliver." Er hatte in diesem Zustand, in dem er auf keinen Fall irgendeine Form von hochfrequentem Lärm ausgesetzt sein wollte, nur gedacht, dass da wohl ein 'O' zu viel gewesen war und Oliver viel besser zu ihm passte. Das war also die Geburtsstunde des Kneipennamens.

Zwar hatte ich vor, an diesem Abend endlich wieder ins Kino zu gehen. Aber jetzt, wo mein Auto abgesehen von dem dunklen Poltern wieder ruhig lief, beschloss ich Elina zu überzeugen, ins Liver mitzugehen. Ich fragte auch bei Lennard, und entgegen meiner Erwartung kam er ebenfalls mit. Seine müden Augen verrieten indes, dass er den ganzen Tag vor einer Leinwand verbracht hatte.

Tatsächlich spielte Pascale mit ihren zwei Jungs klasse. Sie zauberte die tollsten Klänge, aber auch leise und schöne Töne aus ihrer Klarinette hervor, dass einem das Blut in den Adern gefror. Pascale spielte nicht nach Noten, weil sie sicherlich die meisten Stücke perfekt einstudiert hatte. Später am Abend ließ sie es noch richtig krachen und improvisierte imponierend stundenlang. Elina war nicht nur hin, sondern auch weg, allerdings mehr von den beiden anderen Jungs. Dagegen war Lennard noch ruhiger als sonst und blickte nicht besonders fröhlich drein. Ihn schien diese Musik traurig zu machen, obwohl ihm die Klarinette, die nette, zu allem Überdruss so gut gefiel.

Die Musik klang wie aus einer anderen Welt.

Entstehen nicht so meine Bilder? Entstehen sie nicht wie von einer umfassenden Idee geführten Hand? Ich bin

140

gar nicht da. Mein Bild wird gemalt. Ist das Bild fertig, soweit ein Bild fertig sein kann, wache ich auf.

Als die Dreierband eine Pause machte, kam Musik aus der Dose. Da die Lautstärke glücklicherweise eine Unterhaltung erlaubte, versuchte ich Lennard aufzuwecken: „Pascale spielt wunderschön. Ihr habt eure Instrumente gefunden."

Lennard blickte mich fragend an.

„Na, Pascale hat ihre Klarinette, und du hast doch deinen Pinsel und die Leinwand."

„Da hast du recht, dort spiele ich."

Lennard überlegte kurz, nein, er versuchte seine Gedanken zu ordnen, und fuhr fort: „Lernen kann man die Noten, die Musik, die Technik, und vielleicht kann man versuchen, den Geist des Komponisten zu ergründen."

„Das hier ist ...", wollte ich mich einbringen. Doch Lennard ließ mich nicht.

„Mit dem Instrument agieren in der Form, die alle in den Bann zieht – das ist gegeben. Dem einen die Klarinette, dem andern der Pinsel und einem weiteren die Feder."

Ich blickte ihn nachdenklich und zugleich verwirrt an, und er schloss: „Das Schöpferische ist nicht lernbar."

Lennard war durch und durch durchdrungen von der Idee, mit diesem schöpferischen Geist in Verbindung zu stehen. *Wo sind sie alle?*

Ein gut gekleideter Typ unseres Alters, der kaum größer war als sie, hatte Pascale etwas zu trinken gebracht. Sie unterhielten sich angeregt und aus Pascales freudigem Gesicht ging hervor, dass er ihr ein Kompliment gemacht haben musste. Da Pascale uns erblickte, kam sie mit ihrem Kompagnon im Schlepptau zu uns rüber.

Er hatte einen dunklen Anzug an, der ihn aufgrund seiner sportlichen, drahtigen Gestalt gar nicht klein aussehen ließ, mit weißem Hemd darunter. Seine dunklen, glatten Haare hatte er in einem leichten Seitenscheitel ordentlich, fast streng und glatt gekämmt. Auf der rechten Seite blinkte unaufdringlich matt ein Ohrring hervor. Die tiefliegenden Augen über den ausgeprägten Wangenknochen vermochten ausdrucksstark in die Welt zu blicken. Doch wegen seines frohen Gemüts lachte das Gesicht uns mit makellos weiß blitzenden Zähnen meistens an, was aufgrund seines dunklen Teints einen besonderen Charme ausstrahlte.

Jetzt erst erkannte Lennard ihn. Er hatte ihn Jahre lang nicht gesehen.

Es war Marco.

12. VERNISSAGE

Seit über einer Woche hatte ich Lennard nicht getroffen. Endlich fanden wir, insbesondere er, die Zeit und die Muße uns zu sehen.

Die frühen Schauerwolken machten den nun wärmenden Sonnenstrahlen Platz. Ich war zu Lennard geradewegs durch die offene Terrassentür herein gekommen, als ich schon sein in ein riesiges Leintuch gehülltes Bild an der Wand lehnen sah. Allerdings sollte ich dieses erst bei der Ausstellungseröffnung zu Gesicht bekommen. Da mein gewohnter Sitzplatz auf dem alten, roten Sofa wegen diverser Klamottenberge nicht zur Verfügung stand, nahm ich auf dem Klavierhocker Platz und blickte auf das in weiß gehüllte Geheimnis: Lennard hatte also sein Kunstwerk beendet, es war wirklich fertig geworden, dieses Wunder auf Leinen!

Lennard stellte seine dampfende Kaffeetasse ab und sagte zu mir: „Spiel was Großes", und seine Augen leuchteten, wie sie selten zu strahlen im Stande waren. *Mir Egoist ist eben noch einer eingefallen, dem ich bei meinem Tod fehlen werde: Ich.*

In meinem geforderten Kopf drehte sich alles: Was er am meisten schätzte? Was zu meinen liebsten Schätzen gehörte? Klassisch, modern, minimal, lento, andante, agitato? Was Großes? Ich drehte mich auf dem Hocker vor seinem Flügel und öffnete den Deckel der Tastatur und versuchte zu ordnen: Chopin, Liszt, Beethoven, Debussy, Brahms, Schubert, Mozart, Rachmaninov ... Chopin ... Liszt ... Chopin ... Debussy ... Chopin ... Chopin!

Wie so oft ist der erste Gedanke der beste.

Ein doppeltes schallendes Gis zerriss das Schweigen und entführte unsere Seelen aus der hiesigen Welt in die Fantasie der Madame la Baronne d'Este.

Als die letzten Klänge verhallt waren, wurde die neu gewonnene Stille von Lennard verscheucht: „Klasse!"

Offenbar war das Stück das Richtige für Lennards Ohren gewesen.

„Ich bin ja so gespannt, wie das wird. Und am allerneugierigsten bin ich darauf, was sich dahinter verbirgt." Ich deutete auf das verhüllte Bild.

„Es ist gut", sagte Lennard lapidar.

Das bedeutete für mich, dass es mit Sicherheit etwas ganz Außergewöhnliches geworden war.

„Wann bist du denn damit fertig geworden?"

„Vorgestern, nein, gestern früh. Es war noch dunkel."

Lennard hatte Nächte lang daran gearbeitet, und inmitten der vorvergangenen Nacht war es vollendet worden. Darin lag der Grund, weshalb er noch immer erschöpft aussah, obgleich er beteuerte: „Gestern habe ich einen ruhigen Tag gehabt und ein paar Bücher gelesen."

144

So sah für ihn Ruhe aus, ein paar Bücher lesen! Nein, er konnte nicht einfach mal bis zum späten Nachmittag durchschlafen und den Tag mit anschließender genüsslicher Nahrungsaufnahme verbringen und dabei vielleicht in *einem* Buch stöbern. Ein paar Bücher lesen!

„Übermorgen geht es schon los. Hast du denn alles zusammen?", fragte ich.

„Die anderen Bilder sind draußen im Flur, und eine Skulptur von Beatrix holt Marco Proust bei ihren Eltern ab. Die darf bei meinen Bildern stehen."

„Wie transportierst du denn die Werke zur Galerie?"

„Marco kommt heute hier vorbei." Mit einem Blick auf die Uhr fügte Lennard hinzu: „Besser gesagt, er müsste schon da sei."

Da klopfte es bereits an die offene Terrassentür: „Darf ich reinkommen?"

Es war Marco.

„Schön dich zu sehen, Marco", Lennard schüttelte ihm sogleich die Hand. Auch ich begrüßte Marco und war einmal mehr beeindruckt von seinem breiten Lächeln, das von seinen tiefliegenden und von Lachfältchen umgebenen Augen überflügelt wurde.

Wir verschafften uns zu dritt einen Überblick über Lennards Werke, die alle zugleich ins Auto sollten, um nur eine Fuhre machen zu müssen. Lennard zog die Augenbrauen hoch.

„Das passt schon", meinte Marco auf Lennards fragenden Blick hin.

„Ich fahre ja schließlich nicht mit", erklärte ich, um Marcos Aussage zu unterstützen.

„Ja dann geht's allemal!", beteuerte er aufs Neue.

„Ich helfe euch aber noch beim Einpacken", schloss ich.

Marco hatte einen uralten Kombi, der zwar mächtig Platz bot, aber auch ebenso mächtige Geräusche und Abgaswolken von sich gab. Behutsam räumten wir ein Bild nach dem anderen ein. Aufgewühlt gestikulierte und dirigierte Lennard insbesondere Marco herum, als es um sein neuestes Werk ging, das gerade noch in das Auto passte.

„Ganz ruhig", meinte Marco und legte seine Hand auf Lennards Schultern. Er blickte ihm geradewegs in die Augen und unterstrich fast salbungsvoll: „Das Bild bewegt sich keinen Millimeter."

„Dank dir, Marco", lächelte Lennard ihn erschöpft und zufrieden an.

„Ich geh dann mal", wollte ich mich verabschieden: „Wenn was sein sollte, kann ich gerne noch bei irgendwas helfen."

„In der Tat", nutzte Marco die Gelegenheit. „Kannst du morgen Abend kommen und helfen, die Getränke auszuladen und in die Galerie zu bringen? Übermorgen wird das erfahrungsgemäß doch zu eng ..."

„Kein Problem", meinte ich.

„Wir zwei kaufen alles ein", dabei boxte Marco Lennard mit dem Ellbogen in die Seite, „und treffen uns um acht Uhr abends an der Galerie, okay?"

„Alles klar. Mal sehen, vielleicht kommt Elina mit."

„Bestens", sagten Marco und Lennard wie aus einem Munde und grinsten sich dabei wie zwei Kindergartenkinder an.

146

„Na dann mal los mit uns beiden", sagte Marco.

Als sie knatternd losgefahren waren, meinte Lennard sich unverhohlen kichernd in der Rostlaube umblickend: „Das ist ja schon ein cooles Auto ..."

„Apropos Auto. Gestern war ich noch mal im Liver. Karon war übrigens auch da, um mir den Schlüssel für die Galerie zu geben. Und danach schwatzten wir vor der Kneipe noch eine ganze Weile weiter." Marco machte eine kurze Pause, um in den Rückspiegel zu schauen.

„Und was war da?", hakte Lennard nach.

„Eine komische Frau habe ich da kennengelernt."

„Wieso komisch?"

„Die fand mein Fahrrad schön."

Lennard prustete los und schüttelte ungläubig den Kopf. Es war sowieso skurril, dass jemand eines anderen Fahrrad ‚schön‘ nannte. Wer aber Marcos Fahrrad kannte, das vom Stil perfekt zu seinem Auto passte, der wusste, dass das in der Tat eine sehr merkwürdige Frau gewesen sein musste.

„Wie muss sie erst dein Auto finden", meinte Lennard lachend, dem diese Geschichte Lachtränen in die Augen trieb.

„Naja, ich habe wenig Interesse, ihr mein Goldstück zu zeigen", und er klopfte von außen an die rostige Fahrertür. Dann blickte er erst auf die rot gewordene Ampel und dann Lennard in die Augen: „Dir natürlich schon."

Lennard freute sich darauf, mit Marco zusammen die Vernissage vorzubereiten: „Was kaufen wir morgen denn für die Vernissage zu trinken ein? Sekt?"

147

„Prosecco! Bei Karon gibt es immer Prosecco! Auch wenn es ein noch so lausiger italienischer Schaumwein ist. Es gibt bei Karon keinen Sekt, sondern nur Prosecco", und er zwinkerte Lennard zu.

Sie fuhren durch eine Unterführung, wo man auf riesigen Plakatwänden besichtigen durfte, wie ein offenkundig gänzlich unbegabter Werbefotograf sein Unwesen getrieben hatte. Dort hallte der Motor ohrenbetäubend wider.

„Laut ist es ja schon, dein Goldstück!", rief Lennard grinsend zu Marco herüber.

Dieser neigte sich zu Lennard, so dass ihre Köpfe beinahe zusammenstießen: „Hört man gleich gar nicht mehr."

Marco fummelte im Handschuhfach nach irgendwelchen Musikkassetten, legte eine ein und siehe da: Das infernalische Auspuffgeräusch war nur noch rudimentär wahrzunehmen. Lennard ließ seinen Arm aus dem geöffneten Fenster baumeln und genoss mit den Fingern gegen die Tür trommelnd die restliche Fahrt.

„Da ist die Galerie!", triumphierte Marco und strahlte Lennard an. Er lenkte seinen Wagen in den Hinterhof, von wo man am bequemsten die Werke ausladen und in den für Lennard vorgesehenen Ausstellungsraum transportieren konnte.

Von nun an waren Marco und Lennard voll und ganz damit beschäftigt, Lennards Bilder aufzuhängen. Dabei überlegten sie gemeinsam das beste Arrangement und diskutierten lange das Für und Wider möglicher Anordnungen, ohne je einen Funken Erschöpfung zu zeigen. Im Gegenteil, da schienen sich zwei gefunden zu haben, die auf gleicher Wellenlänge mit Akribie die Ausstellung vor-

148

bereiteten. Mitten in der Nacht hingen alle Bilder an ihren Plätzen und Beatrix' Skulptur stand ebenfalls auf einem Sockel zentral im benachbarten Ausstellungsraum.

„Ich fahre dich noch heim", meinte Marco nach vollendeter Arbeit. „Aber morgen Mittag geht es weiter mit dem Getränkeeinkauf. Und übermorgen ist es soweit!"

Am nächsten Abend fuhr ich zusammen mit Elina zur Galerie. Um die Sektbar insbesondere mit Prosecco auffüllen zu können, hatten uns Marco und Lennard unübersehbar das flaschengefüllte Auto hingestellt. Draußen war es kühl geworden, und die Räume waren von warmem Licht durchflutet. Elina schleppte sich genau wie ich fast zu Tode, bis wir auf die Idee kamen, eine Wette abzuschließen.

„Wir können doch die neun Kisten Sekt auf einmal in das Foyer tragen", meinte Elina.

Daraufhin sagte ich nur: „Muss das sein?" Und ich fügte grinsend hinzu: „Du kannst ja zweimal laufen."

„Das könnte dir so passen!"

„Schon gut, ich laufe zweimal."

„Neinneinnein!" Elina machte einen Schmollmund, gab mir einen Kuss und sagte: „Das tragen wir jetzt da rein. Ich vier und du fünf Kisten. Wie wetten um eine Flasche Gin." Ehe ich antworten konnte, fuhr sie fort: „Dann kann ich zu Hause meinen Gästen endlich mal einen Gin-Tonic anbieten."

„Moment, den bekomme ich, weil wir das mit den Kisten sowieso nicht schaffen."

„Los! Streng' dich an! Schummeln gilt nicht."

149

Erstaunenlich war, wie Elina zigmal ansetzte, um die vier Kisten zu bewegen. Das unvermeidliche geschah, sie hatte alle vier Kisten irgendwie empor gelupft.

Jetzt war die Reihe an mir. Nach etlichen Flüchen und einigen Beinaheabstürzen gelang es mir tatsächlich, fünf dieser plötzlich so ungeahnt schweren Kisten zu schleppen. Dabei fühlte ich mich so wackelig auf den Beinen, als ob ich das Gesöff nicht über mir, sondern in mir gehabt hätte. Elina wurde nicht müde, mich anzufeuern und drei Leute aus dem Weg zu schaffen, die tumbe vor der verschlossenen Galerietür versuchten, so etwas Ähnliches wie Konversation zu treiben. Die blöden Sektkisten waren noch nicht alle zusammen mit mir an der aus Autofelgen errichteten Theke angekommen, da kam mir Elina entgegen und warf den Kopf lachend in den Nacken: „Gin! Gin für alle."

„Jaja, dschingdsching ..." Und ich erntete einen triumphalen Kuss, gegen den ich mich nicht zu Wehr setzen konnte.

Lennards Bilder hingen im hintersten Raum, so dass ich leider noch keinen Blick auf sein neuestes Werk erheischen konnte. Ich spickte nur in den ersten Ausstellungsraum, wo Marco und Lennard etwas mit Karon besprachen. Karon war ganz in Schwarz gekleidet, schwarzes Hemd, schwarze Krawatte, schwarzer Anzug und seine Haare waren ebenso schwarz. Kurz darauf kamen Marco und Lennard im Gleichschritt zu uns an die Bar, um uns in bester Laune zu begrüßen. Da wir an der Theke standen, bediente Marco sich beim Prosecco, köpfte eine Flasche, schenkte uns dreien ein und sagte:

150

„Danke für eure Hilfe. Ihr seht, wir können jede Hand brauchen. Auf euer Wohl!" Er wedelte mit der Prosecco-flasche, stellte sie auf die Theke und war schon wieder verschwunden, um zu Karon zurückzukehren.

Wir übrigen drei stießen mit den prickelnd gefüllten Gläsern an.

„Auf morgen!", rief Elina.

„Auf morgen!", rief auch ich.

Lennard sah uns beide an und sagte: „Euch brauche ich wie die Luft zum Atmen." Er blickte einen Augenblick auf sein von seinen Händen umklammertes Sektglas, nahm aber sogleich einen tüchtigen Schluck des erfrischenden Schaumweins und ließ unsere Worte widerhallen: „Auf morgen!"

13. DAS BLAUE BILD

Lennard sah gut aus mit seinen blauen, lieben Augen. Mir fiel erst jetzt auf, wie lange er seine Haare hatte wachsen lassen, die sich blond fast bis zu den Schultern wellten. Auch die kurzen Koteletten standen ihm nicht schlecht, so dass er meines Erachtens perfekt in Karons Galerie passte. Der schwarz-auberginefarbene Anzug saß wie angegossen und sah zu dem weißen Stehkragenhemd klasse aus. Ich fühlte so etwas wie Stolz: Das war mein Freund! Ich glaubte zu wissen, was es für ihn bedeutete, seine Werke der Welt zeigen zu können. Ich war davon überzeugt, dass er der Beste war, dass es jemanden wie ihn nur ein einziges Mal geben konnte. Er fühlte, er lebte im Bild. Er war die Pinselhaare, welche die Leinwand berührten. Wenn wirklich er malte, war es, als ob sich seine Seele auf die Leinen breitete.

Er kam, noch zu seinen Gesprächspartnern hin gestikulierend, aus dem Ausstellungsraum zu uns heran geeilt. Der Grund seiner erstaunlichen Eile erschloss sich uns unmittelbar. Denn Lennard versuchte einen skurrilen, offenbar lustigen, aber sehr gesprächigen und daher anstrengenden Bekannten von Marco so schnell wie möglich hinter sich zu lassen.

Nach Elinas ausgiebiger Umarmung durfte ich ihn begrüßen. Ich musste meinen Augen aber noch einmal Lennard von Kopf bis Fuß gönnen und hielt ihn mir mit beiden Händen an seinen Schultern vom Leib.

„Du siehst aus wie du bist: ..."

„Na", zischelte Elina „sag lieber nichts, sonst bildet sich unser Lennard noch was ein!" Und sie kniff ihn ins Ohr. Heute schienen ihm all die körperlichen Kontakte wenig auszumachen, da er neben seiner zweifellos geringen Aufregung blendender Laune war.

Zur Ausstellungseröffnung kamen reichlich neugierige Gäste, so dass ich mit Elina alle Hände und Gläser voll zu tun hatte. Während der ersten langen Rede – wieso muss eigentlich immer einer lange reden? Und das war ausgerechnet Karon! – war kein Gast verlegen, sich dennoch einen Sekt, pardon: Prosecco oder etwas ähnlich Trinkbares zu gönnen.

Mit der Zeit begann ich, diese Flaschen zu hassen. Statt den Korken schön losploppen zu lassen, um mit Genuss die Decke zu beschießen, musste ich einen Korkenzieher bemühen, um diese hartnäckigen Proseccokorken aus ihren Flaschenhälsen herauszuzerren.

Nebenbei kümmerte ich mich um anderes Grobe, wie etwa um das Beschaffen von weiteren Stühlen, die angeblich irgendwo im Heizungskeller zu finden sein sollten. Geschwächt vom Sektkistenschleppen am Vorabend war es mir nicht möglich, all die blöden Holzklappstühle auf einmal bis oben zu tragen, sondern nur alle bis auf einen, der mit ordentlichem Lärm, um auf sich aufmerksam zu machen, die Treppe hinunter, und wie es sich gehört, bis ganz unten zu fallen. Ich kam ins böse blickende Foyer zurück.

Elina meinte stirnrunzelnd: „Du kommst klar?"

„Ich ...", holte ich aus und hörte sogleich wieder auf. Elina grinste mich mitleidig an und flüsterte mir ins Ohr: „Ich wusste gar nicht, dass du rot werden kannst", woraufhin ich leidend den Kopf schüttelte.

„Zum Glück haben wir nur beim Sekt gewettet."

„Prosecco!", verbesserte mich Elina. Ich beließ es bei einem schweigenden Kopfschütteln.

Ich war seit Wochen schon gespannt, wie denn Lennards neuestes Werk aussähe. Er hatte es tatsächlich geschafft, das Bild zustande zu bringen, ohne dass ich während der ganzen Zeit auch nur einen Blick oder einen Gedanken darauf erhaschen konnte und wollte. Es war schließlich sein fester Wunsch gewesen, das Bild erst vorzustellen, wenn es vollendet war. Natürlich hatte ich ihm häufig zugesehen, wenn er irgendetwas malte, zeichnete oder skizzierte. Oft saß ich in dem alten, roten Sofa mit der Sprungfeder neben mir und einem Weinglas in der Hand und sah ihn mit Kohlestift oder Pinsel dastehen und werken.

Einmal hatte er sich den Spaß gemacht, mich zu zeichnen, indem er mir zunächst eine Viertelstunde lang in die Augen sah. Dann tranken wir Wein zusammen und rauchten mit Zigarren, die ihm Favo einmal angeschleppt hatte, das Zimmer neblig, woraufhin er meinte: „Jetzt lass mich dich malen ohne dich anzusehen." Was ja nicht schwer fiel bei dem nahezu undurchdringlichen Qualm. Er sah und malte. Er sah mich, mein Innerstes, meine Seele. Es war, als ob er in meiner Seele spazieren ging und alles abklopfte. Er bannte alles auf das Papier vor sich. Ich sagte keinen Ton und sah mit nassen Augen mich gemalt – mein Herz, meine Seele, mein Leben, meinen Tod.

Nun, dieses eine, dieses neueste Bild kannte ich noch nicht. Mir war natürlich bewusst, dass Lennard meinem Urteil viel Wert beimaß und auf meine Reaktion gespannt war. Obgleich ich in der Malerei sicherlich wenig Fähigkeiten besaß, kannte neben Favo am ehesten ich all die Werke, die Lennard zustande gebracht hatte. So hatte ich einen Hauch von Furcht, denn das geringste Missfallen meinerseits würde Lennard keinesfalls entgehen.

Als schließlich die ersten Leute fortgingen und die meisten im Foyer mit Konversation, ihrer Garderobe und ihren Gläsern beschäftigt waren, machte ich mich daran, den ersten der drei Räume anzusehen. Lennard war von reichlich unterschiedlichen Menschen umgeben und mit diesen in allerlei Gespräche verwickelt. Favo war ebenfalls sehr angeregt in dieser Runde, und Frau Bürgermeisterin gab vor, vorgeben zu können, sie verstünde etwas von Malerei – ihre Tochter male schließlich prächtige Tierbilder! Wilhelm, eben Marcos lustig-gesprächiger Kumpel, der heute außer seinem zerrissenen Hemd und seiner abgewetzten Hose noch ein verfärbtes, durchlöchertes Designersakko anhatte, stand mutig inmitten dieser Gesprächsrunde.

Der Augenblick schien gelegen und wollte genutzt werden. Im ersten Raum waren bunte Bildchen. Fotorealistisch, präzise gemalte Wohlstandsmülleimer – getrennter Müll. ‚Aha', dachte ich. In diesem Raum war sowieso alles sehr gegenständlich, und so freute ich mich sehr, als ich im nächsten eine schwarze, hohe Plastik sah und wusste, dass diese von Beatrix sein musste. Lauter Stahlstäbe verwunden und verbunden, gekrümmt und aneinander geschweißt zu einem lustigen, hämisch grinsenden Weiblein geformt. Mit blitzenden Augen sah sie mich an, und ich musste laut loslachen. Da kam mir Elina mit ein paar vollen Sektgläsern in der Hand entgegen: „Ich stand da aber nicht Modell!", und lachte dem Stahlweibchen zu. „Hast du es schon gesehen? Ich finde es ... nein, ich sage nichts." Und schon war sie wieder weg.

Überhaupt waren hier nur wenige Leute, was mir gefiel, da ich kein solches Gewimmel um mich herum haben wollte. Hier im dritten, letzten Raum waren gerade noch vier ver- und zerstreute Besucher dabei, sich etwas anzusehen. Ich setzte meinen Fuß über die Schwelle, und mich überwältigte das Bild, Lennards Bild.

Das Werk sah mich mit weit aufgerissenen Augen auf sich zu kommen. Alleine über die Größe war ich überrascht, da ich diese zuvor schwerlich hatte einschätzen können, zumal Lennard sein Werk die ganze Schaffenszeit über vor mir verborgen gehalten hatte. Meine Augen wurden überflutet von dem großen, dunklen, blauen Meer, auf dem ein winziges blauschwarzes Bötchen schaukelte.

Dunkle Wolken verbergen den Himmel, die Sonne verabschiedet sich mit einem letzten Strahl. Ein kämpfendes, sich aufopferndes Kind, das bis zu den Knien im wassergefüllten Boot steht, versucht, seinen Kahn durch

156

die hohen Wellen zu steuern. Erst durch längeres Entwirren der dunklen, schwarzblauen Linien wird offenbar, dass *Menschen* zusammen dieses Wasser mit den sich auftürmenden Wellen bilden. In dieser Ecke scheinen sich Senatoren und Monarchen rechts wie links auf die Schulter zu klopfen, während sich dort unten klerikale Geschöpfe auf einem Kreuz auszuruhen scheinen. Das Kreuz selbst ist schwer unter all den profanen Utensilien, die das Leben schön machen, auszumachen. Hagere Professoren zerreißen Bücher zu Gischt, während Medizinmänner Fische zu operieren beginnen. Sich liebende Zeugende schützen sich unter verrosteten Stahlträgern, die einen wilden Strudel bilden, der die Noten eines Musikers und die Feder eines Dichters einzusaugen beginnt. Die Wolken spielen ein verworrenes Spiel aus Zeichen und fremden Symbolen, die sich am Horizont mit den seltsamen Meeresbewohnern vereinen. Außer den Farben blau und schwarz hatte Lennard keine Farben verwendet. Mir war offenbar geworden, wer mit dem Kind, das so einsam kämpft, gemeint war. Es gab nur eine einzige weiße Stelle, und das war der Rest der Sonne, der zwischen den Wolken hindurch auf dieses Boot blinzelte.

Während ich das Bild mit den Augen, welche die anderen Sinne veranlassten abzuschalten, einatmete, fand ich mich auf dem Boden sitzend, als Lennard von hinten an mich herantrat und sagte: „Es gefällt dir."

„Ja."

„Es ist alles drauf."

„Ja."

Ich holte Luft: „Alles? Ich sehe alles, was ist. Alles was real ist. Gibt es denn kein Ideal?"

„Da das Ideal real nicht ist, bleibt es imaginär. Es ist uns unbewusst." Er fuhr zwar müde, aber Energie schöpfend erklärend fort: „Siehst du den langen Balken des Kreuzes, hier die Achse des Bootes und des Sonnenlichts? Verlängere von unten längs des Kreuzes bis oben über das Boot bei unserem Freund rechtwinklig abknickend die sich so gebenden Strecken durch die Sonne bis zum oberen Bildrand. Dies Bild ist dann unterteilt in ein konvexes und ein konkaves Fünfeck, deren Flächeninhalte sich zueinander gemäß dem goldenen Schnitt verhalten."

Ich staunte noch mehr: „In allem Chaos diese Harmonie? Und dabei einen rechten Winkel!"

„Ja, den einzigen."

Ich war verblüfft, wie einfach dieser Trick war, den goldenen Schnitt so in diesem Meer aus schwarzen, blauen Menschenknäueln und Dingen zu verstecken. So fuhr ich nur die teilenden und verbindenden Linien hoch und runter und ließ die Figuren miteinander tanzen.

„Ein einziger dunkler Klecks, und die Sonne wäre verschwunden in der Nacht", und ich deutete auf die weißen Sonnenstrahlen.

„Aber sie ist doch da, sie strahlt hell."

„Ja, es ist noch hell. Unser kleiner Freund in dem Boot hofft, sein Ziel zu erreichen."

Zu welchem Ziel? Weiß es das Kind?

„Ja hallo ihr zwei! Hier steckt ihr also. Wisst ihr denn nicht, wie spät es ist?"

158

Elina hatte recht. Die letzten Besucher der Ausstellung waren längst gegangen, und ein paar Freunde standen noch im Foyer, um ihre Proseccoreste auszukippen. Marco meinte, er müsse unbedingt zu seiner Schwester, die heute noch einmal live im Liver spielen würde, da Oliver ganz begeistert von ihrem letzten Auftritt vor einer Woche war. Elina fügte hinzu: „Favo meinte übrigens auch, wir sollten noch feiern gehen. Aufräumen würden die Kleinen." Damit hatte Favo ein paar Erstsemesterstudenten gemeint, die beim Aufbauen der Theke geholfen hatten und sich bereit fanden, über die alkoholischen Reste herzufallen, um dann aber die Räumlichkeiten für den nächsten Tag startklar zu machen.

Ich war nicht traurig, dass dieser ständig plappernde Wilhelm bereits weg war. Seltsamerweise ist dieses Phänomen Wilhelm an Elina vorbei gegangen, da sie sich an ihn im Moment gar nicht zu erinnern schien.

Favo verabschiedete sich von uns.

„Wie?", meinte Elina, „Du hattest doch die Idee, mein lieber Favo!"

„Dir zu liebe würde ich natürlich sehr gerne mitgehen, aber ich fürchte, mich übermannt die Müdigkeit."

So machten wir uns zu viert auf zum Liver. Zu Fuß wohlgemerkt, da sich keiner mehr im Stande fühlte, mit Marcos Rostlaube zu fahren. Auf unserem Fußmarsch unterhielten sich Marco und Lennard wortreich über alle möglichen Dinge. Dabei grinste mich Elina wiederholt an, weil Lennard nach irgendwelchen Kommentaren, Anekdoten oder sonstigen Geschichtchen von Marco immer wieder loskicherte, was wir beide von ihm überhaupt nicht gewohnt waren. Das lag nicht nur an Lennards Alkoholgenuss, der ihn mehrmals zu einer Kollision mit Marco brachte als vielmehr an seiner blendenden Laune, die er glücklicherweise seit der Vorbereitung auf die Vernissage, genauer gesagt, seit Marco diese vorangetrieben hatte, nicht abgelegt hatte.

Als Oliver sein Liver offiziell um zwei Uhr schloss, verließen Elina und ich die beiden. Die Bandmitglieder, mit denen Pascale zusammen spielte, tranken munter mit Oliver weiter. Er schmiss dabei eine Runde nach der anderen. Marco und Lennard genossen die ungeahnte freie Zeit der Nacht, um sich an der Theke festzuhalten. Lennard berichtete von vielen seiner Werke, er schweifte in die Kunst ab, um sich schließlich in seinen philosophischen Studien zu verlieren. Marco, der sich zwar der Medizin verschrieben hatte, war trotz der vernebelten späten Stunden ein aufmerksamer Gesprächspartner, der sich zudem zwar nicht in der Philosophie aber in der sonstigen klassischen Literatur als sehr belesen zeigte, zumal wenn es sich um Dramen handelte. Lennard lauschte geradezu andächtig, wenn Marco mit blumigen Worten Kurzfassungen von Shakespeares Werken zum Besten gab. So ging es die Nacht durch, bis die Vögel den dämmernden Morgen begrüßten.

160

14. WEISSE FEE ÜBER DEM SEE

Lennard und Marco besuchten in der auf die Vernissage folgende Zeit zahllose Theatervorstellungen und Musikaufführungen – auch in weit entfernt liegenden Städten. Dorthin ratterten sie zunächst mit Marcos alter Karre, die aber bald ihren Geist endgültig aufgab. Bei dieser letzten Autofahrt war ihnen allerdings das Glück hold, da sie sich dieses einzige Mal erbarmt hatten, Wilhelm mitzunehmen, der unablässig Marco bedrängt hatte, doch zu einem Konzert mitfahren zu dürfen. Marco hatte sich schließlich von einigem Eigennutz getrieben dazu überreden lassen, da sie planten bei Bekannten von Wilhelm übernachten zu können. Kaum waren sie mit qualmendem Motor angekommen, war es immerhin Wilhelm gewesen, der erkannte hatte, dass der Kühler hinüber war. So entschieden sie sich, nicht dort bei seinen Bekannten zu nächtigen, sondern die nächtliche Kühle zu nutzen und direkt nach dem Konzert zurückzufahren. Auf Wilhelms Geheiß rüsteten sie sich für die Rückfahrt und sammelten haufenweise Plastikflaschen, die sie wassergefüllt in den Kombi packten. Obgleich die Abstände zwischen den Wassernachfüllpausen immer kürzer wurden und das lecke Auto unstillbaren Durst zu haben schien, schafften sie es tatsächlich noch zurück.

Neben dem Besuch verschiedener Bühnenstücke besuchten sie auch zwei Lesungen. An der ersten fand Lennard zunächst keinen sonderlichen Gefallen. Gelesen wurde aus einer vom wichtig scheinenden Autor abgefassten Abhandlung europäischer Geistesgeschichte. Die zähe Sprache, aber noch viel mehr die gekünstelten Gedankenkonstrukte des Verfassers missfielen nicht nur Lennard. Glücklicherweise schloss sich der Lesung eine Diskussion an, die Lennard alsbald zu großen Stücken gestaltete. Durch sein geradezu sokratisches Entknoten der vom Leser vorgetragenen Verknüpfungen gewann Lennard nicht nur den Diskurs, sondern auch das Publikum für sich. Als die Demontage nahezu vollendet war und wieder andere Zuhörer mit humaneren Fragen aufwarteten, lehnte sich Marco zu Lennard und flüsterte ihm ins Ohr: „Lass uns gehen."

Die einige Tage später in einer ausgebauten Fabrik stattfindende Veranstaltung fand dagegen Lennards und auch Marcos ungeteilte Freude. Vier Männer, von denen Marco zwei näher kannte, lasen aus Kurt Tucholskys Lebenswerk vor. Auf unterschiedlichste Art wurden von eben diesen die verschiedenen Facetten Tucholskys beleuchtet und oft mit viel Witz, aber zuweilen auch mit großem Ernst vorgetragen. Dazwischen wurden alte Chansons auf einem passend dazu wenig gestimmten Klavier vorgespielt.

Schließlich brachte eine mehrtägige Reise die beiden nach Wien. Weil ein guter Freund Marcos dort lebte, der ihn gebeten hatte, ein paar Tage die Wohnung zu hüten,

162

war es für Marco und Lennard unmöglich, diese Gelegenheit ungenutzt verstreichen zu lassen, zumal es sich bei dieser Übernachtungsmöglichkeit um eine herrschaftliche elegante Altstadtwohnung handelte. Marco stürzte sich unmittelbar in sein Element: Er hatte ein schier unerschöpfliches Kulturprogramm zusammengestellt, an dessen Absolvierung Lennard seine Freude hatte. Schienen sich ihre Kräfte kurzzeitig doch zu erschöpfen, fanden sie ohne Schwierigkeiten die Muße, einen Kaffee zu genießen oder eine Bar aufzusuchen. Die abendlichen Ausgänge zogen sich dabei lange hin, wozu die überaus günstige Wohnungslage geradezu einlud. Ebenfalls zogen sich die Vormittage hin, nicht so sehr weil sie Croissants mit Cappuccino auf dem sonnigen Balkon genossen als vielmehr Marco im Badezimmer sich reichlich Zeit für das morgendliche Frischmachen ließ. Darüber hinweg tröstete aber in geahntem Maße, dass Marco einen ausgesprochen guten Geschmack für seine Kleidung besaß. So wurde Lennards ästhetisches Empfinden nach dem morgendlichen Warten durch den Anblick auf Marcos stilsicheres Erscheinungsbild mehr als belohnt, wenn dieser zu ihm hinaus auf den von der Sonne warm erhellten Balkon trat.

„Was liest du denn da?", fragte Marco.

„Das was du liest."

Lennard hatte sich Marcos Lektüre ‚Der Mythos von Sisyphos' geschnappt und sich damit die Zeit auf dem Balkon vertrieben. „Hast du denn schon andere Sachen von Camus gelesen?"

„Ja einiges. Wenn ich eines seiner Bücher vor mir habe, bin ich erst mal nicht ansprechbar", grinste Marco so charmant er konnte, da er wusste, sonst ausnahmslos ansprechbar zu sein. Er setzte sich in den noch freien Korbsessel, schenkte sich einen Kaffee ein und nahm sich ein Croissant.

„Seltsam, ich habe noch gar nicht viel von ihm gelesen, wenn ich so recht überlege. Zuletzt in der Schule ‚L'étranger'..."

„Tja, da war ich auch begeistert", Marco begann zu schwelgen und referierte einige Passagen, die ihm besonders gefallen hatten. Schließlich schloss er ab: „Wunderbar, wie das Bewusstsein ins Absurde taucht, wenn der Alltag, oder vielmehr seine müde Maske, zusammenbricht und das Ich auf die Feindseligkeit der Welt trifft."

Lennard war in sein Element geworfen: „Das erinnert mich unmittelbar an Jaspers, von dem ich zwar auch noch nicht viel gelesen habe, der aber das Selbst über alle Maßen betont, das zwar geborgen ist, aber erst in der Grenze des Seins wie Tod und Leiden, Schuld und Kampf echt zum Vorschein kommt."

„Das sagt Jaspers?", fragte Marco offenbar völlig unwissend.

„An sich liegen diese Wurzeln viel tiefer. Schon bei Schelling ..."

„Oh je, jetzt habe ich was gesagt", jauchzte Marco über sein Eigentor grinsend und tunkte sein Croissant in den Kaffee, „aber erzähl ruhig weiter. Ich höre dir gerne zu."

„Na denn. Schelling lenkt die Gedanken bewusst auf das Ich nicht nur als Subjekt, sondern als Objekt. Aber Sören Kierkegaard ..."

164

„Sören!", Marco lachte kurz auf und schien sich dabei an jemanden zu erinnern.

„... war Hegels Philosophie dermaßen abgeneigt, weil der das Ich ..."

„Das Ich?", schob Marco dazwischen und runzelte die Stirn.

„... vielmehr das Selbst aus der Philosophie verbannt und lieber abstrahiert hatte."

„Ist das verkehrt, wenn man wissenschaftlich Philosophie betreibt?"

„Es spricht ja nichts gegen das abstrakte Denken. Aber Philosophie ist schon merkwürdig, wenn das Selbst, also das Subjekt, um das es geht, gestrichen wird. Und Kierkegaard sagt so schön, dass dann das Selbst eine komische Figur abgibt."

„Hm. Also haben Camus oder Sartre gar nicht den Existenzialismus begründet?"

„Ich denke, diese Richtung hat ihre philosophischen Wurzeln eben bereits bei Kierkegaard." Lennard ließ sich von Marco ein weiteres Croissant reichen. „Aber du hast schon recht. Sartre und Camus verarbeiten und verbreiten diese Gedanken literarisch natürlich hervorragend."

Darauf sprang Marco sofort an: „ ‚Er ist, was er noch nicht ist; er ist, wozu er sich macht.' Ist das nicht klasse?" Und Marco strahlte über das ganze Gesicht, griff nach einem Apfel aus der Obstschale und reichte einen zweiten Lennard.

„Klasse!", bestätigte Lennard, und beide erfreuten sich an diesem offenbar Grundpositiven aus dem ansonsten nihilistischen Nahestehenden.

„Ich muss mich verbessern", fuhr Lennard fort, „natürlich hat Sartre auch philosophisch Meriten gesammelt, wenn ich an seine Beleuchtung des Ichs denke."

„Nämlich?"

„So erstarrt das Subjekt zum Objekt, wenn ein anderes es erblickt."

Marco schüttelte grinsend den Kopf:

„Und das heißt?"

„Das sollte die Beziehung untereinander beschreiben", sagte Lennard und sah dem nach Verständnis ringenden Marco in die Augen: „Zum Beispiel: Ich mach das Praktikum, weil es dann in meinem Lebenslauf so gut aussieht."

„Grausam!"

„Ja eben! Man tut etwas als Objekt, und nicht etwa als echtes Selbst, nicht als Subjekt, gerade unter dem Blick des anderen."

Marco lehnte sich zurück: „Wahnsinn!"

Nach einigen Superlativen mehr, die bewundernd auf Lennard einschlugen, machten sie sich einmal mehr auf den Weg zu neuen Museumsbesuchen.

*

Meine Mutter war wieder einmal in die Stadt gekommen. Der Grund dafür lag in ihrem Klassentreffen. So ließ sie es sich natürlich nicht nehmen, mich heimzusuchen, und da sie den Eiskaffee im Museumscafé über alles liebte, saßen wir eben dort vor unseren Eiskugeln. Währenddessen baute sich an der gegenüberliegenden Ecke wie jeden

166

Sonntag ein selbsternannter Künstler mit seinen Aquarellen auf.

Früher dachte ich, dass jener bestimmt eine gescheiterte Existenz sei, die sich wie viele, die auf einer Künstlerakademie studiert hatten oder erst gar nicht aufgenommen worden waren, irgendwie ihr Geld zusammenverdienen müssten. Doch wie ich von Lennard lernte, hatte er wiederum von einem Kommilitonen erfahren, dass dieser Aquarellmaler in Wirklichkeit ein Angestellter bei der Sparkasse sei. Ihn, den Mitstudierenden, hatte nämlich das Pech ereilt, sich seine neuesten Werke aus der ‚geringgegenständlichen Phase‘ ansehen zu dürfen, die in jener Bankfiliale ausgestellt waren. Nachdem der Hobbykünstler nämlich erfahren hatte, dass er einen Kunststudenten beriet, war er umso freundlicher bei der anstehenden Kontoeröffnung. Nur meinte er, dass der Banker gemessen an seinem künstlerischen Talent sicher ein Bankgenie sein müsste.

Vielleicht muss man hierzu die Motive erwähnen, die sich in unzähligen nicht variierenden Variationen auf den Bildern wiederfanden. Ein fahles Feengesicht, das überdimensional über einem Wald oder einem See oder über beidem in rotes, graues, gelbes oder eben in der ‚geringgegenständlichen Phase‘ in grünes Licht getaucht war. Dem Beobachter wird schnell klar, dass der Verkauf dieser Bilder nicht dem Lebensunterhalt des Verkäufers wird dienen können.

Während wir munter an unserem Eiskaffee schlürften, waren die eine Hälfte der Bilder bereits ans Mäuerchen gelehnt, und die andere sonnte sich davor auf dem Gehweg.

Mutter erzählte, wie toll Agnes, eine ehemalige Mitschülerin, sich gemacht hätte und dass sie trotz ihrer vier Kinder jetzt Feuilletonredakteurin bei einer Zeitung sei. Und sie sähe so jung aus und verstehe sich blendend mit ihrem Mann:

„Weißt du, seit wann sie sich kennen?"

Ich beobachtete, nur halbherzig meiner Mutter lauschend, wie unser Sparkassenfreund einem Pärchen erklärte, welch Glück sie hätten, zu einem so günstigen Preis ein so einmaliges Aquarell – Weiße Fee über dem See – heute erstehen zu können.

„Nein, äh keine Ahnung", erwiderte ich.

„Seit der zehnten Klasse. Das war damals auf der Klassenfahrt an die Nordsee ..."

Jetzt schlenderte eine lilabehaarte Oma heran. Ja, die Haare waren tatsächlich graulila. Für wen machte sie die Haare lila? Fand sie es schön? Zusammen mit ihrem kleinen, weißen Hundchen schlenderte sie an den Aquarellen vorbei und würdigte jene kaum eines Blickes.

„Sag mal, waren wir nicht, als du in der zehnten warst, mit Tante Elisabeth auch an der Nordsee?"

Die Lilafarbene traf am Rande des Künstlerterritoriums eine ähnlich alte Dame, was dem kleinen Hund erst zu lautem Kläffen dann zur Langeweile Anlass gab.

„... äh mit Tante Eli? Ach ja, das muss in der zehnten oder elften gewesen sein", ich wandte mich grinsend zur Mutter hin, „ist sie da nicht im Leuchtturm die Wendeltreppe runtergefallen?"

„Doch, hihihi ...", und meine Mutter kam aus dem Lachen nicht mehr heraus, „zum Glück hat sie außer blauen Flecken nichts abbekommen." Dieses Stichwort gab ihr Stoff für eine weitere Geschichte, und sie erzählte, dass Tante Eli tatsächlich geheiratet hatte.

Jetzt zog unser Sparkassenkünstler sein Portemonnaie und kramte darin herum. Er hatte doch tatsächlich eines seiner Wunderwerke verkauft. Gleichzeitig hob der treue kleine Gefährte unserer lilafarbenen Oma ein Bein und ließ seinen Strahl zunächst über das Mäuerchen, dann über das daran lehnende Bild und schließlich über eines am Boden laufen. Während der Künstler noch mit dem Verkauf seiner ,Weißen Fee über dem See' beschäftigt war, verabschiedete sich meine beinahe zur Freundin gewordenen Oma mit ,Komm Foxi!' von ihrer Bekannten.

„Übrigens hat Tante Eli auch einen Hund", meinte Mutter, da sie nun auch Foxi bemerkt hatte.

„Gießt der auch Kunstwerke?", lachte ich sie frühdebil an.

Mutter sah mich verständnislos an, woraufhin ich ihr die Lage an der gegenüber liegenden Ecke verklickerte. Da wir nun aber das Café verließen, bekam ich leider nicht des Künstlers Gesicht zu Gesicht bei der Entdeckung seiner wieder befeuchteten Aquarelle.

Wir schlenderten noch durch die Sträßchen, bevor wir Mutters Gepäck holten und ich sie zum Bahnhof brachte.

„Lennard! Hallo!", hörte ich plötzlich meine Mutter neben mir rufen. Tatsächlich kam uns Lennard mit Einkaufstaschen bepackt entgegen. Er hatte uns wohl zuvor bereits zugewinkt, was mir entgangen sein musste, denn er zeigte sich nicht überrascht, was ich von mir nicht behaupten konnte. Überraschend war nicht, dass er mit Marco un-

169

terwegs war, den wir noch mit einem ‚Bis heute Abend‘ sich verabschieden hörten. Überrascht war ich, weil ich Lennard überhaupt einmal wieder nach vielen Wochen zu sehen bekam. Mich wunderte es deshalb, weil Lennard nicht wie sonst, wenn er unsichtbar war, in Bergen von Büchern vertieft war oder an Zeichnungen oder anderen Bildern saß, sondern nichtschaffend die ganze Zeit mit Marco verbrachte.

Die Sonne blendete, so dass ich Lennard blinzelnd die Hand hinstreckte.

„Lange nicht gesehen“, sagte ich und bereute es sofort, da ich auf keinen Fall einen Anschein eines Vorwurfs hatte aufkommen lassen wollen, zumal ich selbst mit Elina zehn Tage in Italien gewesen war. Meine Befürchtung stellte sich sogleich als unbegründet heraus.

„Freut mich sehr, dich wieder zu sehen“, begann Lennard loszusprudeln, „ich muss dir erzählen, was wir alles erlebt und besucht haben – Marco und ich.“

„Sollen wir uns heute im Liver treffen? Ich wollte mit Elina sowieso mal wieder Favo dort treffen.“

Lennard machte verlegen: „Hm“, wie ich es von ihm noch gar nicht kannte, „ich bin heute Abend mit Marco woanders verabredet. Aber weißt du was? Treffen wir uns doch einfach zusammen im Munteren Reiter.“

„Munterer Reiter?“ Ich fiel aus allen Wolken! Doch ich schenkte mir weitere Fragen zu diesem eher fragwürdigen Lokal, in dem ich zuvor aus welchen Gründen auch immer noch nie gewesen war und sagte schlicht: „Gerne.“

Einerseits freute ich mich über Lennards blendende Laune und Lebenslust, andererseits vermisste ich ein wenig, nein, es fehlte mir ganz, Lennards nachdenkliche, sinnierende Art, sein früherer von Malerei und von büchergetränkten Gedanken durchdrungener Geist.

In der Tat sollte Lennards Höhenflug nicht mehr allzu lange andauern.

15. GOTT MARCO

„Schön, dass es klappt", freute sich Lennard über Elinas und mein Erscheinen. Das Lokal machte einen eigentümlichen Eindruck, da es einerseits aufgrund seines ausgesuchten Mobiliars schick schien, andererseits wegen des sehr gedimmten Lichtes und der Wandvertäfelung etwas urig Kneipenhaftes hatte. Das war also der Muntere Reiter. Wir setzten uns an einen runden Tisch in der Ecke mit teils runder Eckbank. Diese allein, die runde Eckbank, bot Gesprächsstoff für die erste Viertelstunde.

„Was ist mit Favo, schaut er noch hier vorbei?", fragte Lennard.

„Nein. Ist aber kein Problem, weil er mir sowieso für heute Abend abgesagt hat", erklärte ich, „Tomas lädt ihn zu sich ein, um mit ihm zusammen ein Gläschen zu trinken. Der leidet nämlich noch und humpelt durch die Gegend."

„Was hat er denn?"

Und Elina begann zu berichten, wie Tomas kunstvoll versucht hatte, das Treppengeländer am Aufgang vor seiner Haustüre zu restaurieren. Nachdem er fleißig den Rost von dem schmiedeeisernen Geländer abgeschliffen hatte und mit dem Anpinseln beginnen wollte, stolperte er über den orangefarbenen Mennigetopf unglücklich treppab.

„Wenn schon das Geländer nicht kunstvoll restauriert ist, so ist es jetzt auf jeden Fall die Treppe."

„Die ist jetzt orange?"

„Genau. Laut Favos Aussage muss sie so orangeorganisch gar nicht schlecht aussehen."

Nachdem nun Marco zu uns dazu gestoßen war, bestellten wir als Aperitif Sherrys und Kir Royals, wobei letztere für Lennard und Marco bestimmt waren. Wir begannen eifrig in den Speisekarten zu blättern.

„Kann man hier gut essen?", fragte ich Marco.

„Ja, sehr gut sogar ...", wollte er ausholen.

„Ausgezeichnet!", pflichtete ihm Lennard bei, der dieses Lokal mit Marco nicht zum ersten Mal aufsuchte. „Eine Küche haben die hier!"

„Dann mal los", drängte Elina.

„Kommt Wilhelm nicht auch?", erkundigte sich Lennard bei Marco. Ich brannte nicht so sehr darauf, ihn zu sehen, daher war mir seine Abwesenheit zunächst willkommen.

Marco antwortete: „Der will unbedingt mit Freunden irgendeine Soap im Fernsehen angucken." Das war der Startschuss für unsere Bestellung.

Als wir zu essen begannen, ließ Marco nach dem ersten Bissen Lennard bei sich mit den Worten probieren: „Diese Poulardenbrust musst du probiert haben." In der Tat sah diese in Rotweinsoße schwimmend überaus appetitanregend aus.

Lennard konterte: „Dann teste mal hier dieses Zander-filet."

Mit Käse überbacken an ‚Weißweinjus' war dieses ebenso wenig zu verachten. Doch war mir zuvor bereits aufgefallen, wie ungeahnt harmonisch die beiden ihr Essen ausgesucht hatten, so dass sie sich insgesamt zu zweit ein famoses Menü aus den verschiedensten Leckereien zusammengestellt hatten. Geradezu bescheiden wirkte es, wie mir Elina eine Gabel grünen, knackigen Salat zum Probieren reichte. Dabei signalisierten mir ihre grinsenden Augen ‚die sind ja wie ein altes Ehepaar.'

Wilhelm kam erst spät. Er trat als erstes in Elinas und mein Blickfeld. Er hatte wie so oft eher grausam anmutende Klamotten an. Elina wandte sich an mich: „Wer ist das denn?"

„Das ist Wilhelm", und ich grinste über Elinas verzerrten Gesichtsausdruck, der mich sehr belustigte. „Hast du ihn nicht auf der Vernissage gesehen? Der kann dir nicht entgangen sein!"

„Stimmt, jetzt, wo ich mir seine Klamotten anschaue, das fiel mir schon ins Auge."

„Hallöhchen zusammen!", grüßte er in die Runde. Wir aßen in den letzten Zügen und grüßten Schmatzen unterdrückend zurück.

„Mein Gott war das Scheiße", und letzteres zog er weich gedehnt als ‚Schaahse' in die Länge. „Diese dämliche Fernsehsendung war so abgrundtief öde", wusste er theatralisch zu berichten und fügte kichernd hinzu, „in der Hölle wird das bestimmt auf Großleinwand und in dolby surround gezeigt."

174

„Dann kommen wir mal lieber in den Himmel", prostete Marco ihm grinsend zu. „Komm setz dich."

„Gott Marco! Was hast du auch wieder für 'nen schönen Fummel an!" Und er streichte Marco über die Schulter.

„Da ist so was von klar, von welchem Ufer der Gute kommt", stupste mich Elina flüsternd an.

„In der Tat. Aber ich finde ihn schon sehr witzig."

„So lange ich in deiner Nähe bin, kann dir ja nix passieren, gell?" Elina strahlte mich einmal mehr an und rückte dicht an mich ran.

Obgleich noch ein freier Stuhl zum Sitzen einlud, warf er dort nur sein zerrupftes Sakko über die Lehne, quetschte sich neben Marco auf die Eckbank und stoppte sogleich eine vorbei huschende Bedienung: „Ich bekomme diesen eiskalten, quietsche-pinken Cocktail. Hach, wie heißt der doch gleich ...?"

„Fritschi-Grenadine?"

„Ja genau, den Fritschi!", quäkte Wilhelm, „Juhu, ich krieg gleich mein Lieblingsgetränk!"

Elina versuchte, ihr Kichern zu unterdrücken und sich nicht am zerkleinerten Salatblatt zu verschlucken. Ich grinste fröhlich Lennard an, der noch in seinem Essen rumschnippelte und mein Grinsen so gar nicht erwiderte.

„Ich hab' ja solchen Hunger nach dem anstrengenden Fernschauen", ließ Wilhelm keine Pausen aufkommen.

„Schau hier mal rein", Marco reichte ihm die Karte. „Die Poulardenbrust oder die Medaillons hier kann ich nur empfehlen." Er wandte sich kurz Lennard zu. „Und das Zanderfilet war superlecker, weiß und zart."

„Stimmt", meldete sich Lennard unerwartet kurz angebunden zu Wort, der als letzter nun aufgegessen hatte.

„Hach, ich esse doch keine toten Tiere ..." Elina zerriss es fast neben mir, was natürlich keinem entgehen konnte.

„Du bist ja eine Kichererbse", meinte Wilhelm zu ihr rüber und kicherte gleich mit.

Ihr schossen die Lachtränen in die Augen. „Tschulligung", schluckte sie.

„Hach, macht doch nichts ...", fügte er mit einer wegwerfenden Handbewegung hinzu.

Da war es um sie komplett geschehen. Elina platzte schallend los. Ihre weißen Zähne blitzten in ihrem weit aufgerissenen Mund, und mir schoss durch den Kopf, dass ich sie dafür liebte. Zunächst versuchte ich mich noch zu beherrschen. Aber ich konnte mein sich zum Mitlachen weitendes Grinsen nicht im Zaum halten und suchte verzweifelt nach einer ablenkenden, alibiliefernden witzigen Bemerkung. Dies stellte sich glücklicherweise als unnötig heraus, da Marco Wilhelm unmittelbar den Arm um die Schultern legte, ihn auf selbige klopfte und in Elinas nun vollkommen ausgelassenes Lachen mit einfiel. Wilhelm schien das gar nichts auszumachen, freute sich über Marcos Freude und kicherte unbescholten mit.

„Bist du immer so?", versuchte Elina sich zu fassen. Wilhelm stellte seinen Fritschi ab, setzte sich aufrecht hin, stützte seine Ellenbogen auf den Tisch, breitete seine Arme offen nach beiden Seiten aus und rief: „Ja klaro! Das bin ich!"

176

Diese Antwort gefiel mir sehr und Elina offenbar auch, denn sie erhob ihr nahezu geleertes Glas, und stieß mit Wilhelm versöhnlich an.

„Liebe Freunde, eine Runde Schnäpschen für alle!“, rief Marco, der ebenfalls allerbester Stimmung schien.

„Hach, du bist ja einer! Ich hab‘ doch noch gar nichts gegessen!“, stieß Wilhelm ihn mit dem Ellbogen an.

„Du hast dir doch eben die Grünkernbratlinge bestellt, und danach bist du wieder dankbar, dass irgendetwas deinen bratfettgetränkten Magen aufräumt.“

„Da hast du ja auch wieder recht. Aber nur einen gaaanz kleinen.“

„Mir keinen, danke“, meldete sich Lennard, der gar nicht mehr aussah, als sei sein Zander zart und bekömmlich gewesen.

„Hach, jetzt hör doch mal!“, sagte Wilhelm zu Marco, „Das ist doch dein Lied. The show must go on!“

Marco horchte auf, zog seine Augenbrauen hoch, schloss bestätigend kurz seine Augen, um sich daraufhin zurückzulehnen und dem Lied zu lauschen. Das war eine der Annehmlichkeiten des Lokals, dass die Musik nicht übermäßig laut gespielt wurde. So war das Stück nur gut zu hören, wenn wir gleichzeitig still blieben. Das gelang anfangs sogar Wilhelm, der sich munter seinem Cocktail und der auf dem Zahnstocher aufgepieksten Kirsche widmete. Dann übernahm er zusammen mit Elina die Aufgabe, die gelieferten Schnäpse zu verteilen. Nach diesem kurzen Moment des Lauschens gesellte sich Marco wieder zu uns, da er beschlossen hatte, nicht in der Stimmung zu sein, Musik hören zu wollen.

Während wir freudig mit unseren Schnapsstamperln anstießen, quirlte Lennard in seinem doppelten Espresso rum. Marco wandte sich Lennard zu: „Lennard, alles in Ordnung bei dir?"

Lennard antwortete unmittelbar: „Ja", bereute seine Antwort aber im nächsten Augenblick zutiefst, und er schob „Ich bin jetzt am absoluten Tiefpunkt", nach.

Für einen Bruchteil einer Sekunde war es still, da auch ich nicht wusste, wie ich meinen alten Freund aufmuntern konnte.

Doch Wilhelm war nicht verlegen und ließ die Sekunde nicht ungenutzt verstreichen: „Hach, weißt du, bei mir ist das kein Punkt eher 'ne ausgedehnte Tiefebene." Marco lachte zusammen mit Wilhelm laut los, zwang sich aber sogleich, die Beherrschung wieder zu erlangen und stupste Wilhelm an, um ihn wieder zum Schweigen zu bringen. In gewisser Hinsicht war aber sein Kommentar gar nicht so unpassend, da Wilhelm vermutlich nicht der glücklichste Mensch war, aber ein sehr fröhliches Gemüt hatte, das alles zu überdecken schien.

Lennard stand unvermittelt auf. Vom Nachbartisch schnorrte er sich eine Zigarette und wollte sie sich gleich dort anzünden, wartete aber noch, bis er draußen war. Dort angelangt stellte er sich aufrecht hin und nahm einen tiefen langen Zug. Es war rabenschwarze Nacht geworden. Ein glühender Punkt war zu sehen, es war die sich im von innen erhellten Fenster spiegelnde Zigarette. Kaum nahm er seine Umrisse war. *Was für eine Maske! Ich habe geschlafen.*

178

Lennard kam nach dieser kurzen Pause wieder herein, setzte sich kurz wieder zu uns und schüttete seinen kalten Espresso herunter. *Ich male!* Lennard erhob sich erneut.

„Lennard?", fragte Marco.

„Ich muss los", er blickte Marco in die Augen. Dann ließ er seinen Blick über uns schweifen, um sich damit zu verabschieden: „Einen schönen Abend noch."

Wilhelm nickte zum Abschied mit zwei Strohhalmen im Mund, wobei ihm der eine herunterfiel.

„Machs gut Lennard!", rief Elina.

Er war schon beinahe beim Ausgang angelangt, als ich aufstand und ihn nur mit Mühe noch einholte.

„Lennard, geht es dir gut?", fragte ich mit erkennbarer Sorge.

„Ja", log er und versuchte ohne Umschweife ein Gespräch abzuwenden, „ich habe vielleicht ein bisschen viel gegessen."

„Sicher?"

„Ja. Lass mich bitte gehen."

Ich blickte in seine merkwürdig müden Augen und sagte: „Du hast recht. Wahrscheinlich ist es besser. Komm gut nach Hause."

Als ich an den lachenden Tisch zurückgekehrt war, waren meine eingetrübten Gedanken an Lennard sofort wie verflogen. Der Abend wurde immer beschwingter, zumal mich Elina drängte, auch eine Runde zu schmeißen.

„Sag mal, seit wann raucht denn Lennard?", fragte mich Elina.

„Er hat wohl wieder damit angefangen. Aber früher hat er doch auch schon ab und zu eine geraucht."

„Ihr raucht nicht?", fragte sie nun an Marco und Wilhelm gewandt.

„Nie!", kam es prompt aus Marco geschossen.

Für Wilhelm hatte Elina dagegen ein Scheunentor aufgestoßen: „Hach, diese doofen Drogen. Ich rauche nichts mehr!", beschwor er uns, „aber in unserer Wohngemeinschaft, da haben wir mal einen Kuchen gebacken, das glaubt ihr nicht." Wilhelm war sich am meisten im Weg, um uns lange auf die Folter zu spannen und erzählte voller Eifer von dem mäßig schmeckenden Marmorkuchen mit entsprechender abwinken lassender Füllung

„So'n richtiger Spacecake?", hakte Marco nach.

Er lachte heraus: „Du Schlawiner! Ja, ein richtiger Spacecake! Und das Beste war, als ich am nächsten Morgen – na gut, es war der nächste Nachmittag – in die WG-Küche komme und sehe, wie die Putzfrau unseren Kuchen aufmampft." Er war in seinem Element. „Und diese Dame hatte aber auch ein Format, ein Luftverdränger sage ich euch. Hach, die hat den ganzen Rest aufgegessen!"

Elina fragte: „Wie, die Putzfrau hat euren Spacecake gegessen?"

Wilhelm war kaum noch zu halten und riss sich zum finalen Satz zusammen, um anschließend loszukrähen: „Da haben wir wohl die Putzfrau mit unserem Spacecake weggebeamt!"

Wilhelm, den nun der zunehmende Alkoholgenuss auf Hochtouren brachte, obwohl man eine Steigerung seines Wesens kaum für möglich gehalten hatte, bestellte anschließend eine Runde Fritschi. Diese Idee hatte zuvor natürlich eine wilde Diskussion ausgelöst, ob wir uns solch

180

ein pinkes Süßgetränk tatsächlich einverleiben sollten. Doch dank Wilhelms Hartnäckigkeit kamen wir bald in den Genuss dieses leckeren Cocktails. Allerdings bestellten wir nur zwei, da mir dieses Getränk höchst suspekt schien, und so nippte ich an Elinas Glas und kam zu dem Schluss, lieber auf einen schönen Wein umzusteigen. Marco ging es ähnlich. Er zog an dem einen Röhrchen, während Wilhelm zur gleichen Zeit das gleiche vorhatte, so dass es ein vernehmbares ‚Klonk' gab, als ihre Köpfe aneinander stießen. Nach dem allseitigen Gekichere nahm Marco einen kräftigen Schluck, wobei der pappsüße Geschmack sein Gesicht stark verzog. So musste ich ihn nicht lange überreden, den restlichen Abend lieber mit Rotwein zu verbringen.

Elina, die im Laufe des Abends Gefallen an Wilhelm gefunden hatte, interessierte sich, abgesehen von irgendwelchen Kuchen, für seine Essgewohnheiten und lenkte das Gespräch in eben diese Richtung.

„Kein Fett und schon gar keines von Tieren. Und kein Weißbrot! Ich sage euch: Hach, das ist das Allerschlimmste."

„Mit leckerem Schinken drauf oder Käse. Das ist das Beste, was es gibt", wollte ich mich einbringen.

Aber Elina übernahm sofort wieder das Ruder: „Ich esse auch viel lieber Körnerbrot. Das schmeckt einfach besser."

Marco lehnte zufrieden in der Eckbank und schnupperte selig an seinem Rotweinglas. Ich konnte mich des Eindrucks nicht erwehren, als würden zwei Pärchen nach dem Abendessen zusammen sitzen und die Damen des Hauses die Konversation schmeißen.

181

Wilhelm ließ mich aber nicht meine Eindrücke weiterverfolgen: „Hach, diese gesunden Brote. Das muss ich euch erzählen." Wir drei grinsenden Zuhörer warfen uns kurz Blicke zu und nippten gleichzeitig am Glas. „Mir war kürzlich tatsächlich das Brot ausgegangen. Da habe ich mir doch ein Klosterbrot gekauft, das war vielleicht schrecklich. Hach, diese Mönche."

„Wieso?", unterbrach ihn Elina und war auf einen neuerlichen Lachanfall schon vorbereitet, „wonach hat das denn geschmeckt?"

„Diese Mischung aus Lebkuchen und Schaahse, schrecklich! Kein Wunder, dass die keinen hoch kriegen!" Und Wilhelm wieherte lauter denn je. Elina lehnte sich laut lachend, die Hand vor den Mund haltend, zurück, blickte mich an. Ich verdrehte nur die Augen. Marco begann ebenfalls zu lachen und zog sich an Wilhelms Schulter hoch.

„Ich glaube, ich brauche dringend noch was Nichtalkoholisches zu trinken", und Elina bestellte zunächst sich, und da Wilhelm, Marco und ich mitzogen, uns allen eine Flasche Wasser, der alsbald erneut zwei weitere Fritschis und Rotwein folgen sollten.

*

Die Nacht war genau so dunkel, wie sie ins Lokal durch das Fenster geschienen hatte. *Welche Rolle spiele ich?*

Lennard trat in sein Zimmer. Hier war es heller. Der Mond hatte die dichten Wolken weggeschoben und schien auf die verlassene Staffelei und all seine Bücher der Den-

182

ker und Philosophen, der Heiligen Schrift und den Über-
setzungen allerlei denkwürdiger Werke. *Helft mir!*
Lennards Blicke schweiften über die Buchdeckel, die ihn
von überallher vernachlässigt anblickten. Er griff sich ein
Buch und begann zu lesen.

16. DIE SONNE GEHT IM OSTEN AUF

Lennard las. Er stürzte sich in die Bücher, er widmete sich seinen Studien, und er malte wieder Tage und Nächte lang. In dieser Phase hatte Lennard besonderen Gefallen an Kohlezeichnungen gefunden, die er mit Tusche fantastisch nachbearbeitete. Wie eh und je las er danach bis tief in die Nacht und des Öfteren bis in die Morgendämmerung hinein.

Marco und Wilhelm waren glücklich miteinander. Seit dem letzten Abend waren sie kaum mehr anzutreffen, da sie sich fast ausschließlich in der Szene herumtrieben. Viele Wochen später traf Lennard ein einziges Mal, nachdem er es endlich wieder einmal ins Schwimmbad zu seinem geschätzten Sprungturm geschafft hatte, die beiden per Zufall und wollte sich tatsächlich nach Marcos Werdegang erkundigen. Dieser zeigte allerdings wenig Auskunftsfreude und schien plötzlich sehr in Eile zu sein.

„Was liest du denn zur Zeit?", erkundigte ich mich, als ich mich mit einer Kaffeetasse bei ihm auf dem roten Sofa einfand. Er sah erschöpft aus, setzte sich aber, über meine Ankunft erfreut, ebenfalls mit einer dampfenden

Kaffeetasse in der Hand neben mich auf das Sofa und drückte mir ein Buch in die Hand

„Das hier." Ich konnte nichts auf dem Buchdeckel entziffern. Er grinste mich an: „Das ist die Übersetzung", und er reichte mir ein anderes Buch, worauf geschrieben stand: ‚Tao te King – Lao-Tse'.

Während mein Blick auf diesem Buchdeckel haften blieb, meinte Lennard: „Dabei ist nicht einmal gesichert, ob dieses Wunderwerk fernöstlicher Philosophie tatsächlich von ihm verfasst wurde. Aber sei's drum."

„Fängst du jetzt mit fernöstlicher Philosophie an?", fragte ich und deutete nach Osten. Ich bereute sogleich, eine so witzlose Frage gestellt zu haben in dem Wissen, dass sich Lennard bereits vor einiger Zeit stark mit Indien und daher auch mit dem Buddhismus auseinandergesetzt hatte.

„Ich habe vor Wochen einen beispiellos interessanten Vortrag zum Konfuzianismus gehört. Dieser war deshalb beispiellos, weil gleichzeitig chinesische Bilder gezeigt wurden und der Vortragende es enorm lustig fand, an die Tafel einige Zitate in Originalsprache zu malen, die kaum jemand lesen konnte."

„Du schon?"

„Damals nicht. Aber immerhin kann ich einige Zeichen entschlüsseln – dank der Übersetzung und dem hier." Lennard deutete auf ein riesiges Chinesischwörterbuch. Mir blieb nichts anderes, als den Kopf zu schütteln.

„Lernst du denn was Neues außer Yin und Yang?", sagte ich fast abfällig.

„Ja sicher. Das I Ging ist natürlich auch dir bekannt", sagte er grinsend in dem Wissen, mich wieder in der Tasche zu haben, woraufhin ich ein ‚Hm' zustande brachte. „Ich zeig's dir", und Lennard malte die acht Trigramme hin.

„Ach, die habe ich tatsächlich schon gesehen", freute ich mich.

„Siehst du." Lennard fuhr fort: „Spannend finde ich vor allem, dass es, ähnlich wie in der Antike, verschiedene Philosophenschulen gab. So vertrat etwa Menzius die Meinung, der Mensch sei von Grund auf gut. Xun Zi sagt dagegen, er sei schlecht, und das, was gut ist, sei mühsam anerzogen und entspringe nicht etwa angeborenen Tugenden."

Ich hörte interessiert zu und fragte: „Und welche Rolle spielt deren Gott dabei?"

„Der kommt als Li ins Spiel. Das bedeutet so viel wie das in allen Menschen identische Wesen – im Unterschied zu Qi, das die individuelle Bestimmtheit ist."

„Aha", machte ich stirnrunzelnd.

„Anschaulicher und etwas dem Christentum verwandter wird es weiter westlich." Lennard hatte bemerkt, dass ich sichtlich an etwas Anschaulichem interessiert war. „Beim Yoga."

„Beim Yoga?", wiederholte ich tumbe.

„Der Ursprung liegt in den Upanishaden oder vielmehr in den Veden."

Mich beunruhigte meine Unwissenheit, was Lennard natürlich ebenfalls bemerkt hatte.

„Wir sind jetzt in Indien. Vereinfacht gesagt sind die Veden das Wissen und die Upanishaden sind die Grundthemen, zu denen zum Beispiel Atman und Brahman gehören."

Endlich konnte ich aufatmen: „Das habe ich wenigstens schon irgendwo einmal gehört."

Lennard fuhr unbeirrt fort: „Atman ist das Selbst, die Seele, die in den die Welt durchdringenden Urgrund Brahman eingebettet ist."

„Genau wie Li und Qi?"

Lennard stimmte mir zuliebe zu und drückte beide Augen zu: „Genau. Es gibt also einen persönlichen Gott. Und die Erlösung oder besser gesagt der Weg zur Erlösung wird auch mitgeliefert, nämlich nicht hauptsächlich durch das von Tugenden geleitete Leben, sondern durch Meditation."

„Beim Yoga!", triumphierte ich.

Lennard nickte. Ich kramte in meinen letzten Hirnwindungen, in denen sich rudimentäres Wissen zu Yoga fand: „Kommt das denn nicht aus dem Buddhismus?"

„Umgekehrt", sagte Lennard, der natürlich meine Steilvorlage nutzte, um sich über Mahavira und Siddharta Gautama, über die fünf Daseinsformen und den achtfachen Pfad und über Purusha und Prakriti auszulassen.

Ich liebte es, wenn Lennard mit Begeisterung davon berichtete, was seinen Geist so in Bewegung brachte. Dabei wurde ich nicht müde, immer wieder nachzuhaken, so dass Lennard seine Ausführungen auf ein für mich verständliches Maß herunterkochte.

„Purusha und was?", fragte ich dazwischen.

„Das ist wieder eine der erstaunlichen Parallelen. Unser dualistisches Weltbild, eben das Samkhya, gab es viele tausend Kilometer entfernt auch. Purusha und Prakriti entsprechen Geist und Materie, die aber im Menschen nur scheinbar vereint sind."

„Aber neu ist doch der Gedanke des Nirvanas, oder? Schließlich hat das doch hier im Westen ungeahnt Eindruck gemacht."

„Das ist in der Tat neu. Es beschreibt das Ende der Wiedergeburten. Mich erinnert dieser sonderbare Zustand allerdings an das Tao oder Dao, also einem Zustand jenseits aller Unterscheidungen", und er richtete seinen Blick auf die derzeitige Lektüre.

„Bist du denn wirklich so angetan von dieser Philosophie oder von dieser Religion?", fragte ich, weil ich nicht zu unterscheiden vermochte, ob es die Philosophie selbst oder sein Interesse an diesem fremden Exotischen war, was ihn zu diesen begeisternden Ausführungen trieb.

„Vieles ist höchst interessant. Die Ethiken sind sehr begrüßenswert und viele Gedanken einfach schön zu lesen. Aber die Wiedergeburtenlehre ist", er nippte am Kaffee, „Krampf."

„Für uns ...", wollte ich sein Urteil mildern.

Doch Lennard war in Fahrt. „Das wirkt dermaßen antiquiert, wie man abhängig von seinem Karma als neue Kreatur wiedergeboren wird. Ich kann mir nur vorstellen, dass höchstens jemand, der in einem solchen System ohne jegliche Aufklärung aufwächst, so etwas glauben kann", und Lennard fügte hinzu, „wie so oft bei Religionen. Und komplett vernunftswidrig ist eben das Nirvana, das konstruiert wurde und deshalb neu scheint, um diesem Teufelskreis der Wiedergeburten zu entkommen."

188

Lennard wunderte sich nun nicht mehr über meinen erstaunten Gesichtsausdruck aufgrund seiner derzeitigen Lektüre, sondern viel mehr über meine überschwängliche Freude darüber, dass er sich mit fernöstlicher Geistesgeschichte auseinandersetzte, was mir bei der Unterbreitung meines Vorschlags für den morgigen Abend sehr willkommen war.

Ich ergriff das Wort, um zum Thema Asien beizutragen und erzählte einiges über moderne Musik aus Japan. Schneller als gedacht hatte ich Lennard überredet, nein, sogar überzeugt, mit in ein Konzert einer japanischen Studentenband zu gehen.

Schließlich hatte ich sehr lange nichts mehr gemeinsam mit Lennard in Richtung Kultur unternommen. Dies lag zum großen Teil daran, dass Lennard zusammen mit Marco erschöpfend Kulturprogramme abgespult hatte. Andererseits hatte sich Lennard, seit er sich nicht mehr mit ihm verabredete, mit enormem Eifer in seine Bücherwelt gestürzt und das Lesen nur ab und zu mit Malerei unterbrochen.

Die neuerliche Überzeugung gelang nicht nur aufgrund seiner jetzigen Lektüre, die ich die ganze Zeit in der Hand hielt, während ich wild herumgestikulierte. Im Zusammenhang mit eben dieser und mit den Vorlesungen zur ostasiatischen Philosophie begann Lennard, erste Chinesischkenntnisse zu erlangen. Dieser neue Spracherwerb war ihm von größter Wichtigkeit, um bei Lao-Tse- und Konfuziusschriften, die er in ihrer Muttersprache einsehen wollte, nicht vollkommen aufgeschmissen zu sein. Daher konnte ich unumwunden mit dem Halbwissen immanenten

189

Argument werben, dass doch ein großer Teil der japanischen Schrift auf Chinesisch zurückgeht und schließlich die fernöstlichen Kulturen eng miteinander verwoben sind. Ein Bekannter hatte mir erzählt, dass praktisch alle Stücke dieser japanischen Musikgruppe, wenn überhaupt, nur rudimentär etwas mit traditioneller ostasiatischer Musik zu tun hatten und dennoch für uns neu und außerordentlich faszinierend klängen. Lennard hatte offenbar früh Gefallen an der Idee gefunden, ließ mich aber in meiner Begeisterung weiter von der Musik schwärmen, von der ich bislang noch keinen einzigen Ton gehört hatte.

*

Wir begaben uns schon früh hinunter in den alten Gewölbekeller, in dem lauter Bistrotischchen mit noch leeren Stühlen rumstanden. Alles schien sehr düster, was auch nicht verwundern konnte, da Boden, Wände, Mobiliar und die kaum erhöhte Bühne in schwarz gehalten waren und darüber hinaus das flackernde Kerzenlicht den Raum nur spärlich erhellen vermochte.

Die Musiker waren dabei, ihre Mikrofone und Boxen aufzubauen, Kabel zu verlegen und die Instrumente herzurichten. Eine zierliche, überaus hübsche Japanerin mit langem, glattem schwarzen Haar, die ihren sehenswerten Körper in enge westliche Klamotten gesteckt hatte, eilte quer über die Bühne, um einen Techniker zu sprechen. Kurz vor ihm machte sie halt und verbeugte sich vor ihm, bevor sie ihm ihr Anliegen mitteilte.

„Diese Begrüßungsform hat einfach was", sagte ich zu Lennard, und da merkte ich erst, wie gebannt er die auf die Bühne getretene Asiatin beobachtete. Er klebte mit seinen Blicken regelrecht an ihr und erwiderte:

„Du hast vollkommen recht. Es ist eine eigene und schöne Art, Respekt vor dem anderen zu zeigen ohne ihn zu stören, zu berühren."

Plötzlich geschah das Unglaubliche. Das Mädchen schien uns bemerkt zu haben und meinte uns begrüßen zu müssen. Ehrlicherweise muss ich gestehen, dass sie sich Lennard zubeugte und selbst das Wort ‚Hallo' mit einem lustigen Akzent aussprach.

„Ich wünsche viel Freude", fügte sie mit einem bezaubernden Lächeln hinzu.

Während ich nicht mehr zustande brachte als unentspannt zurück zu lächeln, holte Lennard charmant aus: „Dankeschön. Die Freude hat schon damit begonnen, dich zu sehen."

Hieraufhin strahlte sie Lennard an, verschwand aber sogleich wieder hinter die Bühne.

Es ging los. Ein Spot auf das Schlagzeug, der außer dem Instrument lediglich die beklöppelten Hände des Trommlers erkennen ließ. Die Musik, die uns ereilte, war unfassbar ergreifend. Das Schlagzeug musste allerlei Prügel über sich ergehen lassen, bis ein Saxophon und eine Gitarre zu Hilfe eilten, um schließlich umrahmend der Sängerin das Feld zu überlassen. Abgesehen von der für uns in keiner Weise verständlichen Sprache, klangen die Rhythmen und Melodien nicht befremdend, im Gegenteil; Sie gefielen uns zusammen mit dem japanischen Gesang außerordentlich, was in Worten nur völlig unzureichend zu beschreiben ist. Insbesondere fragte ich mich, wie eine durch ihre fremden kulturellen Umgangsformen geprägte, so bezaubernde Japanerin eine derart eingehende, geradezu erotische Stimme zur Geltung zu bringen vermochte. Sie schien sich in nahezu allen Tonlagen heimisch zu fühlen und ausdrucksstark in der Musik zu leben. Einmal sang sie in höchsten Tönen ariengleich, wie aus einer Oper entsprungen. Das andere Mal flüsterte sie in das Mikrofon und ließ ihre dunklen Augen von links nach rechts und zurück wandern, um am Ende dem Gesang das Leben durch den Gewölbekeller auszuhauchen.

Beflügelt von dem sich zwischen den Liedern steigernden Applaus folgte ein fast ekstatisch vorgetragenes, die Seele durchdringendes Stück, das keiner Übersetzung aus dem Japanischen bedurfte, da kein Wort gesungen wurde. Dies war umso erstaunlicher, als wir dachten, diese uns neue Musik sei an Originalität nicht zu übertreffen gewesen. Aus der Stille heraus schien ein ganz neuartiges Instrument Einzug zu halten: Unsere liebgewonnene Sängerin begann in wunderbaren Tönen zu pfeifen! Die begleitenden Instrumente traten hinzu, und durch dieses melodische, manchmal schleifende Pfeifen schien sie ihr ganzes Singtalent mit Glück beseelten Augen zu ironisieren. Und da kam mir die harmonisch traurige Melodie allzu bekannt vor: ‚Das darf doch nicht wahr sein!' Mit offenem Mund blickte ich ungläubig zu Lennard hinüber, der lächelnd bestätigend nickte. Ganz frech, aber zugleich wunderschön war sie da. Hier in diesem düsteren Keller drang sie die Kneipenluft schneidend an alle Ohren. Die

192

Musik Beethovens! Sie hielt schleichend Einzug. ‚Der zweite Satz aus Beethovens fünfter‘, dachte ich kopfschüttelnd. Es musste bewusst eine Hommage an die gelobte vergangene hohe Kultur Deutschlands sein, die von diesen japanischen Musikern witzig und kunstvoll eingeflochten wurde. Das Stück verabschiedete sich von deutscher Musik und begann sich anderen Harmonien zuzuwenden. Kurz darauf endete es mit einem unfassbar hoch gepfiffenen, aber gerade noch wahrnehmbaren Ton, wobei die Künstlerin, die sich in keiner Weise die physische Anstrengung anmerken ließ, ihre Augen fest geschlossen hielt, so dass sich der brandende Beifall in Dunkelheit über sie ergoss.

Als sie ihre Augen wieder öffnete, trafen sich sogleich ihre und Lennards Blicke. Dieser nickte ihr vielsagend zu, was mich darin bestätigte, dass dies nicht sein letzter Abend mit ihr gewesen sein durfte.

Nachdem sich der Raum schon ziemlich geleert hatte, wir aber noch geblieben waren, kam die hübsche Asiatin direkt zu uns und meinte: „Ihr seid ja zwei nette Jungs.“

Nett vor allem, dachte ich, dass sie mich aus Höflichkeit miterwähnte.

„Der Abend war fantastisch!“, sagte Lennard, streckte ihr die Hand entgegen und stellte uns beide ihr vor.

„Und ich bin Yokoki Saturami“, sagte sie mit einem bezaubernden Lächeln.

„Das weiß ich“, wusste Lennard zu entgegnen und entlockte ihr sogleich einen erstaunten Blick. „Schau, da steht dein Name“, und er deutete auf ein Veranstaltungsplakat auf dem ganz unten in winziger Schrift ihr Namen gedruckt war.

Yokoki lachte laut: „Das ist gut! Aber schau lieber auf mein T-Shirt."

Und sie deutete auf das gleiche Plakat. Darauf war sie mit schwarzem T-Shirt zu sehen, auf dem in weißen Lettern ‚Yo!‘ stand. „Nennt mich ruhig Yo, so nennen mich all meine Freunde", sagte sie und fügte mit einem charmanten Lächeln hinzu, „oder die es werden wollen."

Wir unterhielten uns eine Weile, und bevor wir uns über ihre Zeit, die sie sich für uns nahm, wunderten, fragte sie: „Können wir uns morgen weiter unterhalten? Der Tag ging unheimlich früh für mich los."

„Sehr gerne, Yo", sagte Lennard, und ich stimmte mit einem Nicken zu. Um unnötige Diskussionen über eine geeignete Lokalität zu vermeiden, schlug Lennard vor: „Morgen um drei Uhr am Marktbrunnen?"

„Alles klar! Bis dahin", und nach einer leichten Verbeugung, die so unnachahmlich nur Japaner hinbekommen und bei der wir Langnasen so unsäglich versagen, verschwand Yokoki hinter der Bühne.

Wieder der frischen Luft ausgesetzt meinte Lennard: „Bring doch morgen Elina mit."

Mich erstaunte diese Bemerkung doch, da Lennard Elina sicher mochte, aber bislang noch nie Anstalten gemacht hatte, sie besonders zu erwähnen oder auf ein Treffen mit ihr zusammen zu drängen. Andererseits freute es mich, dass er nicht nur mich, sondern auch sie nach längerer Zeit einmal wiedersehen wollte.

„Sie kommt bestimmt gerne mit."

194

Lennard war nicht danach, noch lange Gespräche zu führen und verabschiedete sich von mir mit einem ‚Bis morgen.'

Die Musik ging Lennard im Ohr herum. Immer wieder kamen ihm auf dem Nachhauseweg diese eigenartigen, ungewohnten neuen Lieder in den Sinn. Sein Ehrgeiz erwachte. Er legte an einer Brücke eine Pause ein, lehnte sich ans Geländer und zündete sich eine Zigarette an.

Wenn ich keine Synkope mehr hinkriege, ist es Zeit zu gehen. Jetzt zwang er sich, alle gehörten Stücke seiner lieb gewonnenen Yo ins Gedächtnis zurückzurufen. Lennard pfiff vor sich hin und stieß dabei Rauchwölkchen aus, die sich über dem fließenden Wasser tanzend verflüchtigten. Mit jedem weiteren Stück brannte sich nicht nur die Musik als vielmehr Yos Erscheinung, ihre zierliche Gestalt, ihr wunderschöner Körper in sein Gedächtnis. Dieses Bild hielt er fest und malte es aus. Zuhause angelangt schlief er von freudiger Unruhe gepackt ein.

17. BEN'S

„Den habe ich dir mitgebracht", und Yo übereichte Lennard einen Buddha, der gar nicht mal so schlecht aus dünnwandiger Bronze gefertigt war und munter gemütlich lächelte.

„Für mich?"

„Den habe ich bei einem Trödelstand gefunden, ist doch lustig, oder?"

„Klasse!", sagte Lennard, der sich sogleich mit der Ankündigung revanchierte, sie für heute einzuladen. Yo und Lennard waren frühzeitig an den verabredeten Brunnen gekommen, um den herum allerdings ein scharfer Wind pfiff, der an dieser Stelle nicht zum Verweilen einlud. Dennoch hatten sich beide dort angeregt unterhalten, bis ich endlich eintraf.

Yokoki war die Tochter einer Deutschen und eines Japaners. Damit war klar, woher ihre deutlich asiatischen Züge stammten, die sie so exotisch erschienen ließen. Ihr Vater hatte eine Zeit lang in Deutschland gelebt, war aber nach dem tödlichen Unfall seiner Liebsten kurz nach Yos Geburt für einige Jahre in die Heimat zurückgekehrt. Dort lebte Yo zusammen mit ihm und dessen Schwester. Später ging sie in Osaka in ein Internat, wobei ihr Vater peinlich genau darauf achtete, dass seine Tochter fleißig Deutsch lernte. Überhaupt gab er sich die größte Mühe, seine Yo zu sehen und verbrachte jede freie Minute mit ihr. Doch vor über zehn Jahren zog Yo zusammen mit ihrem Vater wieder hierher. Sie hielt es allerdings nie lange an einem Ort, und so zog sie quer durch Europa, was ihrem Sprachstudium nur zu Gute kam, da sie außer muttersprachlich Japanisch und Deutsch nahezu perfekt Italienisch, Französisch und Englisch beherrschte.

In ihrem engen, weißen und kurzen Audrey-Hepburn-Kleidchen sah Yo umwerfend aus. Ihr Haar zierte ein weißer Reif, der ihr die Haare, die sonst frech ins Gesicht hingen, glatt nach hinten verbannte. Yo war selbstbewusst genug, um auszukosten, welch ungeheuer erotische Wirkung sie zu erzielen in der Lage war. Ich vermied Lennard zuliebe, ein an sich angebrachtes Kompliment zu Yos Erscheinungsbild anzubringen. Natürlich genoss er den Anblick seiner neuen Bekanntschaft. Schließlich fielen mir seine unauffällig gemeinten Blicke auf, die er über die Rundungen von Yos zierlichem Körper schweifen ließ.

Seit langer Zeit hatte ich Lennard, der zu diesem Treffen außergewöhnlich überpünktlich erschienen war, nicht mehr derart entspannt zusammen mit einer Frau gesehen. Es musste zuletzt gewesen sein, als er mit Beatrix, wenn überhaupt, ein kurzes Glück verbracht hatte, aber selbst damals stand ihr Aufbruch nach London diesem Glück unheilbringend bevor, was Lennard fast zu erahnen schien. Entspannt war Lennard sicherlich auch bei all den Unternehmungen mit Marco gewesen, doch seit nun Yo in

197

sein Leben getreten war, kam sein ungeheurer Charme ins Spiel. So gedieh in mir die Hoffnung, dass ich mit diesem Treffen dem Beginn einer für Lennard glückbringenden Beziehung beiwohnen durfte.

Ich begrüßte beide mit einem kurzen ‚Hallo!', bevor mich Yo fragte, ob denn meine Freundin nicht mitkäme.

„Elina kann leider nicht kommen", erklärte ich, „da sie noch einen Chor unterrichten muss."

Zunächst war mir ja schleierhaft gewesen, wie ein so talentiertes Mädchen wie Elina sich der Aufgabe annehmen konnte, den neugegründeten Chor ‚Freunde und Mitglieder der Fleschereiinnung' zu leiten. Dass es so etwas gab, hielt ich bis dahin für vollkommen ausgeschlossen, weshalb ich das Ganze zunächst für einen schlechten Scherz ihrerseits gehalten hatte. Für sie und ihre geschulten Ohren mussten diese Chorproben eine wahrhaft masochistische Angelegenheit sein. Als sie aber erzählte, wie hoch das Entgelt war – ‚Du meinst Schmerzensgeld?' – erkannte ich ihre vorrangigen Beweggründe, zumal eine solche Chorstunde keinerlei Vorbereitungszeit bedurfte.

Da wir zuvor noch nicht beschlossen hatten, wohin wir gehen sollten, begann eine kurze und fruchtbare Beratung über die naheliegenden Cafés, an der sich Lennard aus ebenso naheliegenden Gründen aber nicht lange beteiligte, sondern mir die Entscheidung überließ.

„Gehen wir doch ins Ben's", meinte ich.

Lennard und Yo, die nicht unerfahren in Kneipengängen war, schauten mich unwissend an, und ich erklärte: „Das hat ganz neu aufgemacht und sieht gar nicht schlecht aus, ist zwar ein Stück weit weg und vielleicht ein bisschen Schickimicki ...“

„Wer wagt, gewinnt!“, fuhr mir Yo in meine diplomatischen Ausführungen und zwinkerte dabei Lennard spitzbübisch zu.

„Auf zu Ben's“, erwiderte Lennard gutgelaunt ihren Blick.

Auf dem Weg dorthin kamen wir an der Backsteinkirche vorbei, die in den sechziger Jahren des letzten Jahrhunderts erbaut worden war. Für die damalige Zeit war das asymmetrische Kirchenschiff gar kein so übler Bau. Außerdem wurde die Kirche nicht wie so oft von einem verkorksten Turm für Feuerwehrschläuche verdorben, sondern von einem luftig durchbrochenen nicht ganz so hohen Glockenturm mit gusseisernem Kreuz gekrönt.

Auf diesen deutete Lennard und fragte mich rhetorisch: „Weißt du noch, wie wir als Ministranten da hochgeklettert sind?“

„Aber sicher“, entgegnete ich, „toll war es nach der Ostermesse, als wir sogar bis auf den Turm hoch sind.“

„Da seid ihr hoch?“ fragte Yo ungläubig.

„Naja, einmal hat es uns doch gereizt“, erklärte Lennard, „aber es ist ganz gut machbar, in die Backsteinlücken zu treten, wo einem die Ecksteine Halt geben, und oben kann man sich sehr gut am Kreuz festhalten.“

Ich besänftigte: „Meistens sind wir aber im Winter nur auf das Seitendach geklettert, um von dort – natürlich schon als Kinder – todesmutig in den Schnee zu hopsen.“

Danach wollte Yo wissen, was man als Ministrant denn macht. Lennard gab bereitwillig Auskunft, wobei wir immer wieder in Erinnerungen verfielen, die meist mit irgendwelchen frühpubertären Blödeleien zusammenhingen. Während der Gespräche kam ich mir wie das fünfte, hier eher dritte Rad vor. So festigte sich bei mir der Entschluss, dass ich unter einem fadenscheinigen Argument die beiden später vorzeitig würde verlassen müssen. Aber zunächst ging es zu Ben's.

Von außen sah das neue Ben's Café großzügig und hell aus. Letzteres war es vor allem: sehr hell. Riesige Fensterfronten ließen das Innere in natürlichem Licht erstrahlen. Großzügige, cremeweiße Ledersofas waren fachmännisch an der Wand entlang und um leuchterbeladene Säulen arrangiert worden. Vor diesen waren kontrastreich dunkle, kleine runde Holztischchen aufgestellt, an denen man außer auf dem Sofa auch auf Hockern sitzen konnte. Irgendetwas war aber anders. Was, sollte sich bald zeigen.

An einem freien Tischchen machte ich wie ein Stammgast eine einladende Geste, woraufhin sich Yo und Lennard in die weiche Lederbepolsterung fallen ließen. Dies hatte zur Folge, dass unwillkürlich oder willkürlich ihre beiden Körper zueinander drängten. Ich selbst nahm Platz auf einem dieser, wie sich herausstellen sollte, unsäglichen Hocker.

Da war das andere: Alle Gäste saßen ungewöhnlich tief. Das mochte recht bequem sein, wenn man das Glück hatte, sich auf den Sofas rumlümmeln zu können. Aber auf den Hockern war das eine Tortur.

„Schick!", meinte Yo, „gute Idee von dir."

200

Ich bemühte mich, beim Hinsetzen den Tisch nicht gleich umzuwerfen: „Ja, ganz nett. Hoffentlich schmeckt der Kaffee ...".

„Oh schau mal!", rief Yo „ich muss gleich mal zu der Tortenvitrine da drüben."

Sie erhob sich wieder aus ihrer kurzen Geborgenheit und verschwand.

„Yo, ich komme mit", sagte Lennard und folgte ihr zur Theke, auf deren Ende neben einer antik wirkenden, messingblinkenden Kasse ein munterer Marmorbuddha thronte.

„Der sieht aus wie deiner!", lachte Yo begeistert.

Ich erkannte von weitem allerlei bunte Törtchen, die in der Tat kunstvoll angefertigt und schön hergerichtet waren und in der Glasvitrine auf ihr Ende warteten. Dennoch beschloss ich sitzenzubleiben, weil ich sowieso nicht vorhatte, den ganzen Nachmittag hier zu verbringen.

Während die beiden die Süßigkeiten bestaunten, ließ ich meine Blicke umherschweifen, die an einem elegant gekleideten Herrn hängen blieben. Erstaunlich war nicht, dass er mit vielleicht Anfang fünfzig seinen sicherlich nicht preiswerten Rotwein genoss. Erstaunlich waren die Umstände, unter denen er ihn genoss. Hochgewachsen wie er war, schienen die Knie fast das Kinn zu überragen, wenn er den Wein nach vorn übergebeugt beschnupperte. Aber nicht nur er, sondern auf Augenhöhe begutachtete vom Nebentisch eine dunkelgraue, altersschwache Dogge mit heraushängender Zunge, die keinen begehrenswerten Mundgeruch versprach, ebenfalls seinen leckeren Tropfen. Doch meine Beobachtungen wurden unterbrochen.

„Da sind wir wieder!", Yo kam, gefolgt von Lennard, wieder zurück.

Aufgrund seiner hohen Decke war das Ben's ziemlich niedrig temperiert. Da ich zudem den Luftzug der Eingangstür im Nacken hatte, behielt ich meine Jacke gleich an. Die beiden ließen sich erneut auf dem Sofa nieder. Mir entging nicht, dass Yo nun sehr viel dichter an Lennards Seite saß. Für einen kurzen Moment räkelte sie lasziv ihren Körper an Lennards Seite mit den Worten: „Ein bisschen kühl vielleicht." Dabei sprach Yo das ‚bisschen' wie ‚bischen' aus, was Lennard zu einem Grinsen veranlasste.

„Minuspunkt für dich", meinte er der Kälte wegen und deutete zwinkernd auf mich.

„Bei den Hockern kannst du mir gleich zwei geben", erwiderte ich und zog das eine Knie am Tisch vorbei zum anderen.

„Wenn nicht bald eine Bedienung kommt, gebe ich mir selbst noch den dritten Minuspunkt dazu", sagte ich nach einer Weile, wobei sich meine zwei Gegenüber die Zeit gut mit ihren doppeldeutigen Anspielungen vertrieben. In mir verstärkte sich das Gefühl, nicht nur wegen der extrem unbequemen Sitzgelegenheit fehl am Platze zu sein. Beglückt von der Ankunft des Kellners orderte ich unhöflich vor Yo sofort einen Espresso, die nun an der Reihe war: „Bitte für mich einen Tee und ein Pistazienschaumtörtchen."

„Ein was?", schoss es aus mir raus.

„Ja, das habe ich da vorne in der Vitrine gesehen."

In meinem Leben bin ich noch nie einem Pistazienschaumtörtchen begegnet, weshalb es nun wenigstens ei-

202

nen Grund gab, noch ein paar Minuten auszuharren, um diese erbärmliche Wissenslücke schließen zu können. Lennard beendete die Bestellung mit einem Espresso und einem Kirschschokotörtchen und grinste mich dabei ein weiteres Mal an. Mich konnte nun auch nicht mehr erschrecken, dass sich ausgerechnet Lennard, der sich sonst nie etwas aus Süßem machte, ein Kirschschokotörtchen genehmigte.

Die Törtchen waren sofort auf dem Tisch vor uns, aber die heißen, ersehnten Getränke ließen weiter auf sich warten, woraufhin ich meine virtuelle Minuspunkteliste fortschrieb. Nachdem Yo uns artig um Erlaubnis gefragt hatte anfangen zu dürfen, probierte sie ihr Pistazienschaumtörtchen. Dabei schloss sie ihre Augen, und ich meinte in Lennards Gedanken lesen zu können, wie sehr er danach verlangte, sie ausgiebig überallhin zu küssen.

„Exzellent! Unglaublich!", rief sie und öffnete ihre Augen. „Fünf Pluspunkte!"

Zufrieden lächelte ich, da nun meine Wahl mit Ben's Café gerettet schien. Noch zufriedener strahlte ich, als der Espresso kam. Diesen trank ich rasch aus, da nun die Luft zwischen Yo und Lennard zu flirren begann und ich mich bald verabschieden musste.

„Tschüss, ich muss dann los."

Ich benötigte keine Begründungen irgendeiner Art, da Yo meinte: „Schön, dass du mitgekommen bist. Und klasse Lokal hier!"

Sie lächelte mich mit ihrem ganzen Charme an, der mir bestätigte, dass Lennard mit ihr sicher keine schlechte Wahl getroffen hatte. Dann nahm sie Lennards Hand in ihre beiden, drückte dabei ihre Brust an seinen Arm und sagte zu Lennard: „Oder?", um ihm ein ‚Das stimmt' zu entlocken.

„Wir sehen uns", sagte Lennard zu mir.

Ich winkte ihnen im Weggehen zu und ließ sie mit ihrem Glück und Törtchen sezierend zurück.

18. WIR IM ZELT

Lennard begann früh morgens zu zeichnen. Kaum fielen die ersten Sonnenstrahlen durch das Fenster, holte er sich einen großen Block mit leicht faserigem rauen Papier, nahm seinen verbeulten Blechkasten voller Buntstifte, setzte sich in seinen Sessel und zeichnete einen bezaubernden Akt.

Das Leintuch ließ den Körper nur wenig frei, aber umso mehr erahnen. Ihre Arme verdeckten gerade noch die Brüste und ihr Haar eine Gesichtshälfte. So lag Yo schlafend da, während Lennard sie auf das Papier bannte.

Gerade als er dieses erste Blatt vollendet hatte, drehte sich Yo wie von Geisterhand gelenkt auf den Rücken, sodass sich nur noch ein Bein unter dem Leintuch versteckt hielt und die Scham gerade im Ansatz zu sehen war. Bevor sich dieses Bild ein weiteres Mal verändern würde, musste es Lennard mit seinem Bleistift festhalten. Er ließ seinen Blick von der Stirn über den schlanken Hals, der noch immer von einem ledernen Halsband geschmückt war, über die sich bei jedem Atemzug hebenden Brüste hinunter zum Bauchnabel gleiten.

Als er das vollendete Blatt vom Block riss, vernahm er Yos Stimme: „Lennard, Lieber, was machst du?"

„Bleib genau so!", schoss es aus ihm heraus, und sein verwöhnter Blick fügte schnell ein „Bitte" hinzu.

Yo drehte sich auf den Bauch und ihre Haare fielen ihr ins Gesicht. Dabei stützte sie sich auf die Arme und sah ihm mit geschlossenem Mund lächelnd in die Augen. Nach dieser dritten Zeichnung stand Yo auf und setzte sich auf Lennards Schoß, um zu erkunden, was Lennard mit ihr angestellt hatte. Ungläubig beschaute sie die wunderbare Trilogie ihres Körpers und küsste Lennard lange auf den Mund.

„Zeichnest du noch weiter?"

„Gerne, genügend Papier habe ich ja", und er gab ihr einen langen Kuss.

Lennard ließ nun eine Reihe weit freizügigere Zeichnungen entstehen, woran Yo immer größeren Gefallen fand. Mal lehnte sie an der Staffelei, mal stütze sie sich auf dem Schreibtisch ab, ein anderes Mal ließ sie sich auf einen Stuhl nieder, um sich danach auf den Teppich fallen zu lassen. Bei den an Erotik nicht zu überbietenden Darstellungen bediente sich Lennard immer surrealerer Farbkombinationen. So malte er einen Akt in Pastellblau und Orange, einen andern in hellem Grün gepaart mit schreiendem Rot und wieder einen in Grau, Schwarz und Dunkelblau.

Als reichlich neu geschaffene Zeichnungen auf dem Boden herumlagen, spazierte Yo die freien Lücken auf dem Boden nutzend zum Bett, hüpfte hinein und deckte sich zu. Lennard und Yo blickten sich lange zufrieden in die Augen.

„Komm, machen wir eine Pause", lud Yo Lennard ein und hob die Decke weit hoch, um sich frei zu geben. Diese Pause zog sich lange hin, bis beide danach eng umschlungen und erschöpft einschliefen. Da die Nacht doch nahezu schlaflos gewesen war, erwachten sie erst am späten Nachmittag wieder.

„Sehen wir uns übermorgen?", fragte Yo.

Lennard stutzte kurz, da er fest davon ausgegangen war, sie am nächsten Tag wieder bei sich haben zu können. Weil Yo den Hauch von Enttäuschung auf Lennards Gesicht erkannte, fügte sie sofort hinzu: „Morgen geben wir auswärts eine Vorstellung. Da komme ich erst spät wieder zurück. Darf ich dich denn nachts um zwei oder drei heimsuchen?"

„Du darfst kommen, wann immer du möchtest." Und Lennard erklärte nach einem nicht endenden Kuss, dass er die Terrassentür die Nacht über nur angelehnt ließe.

Gesagt, getan. Mitten in der Nacht schlich Yo in Lennards Zimmer. Rasch streifte sie ihr Kleid und die restlichen unnütz gewordenen Kleidungsstücke ab, zog die Bettdecke von Lennards Körper, setzte sich auf seine Brust, presste ihre Lippen auf seinen Mund und taumelte im Halbschlaf in einen weiteren Traum voller ungeahnter Lust.

*

„Heute treffen wir uns mit Favo – wenn du Lust hast", sagte Lennard am späten Morgen und schenkte Yo einen Tee ein.

„Ich habe nichts vor."

„Ich wollte unbedingt Favo wieder sehen, zumal ich dich ihm dann vorstellen kann."

„Falls ich überhaupt vorzeigbar bin ...", sagte Yo, die aber sogleich unter Lennards Kuss verstummte.

Ein Weinfest wurde in der Stadt veranstaltet, mit einem riesigen Festzelt, das eigens dafür in unmittelbarer Nähe zum Rathaus errichtet worden war. Dieses Zelt war sinnigerweise so aufgebaut, dass von Lennards Gemälde praktisch nichts mehr zu sehen war, was nunmehr unterstrich, dass sowohl Kunstsinn als auch jedweder Hauch von Intellekt an dieser Stelle noch weniger als sonst erwünscht waren.

Tomas kam auf die Idee, dass wir uns dort einen Abend genehmigen sollten, um zusammen Weine zu studieren. Da ja er diesen Vorschlag gemacht hatte, fiel ihm auch die Aufgabe zu, Favo zum Mitkommen zu überreden, was ihm sonderbarerweise gelungen war. Dies war umso sonderbarer, da wir wussten, wie sehr sich Favo vor solchen Massenaufläufen fürchtete, umso mehr, wenn es sich um ein Volksfest handelte. Der Grund lag vermutlich darin, dass Ungarn Weinland des Jahres war, und Favo Tomas nicht ausschlagen konnte mitzugehen.

Zu diesem Anlass bekam man dieses Jahr haufenweise mehr oder weniger edle Tropfen aus dem östlichen Europa zur Verköstigung. Dies freute insbesondere Tomas, der, wie könnte es anders sein, gleich mit zwei Flaschen Tokajer aus dem Gedränge zurückkam. Tomas, Favo, Elina und ich hatten einen Tisch etwas weiter weg von der Musikkapelle bezogen und tapfer die Plätze verteidigt, bis

208

sich Lennard und Yo zu uns gesellten. Lennard war Yo wegen sogar sehr schnell bereit gewesen mitzukommen, da es für sie, obwohl sie seit langer Zeit hier lebte, etwas Besonderes war, ein deutsches Volksfest mitzuerleben.

Wie sich herausstellen sollte, konnte wohl kein Tisch genügend weit entfernt von der Musikkapelle sein, weil deren Klänge in der Tat schaurig waren. Insbesondere Favo schien die ‚grausame Volksmusik' nur ertragen zu können, indem er schicksalsergeben einen Kommentar nach dem anderen zum Besten gab und sogleich diesbezüglich abwinkend hinzufügte „Tautologie ...".

Nachdem Lennard Yo mit Elina bekannt gemacht atte, fielen auch Elina die Augen aus und sie konnte kaum an sich halten: „Wow! Das sieht ja heiß aus!" und Elina schaffte es noch rechtzeitig aus dem gedachten ‚Du' ein ‚Das' zu machen. Sie strich dabei über Yos Ärmel, der Teil des Jacketts war, das zugleich die Funktion einer Bluse zu haben schien. Yo hatte für diesen Abend einen aus feiner Wildseide gefertigten Anzug angezogen, der sein organisch weinrotschwarzes Muster ebenso organisch an ihren Körper schmiegte. Ihren schlanken Hals zierte ein dünnes schwarzes Lederband, an dem ein schlichtes, silbernes Medaillon hing, das ihr überaus großzügig freigelegtes Dekolleté schmückte und noch ansehnlicher machte.

„Mit der lass ich dich aber nicht alleine!", flüsterte mir Elina zu.

„Ach, warum denn nicht?", lechzte ich scherzhaft. „Meinst du, sie hat mehr als zwei Kleidungsstücke an?"

„Du!", wollte Elina ausholen, brachte sich aber mit einem Kuss auf meine Lippen zum Schweigen.

„Kinder! Lasst uns Platz nehmen!", lud uns Tomas ein, der auf die Tokajerflaschen deutete und sich in die Mitte der Bank setzte. Neben ihm an dem einen Tischende saßen Favo und vis-à-vis Lennard mit Yo, die ihren Arm bei ihm eingehängt hatte. Elina und ich schlossen das andere Tischende ab, wobei ihr sehr gelegen kam, dass ich neben Tomas und sie selbst neben der erotischen Gefahr saß. Favo bestellte sich und Lennard einen Rotwein, während Tomas in seiner Mittelposition damit beschäftigt war Yo Tokajer ein- und uns nachzuschenken.

Beim Weingläser Füllen meinte Favo: „Lennard! Jetzt bannst du deine Ästhetik nicht nur auf Leinwand, sondern hast sie auch lebend in drei Dimensionen gefunden?"

„Sieht ganz so aus", antwortete Lennard hochzufrieden, drückte mit der einen Yos Hand und hielt lächelnd mit der anderen sein Rotweinglas bereit.

Sofern der zeitweise geringere Lärm es zuließ, konnte man sogar eine gemeinsame Unterhaltung wenigstens beginnen, bis diese unsägliche Kapelle von Neuem losströtete. So holte Favo zu einem Gespräch mit Yo aus:

„Typisch für diese Art von Festen", philosophierte er, „ist die zwanghaft herbeigeführte Demenz."

Ich fragte mich, ob es bei manchen der Gestalten, zu denen jetzt Favo hinüber nickte, überhaupt einen Unterschied zwischen Vorher und Nachher gab. Yo, der das Kichern sowieso nie schwerfiel, prustete unwillkürlich los, wobei sie sich kräftig verschluckte und aus dem Kichern gar nicht mehr herauskam, sodass auch Tomas, Elina und ich loslachen mussten, während Lennard ihr auf den Rücken klopfte.

210

Favo fuhr dennoch unbeirrt fort: „Ihr seht, dass das viele hier geschickt anstellen, die ausschließlich die Durchblutung des Stammhirns zulassen, zumal selbst die gesündeste Lunge sich außer Stande sehen muss, Sauerstoff aus diesem Zeltdunst zu filtern."

„Mein Freund", sagte Tomas, der von Yos Schluckauf unterbrochen wurde und uns alle von Neuem zum Lachen brachte, „was bedeutet das für dich?"

„Für mich bedeutet das, Denkaktivitäten kontrolliert aber vollständig zu beenden."

„Wie? Du nimmst ab jetzt nichts mehr wahr?", hakte Elina ein.

Favo fuhr fort: „Eine Einschränkung besteht, nämlich die, die Grundrechenarten minimalistisch abzurufen, wenn der Zeitpunkt gekommen ist, für die abgestandenen, schalen Getränke den Geldbeutel zücken zu müssen."

Die Kapelle begann ein weiteres Stück zu spielen, sodass Favo schnell feierlich das Glas erhob und rief: „Kampei!"

Yo gluckste ihn kichernd an, und wir prosteten uns eines der vielen Male zu.

Danach bekam ich der Musik wegen nur noch Wortfetzen mit, die aber Yo recht amüsieren mussten, da sie ununterbrochen damit beschäftigt war, sich Lachtränen aus dem Gesicht zu wischen. Zwischendurch unternahm sie einen wackligen Versuch, auf der Bank zu tanzen, der aber bald dadurch abgebrochen wurde, dass Lennard sie auffing und wieder dicht und sicher neben sich setzte. Dabei genoss sie Lennards Umarmung und schmiegte sich wohlig an ihn.

Da wurden die Klänge der Kapelle jäh unterbrochen und ein mit Narrenkappe, die wohl Frohsinn ausstrahlen sollte, bekleideter Mann trat zum Mikrophon.

Favo bekam es mit der Angst zu tun: „Oh nein, womöglich wird der jetzt lustig!"

Tatsächlich trug dieser Herr einen sinnleeren Kalauer nach dem anderen vor, denen sehr schnell von immer weniger Leuten Beachtung geschenkt wurden, so dass diese glücklicherweise bald im allgemeinen Lärm untergingen.

„Junger Mann!", rief Favo unvermittelt einer Bedienung zu, „die Säule steht auch ohne Sie. Bringen Sie noch eine Flasche von diesem hier." Favo fuchtelte mit der leeren Weinflasche herum.

Mürrisch antwortete die Bedienung: „Kommt sofort."

Ungläubig sahen wir Favo an, bis Tomas das Schweigen brach: „Gut gemacht alter Knabe!"

„Also Favo! Nicht mal ein ‚Bitte'. Du hattest aber mal bessere Manieren!", mischte sich Elina ein.

„Stimmt! Hatte ich", holte Favo aus, „aber hast du ihn nicht gesehen? Da stand der Ober, Kellner oder eben die Bedienung, quatschte die ganze Zeit frei von Geist mit einem seinesgleichen und verdrängte Luft, ohne auf die Idee zu kommen, irgendjemandem etwas zu bringen, der hier vor Durst fast umkommt."

Von Yo war nur noch Kichern zu hören. Aber auch Elina lachte schallend los und beschloss, mit einem erneuten ‚Prost' Frieden mit Favo zu schließen.

212

19. Yo kocht

Lennard holte mich früh morgens ab, weil wir uns für diesen Vormittag mit Favo verabredet hatten. Wir besorgten noch ein paar Croissants bei Favos Stammbäckerei, bevor wir schließlich bei seiner Tür anlangten und klingelten. Weil uns nicht gleich geöffnet wurde, fragten wir uns, ob er verschlafen haben könnte, was bislang allerdings noch nie vorgekommen war. Nach wiederholter Betätigung der Klingel begaben wir uns ins Haus.

Kaum hatten wir Favos Wohnung betreten, warfen wir uns fragende Blicke zu. Entgegen seiner Gewohnheit hatte er die Wohnungstür zwar geöffnet, uns aber nicht an dieser in Empfang genommen. Statt dessen kniete er vor seinem gusseisernen Ofen, in dessen Inneren lichterloh Flammen empor züngelten.

„Ich verbrenne gerade die Zeitung", brummelte er vor sich hin und legte ein paar Holzscheite nach.

Schon lauter stieß er hervor: „Ein kleines postachtundsechizigerpubertierendes Licht maßt sich an, diesen klaren Denker und analytischen Philosophen moralisierend zurechtzuweisen, und das nur, um sein eigenes Mittelmaß im Schatten zu halten!"

Wir merkten schnell, dass Favo irgendetwas durch den Kopf gehen musste, was aufgrund der Zeitungslektüre, der er sich nicht allzu oft hingab, wieder einmal seinen Vorstellungen und Werten widersprechen musste.

„Nichts hat der kapiert, nichts!", fuhr Favo fort, „mein Gott, jetzt lese ich ein einziges Mal wieder Zeitung, die ja einen sooo – hohoho!", höhnte er, „guten Ruf hat. Dann so was!"

„Ähm Favo", begann ich, nachdem mich Lennard achselzuckend angesehen hatte, „um was geht es überhaupt?"

„Oh, schön euch zu sehen, Tschuldigung."

Favo setzte sich schwer atmend in seinen Lesesessel nahe dem Ofen.

„Schieß schon los!", sagte ich, und Lennard nickte neugierig.

„Ihr kennt doch den hier ...", und Favo deutete auf ein Buch neben seinem Sessel.

„Sicher, klare Sprache, klarer Analytiker", schaltete sich nun Lennard ein.

Ich wusste, dass Lennard schon einige seiner Bücher verschlungen hatte.

„Du bringst es auf den Punkt! Das ist er. Was muss der alles gelesen haben, fantastisch!"

„Leider bin ich nicht zu seiner Lesung kürzlich gegangen."

„Sehr schade, denn ich war dort. Sehr sehenswert, sehr hörenswert, sehr aufschlussreich. Übrigens: die Sprache beherrscht er nicht nur in Schriftform, sondern eben auch gesprochen so ungemein wie kein zweiter!"

214

„Und davon handelte wohl dieser Zeitungsartikel?", fragte ich zögerlich, um den Kreis zu schließen.

„An sich lächerlich, falsch und schlecht dieser Artikel", resümierte Favo nun wieder völlig ruhig, „aber so ein Schreiberling hat über so eine so tolle Zeitung ein Massenpublikum."

„Es wird schon viel Mist geschrieben", versuchte ich einzulenken.

„Wenn es einen persönlich oder besser gesagt eine Person trifft, ist es natürlich besonders ärgerlich", fügte Lennard hinzu.

„Schwamm drüber", schloss Favo unvermittelt. „Wollt ihr was trinken? Einen Kaffee?", und er eilte zur Espressomaschine.

Zurück im Wohnzimmer öffnete Favo das Fenster und sagte mit rollenden Augen: „Jetzt ist es doch ein bisschen zu warm hier. Nicht mal das macht die Zeitung richtig."

Trotz des kühlen Morgens war es bullig warm in seiner Wohnung. Wir setzten uns zu dritt um Favos kleinen Wohnzimmertisch, während ich die Croissants herauskramte.

„So ihr Lieben", meinte Favo, „was gibt's Neues?"

„Es gibt tatsächlich was Neues. Yo möchte euch zum Essen einladen", begann Lennard.

Ich blickte genau so überrascht wie Favo.

Lennard fuhr unbeirrt fort: „Elina und Tomas natürlich auch. Yo will nämlich mit einem selbst zubereiteten Abendessen aufwarten. Sie war so begeistert von dem Weinfest, auf dem sie mit uns allen war, und dabei plagte sie ein kleines bisschen das schlechte Gewissen, immer von allen eingeladen worden zu sein ..."

„Papperlapapp!", fuhr Favo dazwischen.

„Das sagte ich ihr auch", grinste Lennard, „das ist auch gar nicht der alleinige Grund. Vielmehr möchte sie so ihren Geburtstag mit uns allen feiern."

„Klasse!", rief ich, während Favo sorgenvoll die Stirn runzelte: „Ich muss mich aber nicht auf den Boden hocken?"

„Nein, natürlich nicht", entgegnete Lennard, der sich aber sogleich erinnerte, dass Yo in der Tat nicht mal einen normalen Tisch und gerade mal einen Korbsessel besaß. Ansonsten saßen sie bei ihr immer auf irgendwelchen überdimensionierten Kissen um einen kaum knöchelhohen quadratischen Tisch – wenn sie sich nicht ohnehin wie meistens in ihrem Bett aufhielten.

Nachdem wir eine Weile geplaudert hatten, holte Lennard seine chinesische Lao-Tse Ausgabe heraus, die reichlich bebildert war und die er endlich Favo zeigen wollte. Favo studierte die filigranen Abbildungen eingehend. Nach einer Weile stand er auf und angelte eine alte Mappe, die auf einem seiner vielen Regale lag, herunter. Er pustete den Staub vieler Jahre weg, öffnete diese und zog eine Zeichnung heraus. Auf dieser chinesischen Zeichnung war im typisch asiatischen Stil eine Berglandschaft zu sehen. Lennard erkannte das Bild sogleich, das offenbar in seinem Lao-Tse Band ganz ähnlich zu sehen war. Das einzige, was ich erkannte, war Favos unverkennbare Signatur am unteren Bildrand.

„Ist das wirklich von dir?", fragte ich verblüfft.

216

„Ja, das habe ich ..., warte mal ...", er hielt das Bild direkt vor seine Nase „... im ersten Semester gemalt."

Wir waren von den Socken! Wie so oft gelang es Favo, uns auch diesmal zu überraschen.

Nachdem Favo uns einiges über chinesische Landschaften berichtet hatte, die er einst in seinem Kunststudium gezeichnet hatte, begann er sich bei Lennard zu erkundigen: „Was hältst du denn von der fernöstlichen Philosophie? Was machen deine Studien?"

Lennard berichtete von den Schriften, die er sich hinsichtlich der chinesischen und indischen Philosophie angeeignet hatte. Aber bevor sich die beiden in allzu tiefe Gespräche zu verlieren begannen, verabschiedete ich mich: „Wir sehen uns spätestens am Samstag um sieben?"

„Ja klar, ich komme dann", meinte Favo.

In der Tat sollte ich um sechs bei Yo erscheinen, um Favo mit einem hinreichend hohen Tisch die Einnahme des Abendessens in westeuropäischer Haltung ermöglichen zu können.

*

Yo kochte japanisch. Lennard durfte dabei nur bei den einfachen Arbeiten helfen. So achtete sie mit Akribie darauf, dass das noch so fein geschnippelte Gemüse, der frisch geteilte Fisch für Sashimi oder das hübsche Geschirr mit den Teetassen keinen Freiraum für ästhetische Zweifel ließen.

Yo hatte für die anstehenden Vorbereitungen ihre Haare zu einem wilden Dutt lustigerweise mit zwei Essstäbchen hochgesteckt, was mich allerdings böse erahnen ließ, das leckere Essen meinem Mund jammervoll mit Stäbchen werde näher bringen zu müssen. Yo trug eine sehr kurze Jeans und flipflopte mit Flipflops in der Küche umher. Unter ihrer zitronengelben Schürze hatte sie nur ein feingeripptes, weißes, knappes Unterhemd an. Dieses lag so eng an, dass sich ihre vollendeten Brüste rund und deutlich darunter abzeichneten. Yo konnte in der Tat anziehen, was sie wollte, und bewegte sich dabei zwischen äußerster Erotik und umwerfender Eleganz. Beide Extreme war sie imstande heute zu zeigen.

Yo öffnete die Tür, erschrak aber über ihre nicht mehr so zitronengelbe Schürze, die reichlich Kleckse abbekommen hatte. Schnell knüpfte sie den Knoten am Rücken los und warf den zusammengeknüllten Stofffetzen hinter sich auf den Boden.

„Alles, alles Gute zum Geburtstag, Yo!", begrüßte ich sie. Yo warf sich mir gleich um den Hals und presste sich an mich, während ich sie auf beide Wangen küsste. Ich stand da wie eine herausgeputzte Vogelscheuche: In der einen Hand hielt ich den Blumenstrauß und in der anderen mein Geschenk weit weg von mir, um beides unbeschadet nach der Beglückwünschung überreichen zu können.

Glücklicherweise kam Elina erst, nachdem sich Yo in die Abendgarderobe – eine Yves-Klein-blaue Seidenbluse mit weiter schwarzer Hose – geworfen hatte, worin sie allerdings nicht minder umwerfend aussah. Schließlich wäre Elina bereit gewesen, aus Eifersucht zu sterben, sodass ihr späteres Kommen mir entweder ihr verfrühtes Ableben

218

oder wenigstens einen vorwurfsvollen Blick hinsichtlich meiner Geburtstagsglückwünsche erspart hat.

Lennard streckte den Kopf aus der Küche: „Hallo! Ich komme gleich."

„Ja dann mal los!", sagte Yo, klatschte lachend in die Hände und eilte in die Küche. Schließlich war der Grund meines frühen Erscheinens gewesen, einen Tisch und Stühle von der Nachbarin zu holen, damit wir überhaupt in europäischer Manier beim Essen sitzen konnten. Das war das einzige Zugeständnis an diesem asiatischen Abend gewesen, das Yo Favo zuliebe gemacht hatte, was mir allerdings ebenfalls ganz Recht war.

Elina, Favo und Tomas kamen im Sekundentakt nicht pünktlich, sondern mehr unfreiwillig das akademische Viertel zu spät. Yo nahm freudig all die Glückwünsche und die Geschenke entgegen, die Lennard nebeneinander auf dem Couchtisch aufbaute. Den Strauß von mir hatte Lennard mittlerweile in eine Vase gestellt. Obwohl ich bereits Blumen und unser Geschenk überreicht hatte, hat es sich Elina nicht nehmen lassen, Yo ein Sträußchen Margeriten zu überreichen. Nun stand es in einer kleinen, schwarzen Vase mitten auf dem Esstisch.

Nachdem wir beteuert hatten, dass sie auf jeden Fall vor dem Essen die Geschenke aufmachen durfte, machte sich Yo an die Bescherung. Zum Vorschein kamen eine dicke, anthrazitfarbene kubische Kerze, die gleich auf einer schwarzen, quadratischen Schale passend zu ihrem niedrigen Tisch Platz fand, ein prächtiger Bildband über moderne Architektur, in dem die abenteuerlichsten Gebäude der Welt abgebildet waren, sowie drei CDs mit einer hervorragenden Einspielung diverser Klavierkonzerte, die erst kürzlich und passenderweise in der Suntory-Hall in Tokio aufgenommen worden waren. Wir waren an Originalität nicht zu übertreffen gewesen – könnte man denken. Doch Lennard hatte uns zuvor die Tipps gegeben, obwohl nichts von alledem Yos ausdrücklicher Wunsch gewesen war. Daher war ihre Freude und Überraschung beim Auspacken ungetrübt groß.

Lennard hatte Yo mit seinem Geschenk überraschen wollen. So hatte er ohne ihr Wissen zwei Nägel über ihr Bett in die Wand geschlagen. In der Nacht machte er sich heimlich daran, dort eine Zeichnung, die in dunkles Holz eingerahmt war, aufzuhängen. Es zeigte abstrakt verfremdet einen Frauenakt. Es war eine Zeichnung, die er von Yo angefertigt hatte. Yo bemerkte sie sogleich am frühen Morgen, ehe ihr Lennard gratulieren konnte. Sie streifte ihr Nachthemd ab, um sich ein weiteres Mal auf dem Bett zu drapieren.

„Schau, so lag ich da", meinte sie zu Lennard.

„Genau so", bestätigte er, und sie ließen dem Morgen seinen Lauf, der schon so früh versprach, einen schönen Geburtstag einzuleiten.

Auf dem Tisch waren lauter bunte Papierkraniche, die insbesondere Elinas aber auch Favos Aufmerksamkeit genossen.

„Die sind ja hübsch!", meinte Elina „Hast du die alle selbst gefaltet?"

„Ja schon. Das hat mir meine Großmutter beigebracht, aber in Japan lernen das sowieso alle Kinder."

220

Sie führte aus, dass sie diese die letzten Tage zur Entspannung auf dem Balkon gefaltet hatte und das einzige, worauf man aufpassen müsse, seien lediglich die Windböen, die einem das schöne Papier fortwehen könnten.

Wir nahmen an der Geburtstagstafel Platz, nicht ohne dass Favo wiederholt betonte, wie bequem es doch sei, an einem Tisch zu speisen, der in angemessener Höhe von entsprechenden Stühlen umgeben war. Schließlich erlaube dies beim Mahle eine ansprechende Haltung. Darüber hinaus war es möglich, ohne allgemeine Aufmerksamkeit zu erregen, hin und wieder die Beine in eine andere Position zu bringen, ohne dass diese unangenehm einzuschlafen drohten.

Tomas stupste Favo in den Bauch und stoppte seine Fahrt: „Also Favo. Benimm dich!"

Yo meinte nur, dass die neue Geometrie schon in Ordnung sei, beteuerte aber, dass sonst alles ausnahmslos wie in Japan ablaufen werde.

„Selbstverständlich! Ich bin schließlich Weltmeister im Mit-Stäbchen-Essen!", beteuerte Favo.

„Da bin ich ja mal gespannt", grinste Yo ihn an. Derweil schenkte sie Jasmintee aus, der von Weitem schon köstlich duftete.

„So einen habe ich ja noch nie getrunken. Lecker, wo gibt's denn den?", erkundigte Elina.

„Schmeckt er euch? Den hat mir ein Bekannter aus Tokio mitgebracht."

In der Tat kredenzte Yo die leckersten Sachen, was durch den ersten Sashimi-Gang unterstrichen wurde. Favo griff sich mit weisem Blick die Essstäbchen und klapperte als Erster munter los. Als es an den Reis mit Gemüse, die Pilze und die Rinderfiletstreifen ging, fiel auf, dass er sich tatsächlich sehr geschickt anstellte, was ihm ein freudiges Lob von Yo einbrachte. Lennard war im Umgang mit den Stäbchen ebenfalls geübt, was nicht verwunderte, da er schließlich mit Yo ständig zusammen war. Elina und Tomas feuerten sich gegenseitig an und brachten sich die Technik auf ihre Weise bei, wobei sie sich immer wieder ratsuchend an Yo wandten.

Ich hingegen stellte mich wie ein Volltrottel an. Zunächst konnte ich die Essstäbchen gar nicht vernünftig halten geschweige denn gezielt bewegen. Da sich Favo aber bereits den zweiten Teller von Yo füllen ließ, war mein Wunsch, nach einer Gabel zu fragen, was an sich unter meiner Würde war, vollkommen zunichtegemacht. Daher versuchte ich nun die Stäbchen so auszurichten, dass sie sich berührten, um dem Ziel, damit etwas Essbares zu ergreifen, näher zu kommen. Doch nie waren die blöden Hölzer auf gleicher Länge, was dazu führte, dass das Fleisch und das Gemüse aber auch in großen Mengen der Reis durchrutschte. Zu meinem Glück blieben immer ein paar der klebrigen Reiskörner hängen, sodass überhaupt irgendetwas den Weg in meinen Mund fand. Endlich hatte ich eine Position gefunden, in der die Stäbchen nahezu parallel mit nicht zu großem Abstand nach vorne zeigten. So gelang es mir mehrfach, Reis zusammen mit dem schmackhaften Gemüse und dem köstlichen Fleisch in mich rein zu schaufeln. Um einem Krampf vorzubeugen, legte ich die Stäbchen hin und wieder beiseite und trank einen Schluck Tee.

222

„Klappt nicht so wirklich gut, oder?"

„Elina, erspare dir deine Kommentare!"

Yo sagte zu mir noch aufmunternder: „Übung macht den Meister!"

Nachdem ich endlich meine erste Schale geleert hatte, meinte ich: „Schmeckt wirklich vorzüglich, Yo."

Darin stimmten wir alle überein und beteuerten unumwunden, wie wunderschön angerichtet und exzellent alles war.

Ich freute mich dennoch gerade bei diesem Dinner außergewöhnlich über den Nachtisch. Nicht weil allerlei exotische Früchte, die an Köstlichkeit nicht zu überbieten waren, darauf warteten, verspeist zu werden, als vielmehr auf den neben dem Schälchen liegenden Löffel.

„Möchtet ihr noch etwas trinken?", fragte Yo in die gesättigte Runde.

„Danke, ich mache erst mal eine Pause", meinte ich und lehnte mich genüsslich zurück, während auch die anderen zunächst keinen weiteren Gang wünschten.

„Ich schnappe mal frische Luft", meinte Favo und deutete auf die Balkontür, „kommst du mit Lennard?"

Lennard blickte kurz zu Yo, die seinen Blick erwiderte: „Mach schon. Ich bringe kurz die Küche in Ordnung."

„Wir helfen dir", sagte Elina sofort und zog mich an der Hand hoch, wodurch ich mich wohl oder übel in mein Schicksal ergeben musste, obwohl ich mich doch gar nicht anerboten hatte, etwas zu tun.

Tomas folgte den beiden anderen auf den Balkon. Kaum draußen angelangt erkundigte sich Favo: „Was machen deine Studien?"

Doch Lennard verzog sein Gesicht, das verriet, dass Favo einen wunden Punkt getroffen hatte.

„In der Vorlesung wird das zwanzigste Jahrhundert vorwärts und rückwärts durchgekaut. Und zu allem Überfluss bin ich einem Rat nachgekommen, passend dazu ein Logikseminar zu besuchen."

„Klingt doch gar nicht schlecht", begann Tomas seinen Aufmunterungsversuch, und er unterstrich dabei sein Dasein als Naturwissenschaftler: „Schau, selbst ich habe Popper gelesen. Schon die Philosophie klingt doch so optimistisch."

„Das ist ja mal wieder unglaublich lustig", warf sich Favo ironisch dazwischen und sagte kopfschüttelnd: „Positivismus ..."

Doch Lennard war für die Bedenkpause dankbar, da er nach seinem Seminarbesuch Popper, Russell, Husserl und Konsorten am liebsten in der Luft zerrissen hätte, und während Favo und Tomas sich bekabbelten, rang er nach einem diplomatischen Ansatz, um Tomas nicht zu sehr zu verstören.

„Kaum mach ich mal einen Witz, dann lacht der hohe Herr nicht", und Tomas stupste Favo in seinen frisch gefüllten Bauch.

„Naja, ich sage es mal so", holte Lennard aus, „Logik, zumindest die, die wir behandeln, und ich denke das ist das Logikstudium schlechthin, muss man doch in großen Teilen geradezu als banal empfinden, wenn man nicht gänz-

224

lich auf den Kopf gefallen ist. Gut, ich bin wenigstens an Nyaya erinnert ..."

„Was ist das denn?", fuhr Tomas höchst erstaunt dazwischen.

„Eben in Indien wird im Nyaya bereits vor fast zweitausend Jahren der Syllogismus, eben die Logik Schlussfolgerungen zu ziehen, wunderschön dargelegt", erklärte Lennard. „Diese Erkenntnistheorie wiederum ist übrigens derjenigen ähnlich, die zuvor schon Aristoteles betrieben hat. Da hat mir die Lektüre allerdings erheblich mehr Freude bereitet. Aber ihr könnt euch nicht vorstellen, mit welcher Akribie Russell studiert wird! Dabei ist er genauso simpel verstehbar wie die anderen Logikabhandlungen. Und das einzige, was ich nicht verstehe, ist, warum wir uns so lange mit ihm abgeben."

Tomas wurde ganz unruhig, und er entgegnete: „Russell und andere, äh, zum Beispiel Frege ..."

„Gottlob Frege?", vergewisserte sich Lennard stirnrunzelnd.

„.. genau der. Also Russell und er gaben der mathematischen Entwicklung nicht zu unterschätzende Impulse und brachten den Naturwissenschaften die Exaktheit bei."

„Behauptet man."

„Das mag Fluch ..." „... und Segen sein ...", warfen Favo und Lennard nacheinander ein.

„Ihr meint damit, dass die Metaphysik verschwunden ist?", meinte Tomas.

„Zum Glück ist sie das nicht! Dennoch wurde die Welt ein Stück weit entzaubert, und zum Glück wird sie

225

trotzdem immer wieder von Musik und Kunst verzaubert", erklärte Favo und zwinkerte Lennard zu.

„Dann wird zu allem Überfluss Husserls Phänomenologie, ohne zu fragen, wie reduktionistisch sie ist, ähnlich wie die Logik breitgetreten", berichtete Lennard weiter.

„Zum Beispiel?", wollte Tomas neugierig wissen.

„Zum Beispiel das großartige innere Zeitbewusstsein ...", meinte Lennard zynisch.

Doch bevor Lennard zu seinem Husserlschlag ausholen konnte, fuhr Favo dazwischen: „Lennard, so streng darfst du nicht sein. Ich fand das, als ich tatsächlich davon gehört habe, gar nicht schlecht. Wer lebt denn schon in der Gegenwart? Schau doch nur um dich! Die ganze Medienbranche lebt von dem Vergangenen oder von der ewigen Wiederkehr der Vergangenheit. Ich bin ja schon froh, wenn die Zukunft ins Visier genommen wird. Noch schlimmer sind doch die Menschen dran, die überhaupt nur noch mit Blick auf ihre Zukunft auf Kosten der Gegenwart leben."

Tomas wirkte plötzlich sehr zufrieden, da er sich nun nicht mehr auf verlorenem Posten vorkam, was die Milderungsversuche an Lennard anbelangte.

„Wir leben jetzt und hier, nicht da und gestern und nicht dort und morgen, sondern jetzt und hier!", rief Favo triumphierend aus.

Lennard kam ihm wundersamerweise einen Schritt entgegen: „Du hast ja recht."

„Ich habe vollkommen recht!", bekräftigte Favo.

„Und Tomas", sagte Lennard in versöhnlicherem Ton, „die grundlegenden Gedanken sind zwar nicht neu, aber

226

natürlich fand ich die Wissenschaftskritik Poppers interessant, die gerade in seiner Zeit viel bewegt haben muss. Er prangert einerseits fast als Nestbeschmutzer, was nicht schlecht sein muss, den Essentialismus der Geisteswissenschaften an, die sich mit Begrifflichkeiten herumschlagen, deren Sinn sich durch reine Definitionen erschließen lassen. Andererseits stellt er klar, dass der den Naturwissenschaften innewohnende Nominalismus immer, ich füge ‚nur‘ hinzu, das ‚Wie‘ aber nie das ‚Warum‘ zu erklären sucht."

„Eben", sagte Tomas zufrieden.

Doch Favo schnitt ihm das Wort ab: „Mein Gott, Lennard! Wenn sich nur alle Naturwissenschaftler und Technokraten daran erinnern würden."

„Die haben das alles doch überhaupt nicht gelesen", warf Tomas dazwischen, der dafür ein Nicken von Lennard erntete.

Favo fuhr fort: „Das ‚Wie‘ fragt der Mensch oft, und er fragt es innerhalb der Naturwissenschaften. Aber das wirkliche ‚Warum?‘, das ‚Was ist?‘, das ist der Philosophie vorbehalten oder meinetwegen auch der Religion."

„Ich gebe euch im Prinzip ja recht", steuerte Lennard bei.

„Nur im Prinzip", zwinkerte Favo ihm zu, wohlwissend, dass jetzt der nächste Rundumschlag folgen sollte.

Lennard sammelte seine Gedanken. „Doch wenn man Poppers Positivismus, der bereits seine Wurzeln bei Kierkegaard hatte, im Seminar mit lausigem Enthusiasmus durchkaut, dann mutet das ganze spätestens beim zweiten Lesen höchst trivial an."

„Beim zweiten Lesen?", fragte Tomas erstaunt.

„Das erste Mal bei Kierkegaard und das zweite Mal bei Popper", erklärte sich Lennard, der sogleich weiter ausführte: „Ich muss mich korrigieren: Die tiefsten Wurzeln, und die gefallen mir schon besser, reichen allerdings viel weiter zurück bis ins neunzehnte Jahrhundert. Und hier fand ich die Lektüre von Comte noch gewinnbringend, da doch im Positivismus von nun an das Tatsächliche und Überprüfbare im Gegensatz zum Absoluten Gegenstand der Wissenschaft und das Wahre sein sollte. Hier lasse ich mit mir reden: Das sehe ich als Geburtsstunde der modernen Naturwissenschaften an, zumal ich bei Comte echte, neue Gedanken erkennen kann."

Tomas und Favo hörten beide gebannt weiter zu und genehmigten Lennard nur eine kurze Verschnaufpause. Lennard begann wieder anzusetzen: „Mathematik ist einfach ..."

„Einfach?", betrachtete ihn Favo verwundert.

„In dem Sinne, dass der Grad an Komplexität gemessen beispielsweise an Disziplinen wie der Biologie oder gar der Soziologie Größenordnungen geringer ist", erklärte Lennard, „selbst die komplizierteste Mathematik macht es sich alleine dadurch einfach, dass sie a priori keine Inhalte hat ..."

„Das macht die Physik", schaltete sich Tomas ein.

„Stimmt das?", fragte Favo nun Tomas. „Ist Mathematik wirklich einfacher?"

„Ja, in dem Sinne, wie es Lennard geschildert hat, schon, wenn ich es richtig verstanden habe. Weil die Mathematik ..."

228

„... das Ideal selbst ist", führte Lennard seinen Ansatz fort, „oder sich selbst und das Ideal zumindest definiert."

Tomas ergriff erneut das Wort: „Wir dagegen schlagen uns auf niedrigem Niveau mit Näherungsformeln herum. Oder, schaut euch doch nur mal die moderne Kosmologie an, wo kein Mensch wirklich versteht, was da gerechnet und zurechtgelegt wird."

„Und die Mathematik versteht man?", Favo warf die Stirn in Falten.

„Die verstehe ich genauso wenig. Aber die reine Wissenschaft der Mathematik beschäftigt sich eben nur mit ihrem selbst errichteten Gebäude. Das hat keine Fehler, da geht alles auf", meinte Tomas.

Lennard stimmte ihm zu: „Das tut sie in der realen Welt, die die Zahlen mit Inhalten füllt, eben nicht."

Alle drei ließen ihren Gedanken eine Verschnaufpause, blickten in den sternenklaren Abendhimmel und waren offenbar zufrieden, dass sie es gemeinsam schafften, eine Minute still zu sein. Doch Lennard war zu aufgewühlt, als dass er längere Zeit hätte schweigend den Himmel betrachten können.

„Und diese schöne Philosophie, das alles mündet in den Neopositivismus des Wiener Kreises – grausam!"

„Doch die Logik und Sprache fundieren die Wissenschaft", sagte Tomas.

„Aber alles unter das Primat des Berechenbaren zu stellen, ist geradezu tödlich für den Geist", fuhr Lennard auf „deshalb wird ja jeder Mist selbst in der Soziologie und Psychologie nur noch in Rechengrößen gezwängt und in Zahlen ausgedrückt – und wo bleibt der Mensch?"

Weder Tomas noch Favo antworteten zunächst.

Nach einer Weile meinte Favo: „In diese Richtung habe ich auch schon gedacht. Wenn der reine Materialismus durchschlägt und man denkt: das sind keine Menschen, sondern Technokraten, reine Materialisten der Naturwissenschaft ohne Geist. So ist das heute diese Gläubigkeit, die unheimlich ist und Angst machen kann."

„Zum Glück gibt es noch den Geist und die Seele", beruhigte ihn Tomas mit der Betonung auf dem ‚und'.

Daraufhin erinnerte sich Favo seines freien Denkens und rief: „Es lebe der Freigeist! Es lebe der totale Dematerialismus!"

Diesmal war es Lennard, der, obwohl er noch mehr Namen in die Runde warf, für Beruhigung sorgte: „Glücklicherweise erscheint so jemand wie Merleau-Ponty, der sich einmal mehr diesem Dualismus gegenüber sieht und sich an einer neuen Metaphysik versucht. So unglaublich berauschend finde ich es allerdings nicht, wie er sich genau wie Whitehead daran die Zähne ausbeißt."

Er blickte von den Sternen zu Tomas und Favo, die gebannt zuhörten.

„Spann uns nicht länger auf die Folter. Wie beißt er sich die Zähne aus?", wollte Favo wissen.

Lennard fuhr fort: „Die Geist-Materieaufgabelung für sich genommen und deren Bewältigung war natürlich kein neues Unterfangen. Doch bei einem Denker wie Whitehead, der über den Umweg des verkomplizierten Konstrukts eines Kategoriensystems mit Organismen sich an Erklärungen versucht, musste es bei einem verqueren Gottesbild enden." Und er fügte hinzu: „Apropos, immer-

230

hin erinnerte er mich daran, dass ich mich längst wieder der Antike zuwenden sollte."

„War das er, mit der Fußnote zu Platons Philosophie?", fragte Tomas, der froh war, wieder einen bekannten Namen gehört zu haben.

„Ganz richtig", antwortete Favo mit einer übertrieben gespielten Oberlehrerhaltung.

„Wenn Whitehead mit seinem Ausspruch Recht hatte, dann gilt sein Spruch bestens für seine eigene Philosophie und all die Mitstreiter, die meine Seminarzeit in Anspruch nehmen", sagte Lennard bitter.

„Kannst du an deinem Seminar gar kein gutes Haar lassen?", fragte Tomas unumwunden.

„Am Seminar nicht", antwortete Lennard noch bitterer, „aber du hast Recht. Natürlich gibt es, wenn man sich trotz übler Laune bemüht, einige interessante Gedanken herauszufinden. Dennoch darfst du dich nicht wundern, wenn ich jedes Mal ein Haar in der Suppe finde", und er fügte hinzu, „dabei untertreibe ich noch, mit dem Haar."

Favo versuchte zu motivieren: „Allein schon der Gewinn, um das historische Verständnis zu mehren."

„Das Argument zieht natürlich immer und daher auch hier", sagte Lennard „und es stimmt ehrlicherweise sogar. Man muss die Philosophie immer in ihrer Zeit sehen. Aber ist große Philosophie nicht unabhängig von ihrer Zeit?"

Lennard erwartete auf diese rhetorische Frage keine Antwort und fuhr fort: „Nun, wenn wir schon auf den geschichtlichen Pfad einschwenken, dann muss man aber zugestehen, dass sich im zwanzigsten Jahrhundert viel mehr in den Naturwissenschaften – von der Politik ganz zu schweigen – ereignet hat, was selbst ich interessanter finde."

„Ich finde aber gerade die Kombination aus beidem interessant, die enorme technologische Entwicklung und die hierdurch getriebene Philosophie."

Lennard schien Tomas nicht zu hören und fuhr unvermindert fort: „Schaut her, die Denk- und Sprachanalysen sind ermüdend und wenig gewinnbringend. Aber Tomas, jetzt kommt was Positives: Durch das Seminar bin ich auf Wittgenstein gestoßen worden. Seine Sprache ist nicht nur lustig, sondern er wird sich am Ende seines ‚Tractatus' dessen gewahr, das Wichtigste, nämlich die Ethik, gar nicht behandelt zu haben." Tomas blickte ihn, ohne alles verstanden zu haben, zufrieden an.

„Aber wo ich den Umschlag meiner Meinung bislang am heftigsten beobachtete, war Scheler", erklärte Lennard unbeirrt weiter auf dem Weg durch die ihn derzeit beschäftigenden Philosophen.

„Max Scheler?", Favo schien wie aus einem wirren Traum geweckt.

„Ja genau", Lennard wunderte sich über Favos Verwunderung, „zunächst war wie bei den anderen überhaupt nichts Originelles auffindbar. Nicht nur das, ich fand es geradewegs schrecklich, dass er lediglich eine müde Kritik der Kritiken Kants zustande bringt, was, mit Whitehead gesprochen, höchstens als Fußnote zu eben diesen getaugt hätte."

Tomas und Favo wechselten fragende Blicke, die nur verrieten, dass sie auch nicht wussten, was sie erwarten sollte.

232

Lennard erzählte weiter: „Auf der anderen Seite beeindruckten mich Schelers Ausführungen, in denen er die Liebe als zentrales Wesen des Menschen und damit der Mensch als liebende Person in den Vordergrund stellte. Das gab es nicht oft in der Philosophie." Und nach weiteren Ausführungen entließ Lennard seinen Monolog mit den Worten ‚Ens amans' ins nachfolgende Schweigen.

Das währte nur kurz, denn Yo kam heraus geeilt.

„Was ist denn mit euch los? Unterhaltet ihr euch nicht?"

Tomas und Favo fingen prompt an zu lachen, obgleich Lennard noch gedankenverloren in die Ferne blickte.

„Na los. Kommt rein."

Endlich saßen wir noch einmal alle zusammen. Es gab sozusagen als Digestif Sake aus kubischen Holzbechern. Hier trennten sich erstmals die Geschmäcker. Während Favo und Lennard einen zweiten tranken, Tomas, Elina und Yo sich lieber dem Pflaumenwein hingaben, probierte ich einfach von beidem, um danach aber Yo zu bitten, mir doch lieber wieder Jasmintee einzuschenken. Dazu gab es allerlei getrocknete Fischchen, Tangkügelchen und gebackene Fischschaumblätter.

20. EIN SPIEL

Yo war für über eine Woche auf einer Herbsttour durch die Hauptstädte Österreichs, Ungarns und Tschechiens gewesen. Sie erzählte von dem zunächst etwas verlorenen ersten Auftritt in Wien, da auf den überall weithin sichtbaren Plakaten ein falsches Datum gedruckt worden war, und nur in ihrer winzigen Anzeige auf der riesigen Veranstaltungsseite im Wiener Feuilletonteil das richtige zu lesen war. Da die Band aber kurzerhand ein zweites Konzert am Folgetag aus dem Ärmel schüttelte, konnten sie noch einen ungeahnten Erfolg, glücklicherweise auch finanziell, einfahren. In Budapest ging alles sehr verspätet los, da es Probleme mit der Elektrik gab. Zusammen mit dem Schlagzeuger und dem Hausmeister machte sich Yo dabei auf in den Keller, um eine vollkommen verschmorte Sicherung zu überbrücken. Tags drauf stöberte sie zusammen mit den Bandmitgliedern durch die aufregende Innenstadt und vergaß nicht, Tomas einen einmaligen Tokajer mitzubringen. In Prag schließlich lief alles nach Plan. Dort gönnten sich alle noch einen schönen, für Lennard schicksalsträchtigen, Abschlussabend in einer der unzähligen Kneipen Prags.

„Lennard. Es tut mir so leid." Yo wollte ihm einen letzten Kuss geben, aber ein Reflex ließ Lennard sich abwenden.

Yokokis frühere Liebe war erneut entbrannt, heller denn je. Sie hatte nie gewollt, dass sich ihre Beziehungen überschneiden. Aber so sei es nun einmal gekommen. *Ich menschliche Natur ertrage die Niederlage schwerer als den Sieg.* Ihre Worte flogen an Lennard vorbei. Diese Worte waren ‚schön' und ‚Freundschaft' und ‚nicht vergessen'.

Wenige Tage später traf ich einen niedergeschlagenen Lennard: „Es ist aus mit Yo."

Ich war bestürzt und brachte kein Wort heraus.

Aber hatten sie denn überhaupt zusammengepasst? Wäre sie je die Richtige gewesen? Wäre Lennard mit Yo wirklich glücklich geworden? Ist Lennard wieder frei? War er erlöst?

Nachdem er mir die Neuigkeiten berichtet und wir zur Ablenkung über seine derzeitige Malerei geredet hatten, schlug ich ihm vor, dass wir uns doch am nächsten Tag bei Favo treffen könnten. Lennard nahm die Idee dankend an, da wir uns – abgesehen von dem denkwürdigen Weinfest – schon einige Zeit nicht mehr mit Favo zu einer Gesprächsrunde getroffen hatten.

Wenn wir uns bei Favo trafen, kamen wir fast immer dazu, uns über ernste Themen oder besser gesagt über Gott und die Welt zu unterhalten. Diese zunächst nicht übermäßig hochgeistigen Unterhaltungen konnten sich, gerade wenn Lennard sich einschaltete, schnell steigern und spielten sich oft im Religiös-Philosophischen ab. Heute war aber so ein Tag, an dem wir fast in die Nähe eines Gesellschaftsspiels, was an sich völlig unvereinbar mit Favos oder Lennards Anwesenheit war, gelangten.

Wir alle saßen auf den unterschiedlichen Sitzgelegenheiten in Favos engem, gemütlichen Wohnzimmer, der von seinem bullernden Holzofen brutzelnd geheizt wurde und genossen einige Flaschen sicher zu wertvollen Rotweins aus Favos Keller.

„Den müssen wir genau jetzt trinken", meinte Favo, dem der Wein zu seinem letzten runden Geburtstag geschenkt worden war und der seiner Meinung nach drohte, nächstes Jahr umzukippen.

Nachdem wir lobend die erste Flasche geleert hatten, ergriff Elina mit dem Schaukelstuhl wippend das Wort und erzählte begeistert, wie unerhört Spaß es ihr mache, in einem Theaterstück mitzuspielen. Ich meinte, dass Elina beginne, auf allen möglichen Hochzeiten zu tanzen, da sie musikalisch sowieso schon überall eingebunden war.

Favo fragte höchstinterssiert nach: „Bei welchem Ensemble spielst du denn? Und erzähl mal, welches Stück probt ihr?"

„Das ist so eine nette Theatergruppe an der Uni. Das Stück ist nicht so wahnsinnig originell, aber die beiden Hauptdarsteller haben sich eben in die beiden Protagonisten verguckt, und deshalb versuchen wir uns an Faust – aber nur Teil eins."

„Genau wie in der Schule. Teil zwei habe ich auch nie gelesen."

Elina boxte mich in die Seite. „Bevor ich irgendeinen zwar neuen aber merkwürdig durchschnittlichen Schinken lese, verbringe ich doch lieber die Zeit damit, in diesem

236

Zitatenschatz zu schwelgen, und lerne brav meine Rollen auswendig."

„Rollen?", fragte Favo erstaunt.

„Ich spiele nicht nur in Auerbachs Keller, sondern auch in der Hexenküche und noch im Walpurgisnachtstraum", erklärte Elina „lauter kleine seltsame Figuren, die aber alle für sich komplett verschieden sind."

„Ein Klassiker eben."

Ich erntete schon wieder einen Boxhieb, obwohl ich mich diesmal ironiefrei und annähernd lobend einbringen wollte.

Tomas brachte das Gespräch wieder auf Kurs: „Faust ist zwar nicht so übertrieben außergewöhnlich, aber große Klasse!"

Favo, der bemerkt hatte, dass Lennard missmutig der Diskussion folgte, holte tief Luft: „Zweifellos ist Goethes Faust, und nicht nur der, ein Klassiker. Nur darf man nicht unterschätzen, was die Literatur, und nicht nur die deutsche, alles an unerhört Lesenswertem zu bieten hat."

Lennard hielt es nicht mehr still: „Philosophisch doch höchst ungenügend, von seinen naturwissenschaftlichen Schriften will ich gar nicht reden."

Tomas nickte zustimmend, Elina schüttelte den Kopf: „Wie? Das kann doch nicht dein Ernst sein?"

Favo zwinkerte Lennard verständnisvoll zu, kam aber auch Elina entgegen: „Die unglaublich gelungene literarische Figur des Faust und seinen Pakt mit Mephisto und was wir alles kennen, lässt sich in der Tat vor den meisten Literaturergüssen verteidigen und selbstverständlich in höchsten Tönen loben."

Lennard wollte mit seinen Worten natürlich keine Zensur verteilt haben: „Nein, nein, ich stelle gar nicht in Abrede, welches Verdienst Goethe in der Erkenntnis über das Menschsein zufällt und welche Genialität er als Dichter, und zwar als einer der deutschen Sprache, darstellt."

„Damit meinst du natürlich, dass man die nicht-deutschen literarischen Werke nicht vergessen darf", interpretierte ich Lennards Einwurf.

„Aber", übernahm Lennard wieder das Ruder, „wenn ich nur an die klassische Antike denke, an die gesamte Aufklärung, an religiöse und philosophische Texte aus Europa, Arabien, Fernost, so finde ich ein unübersehbar großes Werk der Menschheit, das Sein in Worte zu fassen."

„Das klingt sicher danach, lesenswert zu sein", meinte Tomas verwirrt.

„Wenn nicht das, was dann?", warf Favo ein.

Ich wandte nun ein: „Aber du unterschlägst die Prosa, die Elina äußerst gerne und selten sogar ich lese, und die natürlich auch menschliches Sein in unterschiedlichster Form versucht mitzuteilen."

Das war ein gefundenes Fressen für Favo, und er holte aus zu einem zum Glück nicht allzu langen Monolog über die Literaturgeschichte. Die Diskussion entwickelte sich munter weiter, und ich schätzte mich, während ich den unterschiedlichen Stimmen lauschte, glücklich, einen solchen Freundeskreis zu haben, an dessen Zusammenhalt Favo einen beträchtlichen Anteil hatte. Aber auch Lennard schätzte uns alle als seine Freunde sehr, und ich erkannte bei Elina, als ich zu ihr blickte, ein wohl aus gleichem Grunde hervorgerufenes, zufriedenes Lächeln.

238

Sie setze ihr Glas ab und sagte in die Redepause herein: „Mir ist ganz kannibalisch wohl, als wie fünfhundert Säuen!"

Tomas erhob sofort sein Glas und sprach theatralisch mit seiner nach Rotweingenuss noch sonoreren Stimme: „Zufrieden jauchzet groß und klein: Hier bin ich Mensch hier darf ich's sein."

Augenzwinkernd nahm sich Favo ein paar Erdnüsse und pulte die rothautummantelten Nüsse heraus: „Das also war des Pudels Kern."

„Na wie steht's mit dir Lennard?", fragte Elina grinsend.

„Die Frage scheint mir klein", warf Favo ein, der damit Lennard eine Bedenksekunde gönnen wollte, die aber vielmehr ich brauchte.

„Es irrt der Mensch solang er strebt", diesmal zwinkerte Lennard Elina zu.

Er fuhr zu unserer Überraschung mit mephistophelischem Tonfall fort: „Und wandelt mit bedächt'ger Schnelle vom Himmel durch die Welt zur Hölle. Den Teufel spürt das Völkchen nie, und wenn er sie am Kragen hätte. Und doch ist nie der Tod ein ganz willkommner Gast."

Er lehnte sich zurück, und als Elina ihren Mund, der voller Erstaunen offen stand, wieder unter Kontrolle hatte, stupste sie mich an. Ich kramte in meinem Gedächtnis.

Sogleich nahm ich mein Glas und schwenkte es in die Runde: „Ihr seid ja heut' wie nasses Stroh und brennt sonst immer lichterloh."

„Das passt ja mal wieder super!", rief Elina lachend.

Dabei war ich stolz, dass mir überhaupt etwas eingefallen war. Allerdings verhielt es sich in der Tat mit der Stimmung unserer Runde glücklicherweise eher mit dem hell lodernden Feuer als mit nassen Stroh.

„Der Worte sind genug gewechselt, lasst mich endlich Taten sehen", läutete Favo einen Vorschlag ein, den wir gerade von ihm am wenigsten erwartet hätten: „Wir spielen ein Spiel!"

Ungläubig blickten wir alle ihn an.

„Nein, nicht so wie ihr denkt. Zunächst rezitiert jeder sein liebstes Zitat oder das, was einem gerade in den Sinn kommt, und anschließend darf jeder raten, von wem es stammt."

„Als Belohnung gibt es eine Erdnuss", entschied Tomas feierlich das Glas erhebend.

„Keine Einschränkung in Person und Zeit?", fragte ich.

„Meinetwegen könnt ihr auch Fußballspieler nennen", antwortete Favo im sicheren Wissen, dass er von uns solche Zitate kaum zu fürchten brauchte. Wir zeigten uns alle angetan von der Spielidee und ich malte mir aus, wie sich Favo geradezu diebisch freuen würde, wenn er wieder selbst kreierte Zitate einstreuen konnte.

Begeistert trugen wir Zitate in den langen Abend hinein mehr oder weniger theatralisch vor und gingen immer mehr dazu über, möglichst schwer zu erratende Sprüche zu rezitieren. Natürlich schlossen sich ausführliche Diskussionen an und die Vorreden sollten Hilfe sein, um den Créateur des Gedankens erschließen zu können.

240

Die Reihe war nun an Tomas: „Kürzlich habe ich einen hübschen Satz gelesen: ‚Wenn man von jedem falsch verstanden wird, hat man sich eben falsch ausgedrückt.' "

„Ich hätte glatt gesagt: das ist von Favo", schoss es aus mir heraus. In der Tat brachte Favo häufig Bemerkungen dieser Art.

Tomas half nach: „Das sollte wenigstens jeder in der Politik sich zu Herzen nehmen."

Favo meinte: „Na das wird wohl einem Politiker, besser, einem Staatsmann, entfleucht sein, hm, aber wem? Schmidt? Adenauer? Obwohl diese für Politik unerhörte Offenheit nicht für diese beiden spricht."

Nach einigem Hin und Her brachte Tomas die Erlösung: „Favo, alter Freund, gar nicht schlecht, es war Francois Mitterand." Wir verloren uns in französischer Politikgeschichte und schenkten passend zum Thema Wein nach.

„Jetzt was ganz anderes, was ich einfach schön fand, weil es von Herzen kam: ‚Ein Tag ohne Lächeln ist ein verlorener Tag.' ", schloss Elina das Thema Frankreich ab.

„Ja. Das kenne ich, aber ich verrate nix!", zwinkerte Favo Elina zu.

„Schön, das erinnert mich an die Verse Lao-Tses, aber aus Asien ist der Satz so nicht", und Lennard nippte am Weinglas. Er wirkte abgekämpft, zumal seine Gedanken erneut um Yo zu kreisen schienen.

„Ich denke, dass kommt von einem Künstler, sage aber gleich dazu, dass ich gar keine Ahnung habe von wem. Vielleicht eine Sängerin?", gab ich zum Besten.

Elina schüttelte heftig mit dem Kopf, und Tomas schien nicht zu viel Überlegungen anzustellen: „Nun sag schon Favo!"

„Charles Chaplin."

Durch Aussprechen des tatsächlichen Vornamens verstand es Favo, auf simple und zugleich geniale Weise die menschliche Klugheit und die ernsthaft denkende Seite neben den zweifellos unglaublich weitgestreuten schauspielerischen Fähigkeiten Charlie Chaplins zu unterstreichen.

„Auch du, mein Sohn", sagte Favo und deutete auf Lennard.

Er schien etwas abwesend und seinen eigenen Gedanken nachzustellen. Dennoch schoss es aus Lennard hervor: „ ‚Der Selbstmord ist ein Kompliment, das wir der Gesellschaft nicht machen sollten.' "

Tomas runzelte die Stirn. Obwohl ich mir gerade bei diesem Ausspruch eher Gedanken zu Lennards Verfassung machen wollte, meinte ich: „Könnte von Kurt Tucholsky sein, ist es aber nicht, oder?"

„Ist von Oscar Wilde", spannte uns Favo nicht lange auf die Folter. „Liest du den gerade?"

Lennard schüttelte den Kopf: „Nein, ist schon lange her. Aber dieser Satz hat mich damals schon ergriffen – trotz seiner Eitelkeit."

„Apropos Ei", warf Elina ein und schien des Spieles überdrüssig zu sein, „Favo, du hast mir doch eine Quiche versprochen?"

„Ich? Quiche? Quiche Lorraine?"

„Ja was denn sonst!"

242

In der Tat hatte uns Favo nur ein Schale mit Erdnüssen vorgesetzt, sodass wir dem fast nüchternen Magen wenigstens nach dem Weingenuss etwas Nahrhaftes zukommen lassen wollten.

„Mir knurrt der Magen", sah Tomas ihn verzweifelt an, hielt sich den Bauch und stupste in Favos, „eine Quiche Lorraine, lecker!"

„Das ist delikat", durfte ich einwerfen.

„Das ist geradezu praseodym!", warf Favo gleich dazu, der sich gerne über den unsinnigen Fremdwortgebrauch lustig machte.

Tomas verdrehte die Augen und entlarvte Favo: „Kinder, das ist ein chemisches Element."

„Auf jeden Fall hat Elina Recht. Jetzt machen wir in meinen vier Wänden zum ersten Mal ein Spiel, und schon vergesse ich das Essen! Dabei habe ich den Teig schon im Kühlschrank!"

Wir erklärten uns mit Elinas Idee, das Essen anzugehen, einverstanden. Schließlich war Quiche Lorraine das einzige Gericht aus Favos Hand, das sich bei uns in den Köpfen und in den Mägen als genießbar festgesetzt hatte.

Favo erhob sich und zwirbelte seinen Bart: „Welch edler Koch hilft mir?"

„Ich!", riefen Elina und Tomas zugleich und eilten Favo nach in die Küche.

„Na gut, dann müssen wir leider sitzen bleiben ...", wollte ich triumphieren.

„Ihr wascht nachher ab!", erklärte mir Elina grinsend, während ich Lennard und mir nachschenkte.

Ich blickte von meinem Sessel belustigt in die Küche, wo ein heftiges Treiben stattfand, zumal den Protagonisten der Weingenuss deutlich anzumerken war. Favo begann laut aber falsch summend mit seiner Weinflaschenrolltechnik den Teig platt zu machen, während sich die anderen beiden um die eiergetränkte Käseschinkenpampe zu kümmern begannen.

Es war an sich zu erwarten, überraschte in diesem Moment dennoch: Elinas Versuch bestand darin, acht Eier aus dem Kühlschrank gleichzeitig zu holen. Glücklicherweise ereignete sich der Höhepunkt dieses Schauspiels genau in meinem Sichtfeld. Beinahe in Zeitlupe kullerte ihr ein Ei aus der Hand, sie bemühte sich durch die restlichen Eier gefesselt nachzugreifen, blickte aber sogleich dem Schicksal ohnmächtig ins Auge. Mich verriss es fast, da ich aber gerade den Mund voller Rotwein hatte, war es mir nur verzögert möglich, laut loszulachen. Das Ei zerplatzte mit einem deutlichen, von einem charakteristischen ‚Knacks' eingeleiteten ‚Pflatsch!' auf dem Fliesenboden.

„Oioioi!", entfuhr es Elina.

„Wenn schon, dann Eieiei!", verbesserte Favo.

„Jetzt nur nicht noch da reintreten und ausrutschen", meinte Tomas und fügte belustigt hinzu: „Uiuiui, gefährlich! Uiuiui!"

Favo kicherte unwillkürlich los. Und da sich sein albernes Kichern weiter steigerte, tat er uns dessen Grund nach Luft schnappend sogleich kund: „Aiaiai, gefährlich!" und er japste weiter: „Diphthongischem Rutsch ausgeliefert sein ist gefährlich, hihihi!" Er kicherte Lachtränen ver-

244

strömend vor sich hin und strahlte förmlich ob seines Geistesblitzes.

Tomas tippte sich mit dem Zeigefinger an die Stirn und meinte zu Elina: „Debilität – schlimm."

Elina milderte sein Urteil: „Ohje! Er schwebt wieder in Sphären."

Tomas beugte sich zu ihr: „Besser keinen Rotwein mehr für ihn."

„Ich höre alles mein Freund", fuhr Favo mit gespielt ernster Miene dazwischen und fügte sogleich Selbstkontrolle beschwörend hinzu: „Ich trinke nur noch Wasser!"

Doch bald war das Wunderwerk Lothringens in aller Munde. Selbst Lennards Laune schien sich gebessert zu haben, obwohl ihm die Müdigkeit nicht hätte deutlicher ins Gesicht geschrieben sein können.

21. Die Philosophie zieht mit

Lennard zog es weg. Er musste eine neue Stadt sehen – und er hatte eine gefunden. Für die Wohnungssuche hatte er sich den ganzen Winter über ausreichend Zeit genommen. Schließlich sollte die neue Unterkunft mehr als Atelier dienen und nur zweitrangig zum Nächtigen und Leben gedacht sein.

Am Vorabend seines Umzugs setzte sich Lennard auf sein altes Sofa und ließ seine Blicke über die gepackten Kisten wandern. Zwar hatte er eine Menge den Tag über gepackt, dennoch überkamen ihn noch keine Anzeichen von Müdigkeit. So hatte er sich eher widerwillig ein Buch aus seiner Ledertasche geschnappt, um darin zu lesen. Sein Widerwille steigerte sich, als seine Augen dem Buchdeckel nicht ausweichen konnten, auf dem geschrieben stand: ‚Neukantianer und ihre Schulen'. Dieses Buch hatte es dem Umstand zu verdanken, überhaupt gelesen zu werden, weil das Gesamtwerk Nietzsches zuunterst in einer Bücherkiste verstaut war.

Bereits nach den ersten paar Zeilen hob er den Blick und sinnierte über seinen letzten Seminarbesuch. So kam er zu dem Schluss, lieber zu denken als zu lesen.

Er legte das Buch beiseite und sich und seine Füße aufs Sofa, nachdem er es nicht versäumt hatte, sich für den Entschluss, nun zu denken, mit einem Glas Rotwein zu belohnen.

Schon dieses ‚Neu‘ aus ‚Neukantianer‘ war ihm höchst suspekt, was ihm doch eher nahelegte, dass jene Philosophen nicht Neues zu sagen hatten als vielmehr das Alte neu aufdröselten. Obgleich sich seit der Mitte des neunzehnten Jahrhunderts verschiedene Schulen einen Namen gemacht hatten und dabei waren, die Philosophie in Deutschland unter sich aufzuteilen, war für Lennard deren größte Leistung, dass sie ihn mit Inbrunst in die Arme Nietzsches trieben. *Hier weht der Geist: Nietzsche.* Als Lennard sich diese Zeit vergegenwärtigte, stand ihm höchstens noch Schopenhauer als lesens- und befassenswerter Philosoph nahe. *Wunderbar, dieses klare Bekenntnis, diese Wertschätzung der Kunst, der Musik.* Lennard schloss die Augen.

Er sehnte sich nach Kunst und Musik, wobei sich das Sehnen nach angemessenem Geist nur noch weiter steigerte und endlich bei Nietzsches Werk vorübergehend Ruhe fand.

Seine Gedanken kamen zur Endlichkeit der Zeit und damit nicht etwa zu etwas höchst Abstraktem, sondern zu etwas ganz Pragmatischem. Er entschloss sich, das alte Seminar der Neukantianer, die es kaum schafften, Interesse an ihnen zu wecken, sausen zu lassen und doch lieber das Heideggerseminar zu besuchen, für das er in diesem neuen Lichte eine gewisse Neugier entwickelte.

Lennard trank seinen Rotwein aus, zog eine Decke über sich und grübelte weiter. Er gelangte zur letzten Unterhaltung mit Tomas und Favo und kehrte damit zur Idee zurück, statt allzu viel Zeit mit neuen Philosophen lieber mit den Denkern der Antike zu verbringen. So dachte er angestrengt nach, in welches Buch er sich vertiefen könnte. Es war neu, dass er überhaupt lange zu überlegen hatte, was er denn lesen könnte. Natürlich könnte er alles lesen, aber etwas, das er noch nicht in der Hand gehabt hatte?

Zunächst fasste er den vernünftigen Gedanken, chronologisch von der Vorsokratik alles aufzurollen, was ihm aber bald entgleiten sollte. So kam ihm alsbald der Widerstreit von Anaxagoras und Leukipp in den Sinn. Einst hatte er sich trefflich mit Tomas über die Pythagoräer und selbstverständlich überhaupt über das Naturverständnis der Griechen unterhalten. *Demokrit und Leukipp, Zenon und Parmenides, es sind so viele!* Diese Unterhaltung mündete in einen lustigen Streit, wer denn wessen Schüler war, den Tomas mit einer sicheren Erkenntnis beendet hatte: ‚Ich bin auf jeden Fall dein Lehrer.‘

Als Lennard nun die Sophistiker und deren Rhetorik, deren Relativismus, deren Skeptizismus Revue passieren ließ, wurde ihm die geringe Originalität der von ihm studierten Philosophen der Neuzeit mit unübertroffener Klarheit bewusst. *Wie banal und kleingeistig sie sind, die Zwerge.*

Er ließ seine Gedanken zu seinem alten Freund Sokrates schweifen, gelangte zu den unerschöpflichen Gründen Platons und Aristoteles, und fragte sie: *Gibt es Gott? Gibt*

248

es nur einen Gott, Xenophanes? Diagoras, Protagoras, Gorgias, es sind zu viele!

In einem immer irrsinnigeren Tempo rasten seine Gedanken von Schule zu Schule, von Land zu Land, von Philosoph zu Philosoph, sie verließen die Zeit und eilten Richtung Gegenwart, bis sie endlich nach Hause und damit zu Nietzsche kamen. Endlich!

Endlich schlief Lennard ein.

*

Lennard bezog in einem Altbau, der im Hinterhof lag, eine nicht allzu kleine Wohnung im dritten Stock. Aufgrund früherer Umbaumaßnahmen war sie etwas seltsam zugeschnitten, aber noch gut in Schuss und für ihre Lage bezahlbar. Durch die schwere Wohnungstür betrat man einen geräumigen, fast quadratischen Flur, und sah sich zwei Türen gegenüber, von denen die linke in die Küche und die rechte in ein winziges Badezimmer führten. Linker Hand gelangte man durch eine breite Kassettentür in ein riesengroßes Wohnzimmer, das mit dem vom Vermieter mit geschwollener Brust erwähnten ursprünglichen Fischgrätenparkett ausgelegt war. Zwei hohe Fenster zeigten zum Hof hinaus, sodass man alle Wohnungen wie auch den Himmel im Blick behalten konnte. Nur von diesem großen Zimmer aus ließ sich links das winzige Schlafzimmer betreten, in das durch ein schmales Fenster spärlich Licht fiel. Lennard beschloss, die breite Tür ebenso wie die zum Schlafzimmer hin auszuhängen, sodass das ganze offener und noch geräumiger wirkte.

Beim Umzug schaltete sich Lennards Mutter ein, die ihm nur Gutes wollte und ihm ihre noch tadellose Waschmaschine aus dem Speicher aufdrängte – schließlich müsse man so etwas im Haushalt haben. Da ich mich selbstverständlich als Umzugshilfe angeboten hatte, kam mir die Aufgabe zu, diese Maschine runter zu bugsieren. Oh ja, wie ich es liebe, Waschmaschinen aus dem Dachgeschoss runterzutragen, wenn einem die Hände an den messerscharfen Kanten fast aufgeschlitzt werden, dann bei der ersten Bewegung alte Seifenlauge über selbige laufen und gleichzeitig meterlange Kabel und Schläuche um die Beine baumeln. ‚Passt schön auf!' war hierbei noch die anfeuerndste Bemerkung von Lennards Mutter. Beneidenswert war, dass beim Einzug Lennard und sein Vater zu deren Glück das gute Stück nur in die Waschküche neben dem Keller zu tragen hatten.

Eine kleine Kommode, ein Regal und eine Matratze waren im wesentlichen seine Möbel. Die sonstigen Dinge waren überschaubar, da er für die neue Küche, die mit einem kleinen Kühlschrank und einem Gasherd ausgestattet war, nicht viel benötigte. Das Gros des Umzugs waren vor allem Malutensilien und Unmengen von Büchern. Letztere hatte er, für mich ohne ersichtliche Ordnung, in Kartons gepackt. Aber Lennard sollte es später, in seiner neuen Wohnung angekommen, mühelos gelingen, all die Bücher geordnet in sein Regal zu füllen und auf die Kommode zu stellen. Der Wagen war bald gepackt, sodass ich mich trotz wiederholtem Anbieten meiner Hilfe auch für den Einzug, die mit bestem Dank abgelehnt wurde, bald auf den Heimweg machen konnte. Schließlich wollte es sich Lennards

250

Vater nicht nehmen lassen, seinen Sohn in dessen neue Wohnung zu begleiten. Aus eben diesem Grund kam er an diesem Samstagmittag deutlich früher aus seiner Kanzlei, schlich in den Keller, um eine schöne Flasche Wein zur Feier des Einzugs zu stibitzen und fuhr mit Lennard zusammen los.

Am späten Nachmittag waren sie angekommen. Da sie sogleich ruhelos begannen, alles in die Wohnung und besagte Waschmaschine in die Waschküche zu schleppen, gelang es ihnen noch beim letzten Tageslicht die vollständig eingeräumte Wohnung zu bestaunen.

Doch eines fiel auf, es gab kein Licht. Weder Lennard noch sonst wer hatte daran gedacht, irgendeine Tisch- oder eine Deckenlampe oder auch nur eine alte Glühbirne mit Fassung mitzunehmen. Lennard fand zwar bald Streichhölzer bei seinen Zigaretten, die sich in den Küchenkarton verirrt hatten, doch Kerzen hatte er auch keine dabei. Aus diesem Grund entschloss sich sein Vater, bei den Nachbarn eben solche zu erbeten.

Auf dem Klingelschild stand ‚Lipjinewski‘. Er klingelte und kam schneller als erhofft mit reicher Beute zurück. So stand ihnen nichts mehr im Wege, um im Kerzenschein mit einem Glas Wein auf Lennards eigenes und neues Heim anzustoßen.

Frau Lipjinewski gehörte zu der Sorte Nachbarn, deren Wahrnehmung insofern gestört ist, als sie nie zu bemerken scheinen, dass der Gesprächspartner in keiner Weise an irgendwelchen Ausführungen ihrerseits interessiert ist. Dazu kam die leicht quäkende Stimme, die Lennard so unangenehm freundlich meist schon vom Balkon aus im

Innenhof begrüßen sollte, wobei die Penetranz dieser Begrüßung nur durch die offenkundige Neugierde des ‚Wie geht's?' übertroffen wurde. Daher verwunderte es nicht, dass Lennard sich zunächst nicht leicht tun sollte, bei den hin und wieder stattfindenden Zusammentreffen im Treppenhaus möglichst rasch zu entweichen. Auf der anderen Seite sollte Frau Lipjinewski sein Anker zur Realität werden, sein Sensor, mit dem er die allgemeine Lage des gesamten Wohnblocks sondieren konnte. So würde er an Informationen gelangen, ob er wollte oder nicht. Über diesen Umstand sollte er genau genommen zufrieden und manchmal fast froh werden, zumal er nicht zu denjenigen zählte, die den Kontakt mit den Mitbewohnern suchten.

Lennards Vater nahm es allerdings wörtlich mit dem Glas Wein. Denn noch am selben Abend verabschiedete er sich und fuhr zurück, da er unmöglich eine Einladung zu einer Jubiläumsfeier in einer befreundeten Kanzlei, die nun mal am morgigen Tage anstand, versäumen durfte.

Lennard hatte nicht mehr viel zu ordnen oder einzurichten. So versuchte er, sich mit seinem neuen Zuhause anzufreunden und blickte aus dem offenen Fenster in den in Nacht gehüllten Innenhof.

Ist das An-die-anderen-Denken, deren Geist im verwandten Netz zu Hause ist, bei eben jenen auch so häufig?

Lennard stellte zu sich und seinem Rotweinglas eine Kerze ans Fenster. Er zündete sich eine Zigarette an und blickte nun hoch in den sternenreichen Himmel.

Ist es nicht so, dass einige Menschen zusammenhängen? Es scheint ein Geist sie zu verbinden, sie gehören zusammen und kämpfen das Leben. Wenn der gleiche

252

Geist auf die Welt schaut und die Zeit keine Rolle spielt, stärkt das Wissen um diese anderen die Liebe und den Mut, doch zu leben.

Gegenüber im gleichen Stockwerk wurde ein Licht angeknipst. Lennard hielt die Luft an und beobachtete das Fenster, doch es war keine Veränderung zu erkennen bis es nicht mehr erleuchtet war. So lehnte er sich wieder vor und blies seinen Rauch in die wieder erdunkelte Nacht.

Es ist schwer, auf einem Grat zu gehen. Doch dem Schlechten wurde zu viel geopfert – sogar die Liebe, sogar die Sehnsucht selbst. Sprach ich eben von einem Grat, so wechseln wenigstens die Abgründe, die immer währen, immer.

22. FELIX

„Wer bist du denn?", fragte ihn eine kleine Stimme, als Lennard den Innenhof seines Wohnblocks betrat.

Er blieb sofort wie angewurzelt stehen und blickte freudig überrascht nach unten, von wo ihn ein hübsches Kindergesicht fragend ansah.

„Wenn einer das macht, was ich mache, dann nennt man ihn Künstler", und Lennard überlegte weiter, was er dem Jungen wohl noch erklären sollte. Künstler war er wirklich. Als Student wollte er sich vor einem Kind nicht bezeichnen. Schließlich war er in erster Linie Mensch und in seinem Menschsein verstand er sich am ehesten noch als Maler, der seine Welt abbildete. Das Studium der Philosophie und der Religionen, der Germanistik und der Fremdsprachen zählte zweifelsfrei zu seiner Bildung, die seiner Ansicht nach zur Menschwerdung unabdingbar dazu gehörte.

„Und was machst du?", folgte die nächste Frage.

„Ich mache Dinge, die keiner braucht", schoss es aus Lennard heraus, der Gefallen an seinem Gegenüber gewann, dessen Neugierde er offenbar geweckt hatte.

254

Felix sah Lennard mit zugekniffenen Augen an, was er immer tat, wenn er etwas nicht verstanden hatte und nachdachte.

„Und was machst du?", wiederholte er.

Das sei die beste Gegenfrage, meinte Lennard und sagte: „Vor allem male ich Bilder."

„Ich male auch Bilder, und Mama hängt sie auf und sagt, dass sich ihr Herz immer freut, wenn sie ein Bild von mir anschaut. Also braucht sie es auch."

Lennard erbaute es immer mehr, eine beginnende Freundschaft zu erkennen, was ihn dazu veranlasste, seine Tasche voller Bücher abzustellen und sich neben Felix auf die Stufe zu setzen.

„Da hast du eine klasse Mama, und sie hat recht. Ich hoffe auch, dass Leute gerne meine Bilder ansehen, damit sie danach sagen können, dass sie entweder glücklicher geworden sind oder über das Leben etwas Neues herausgefunden haben. Verstehst du das?"

Felix hörte gebannt zu und Lennard erläuterte: „Das ist, wie wenn du dich immer gefragt hast, warum das Nest da oben in dem Baum piepst."

Er deutete dabei auf ein im Moment von den Eltern verlassenes Vogelnest in der im Innenhof wankenden Birke, das offensichtlich junge Küken beherbergen musste, da von dort ab und zu ein Fiepen herüberdrang.

„Und wenn ich dir ein Bild male, auf dem man erkennen kann, dass da lauter kleine piepsende Vögel drin sitzen, freust du dich, weil du dann herausgefunden hast, warum es dort piepst. Danach weißt du das dein ganzes

255

Leben lang und wirst dir zumindest darüber nicht mehr den Kopf zerbrechen."

Das freute Felix, und er fing an zu lachen. Lennard sah die Reihe reiner weißer Kinderzähne blitzen und freute sich mit ihm.

„Du bist ein Malermeister, weil du malst", sagte Felix entschlossen, „genau, wie der vollgekleckste Mann, der hier gestern in den Hof gekommen ist. Den habe ich auch gefragt, was er ist, und der sagte stolz: Malermeister."

Das wollte Lennard nicht auf sich sitzen lassen, und ihm machte es immer größeren Spaß, diesen Dialog fortzusetzen.

„Schau mal, so kann man den Unterschied beschreiben: der Malermeister malt die Wände weiß an."

„Der Flur da drüben ist doch gelb!"

„Das stimmt. Sagen wir lieber, meistens malt er sie weiß an."

„Na gut."

„Und damit die weißen Wände noch schöner werden, malt ein Maler – so wie ich – Bilder, die man dann an die Wand hängt. Heute vielleicht nicht mehr, aber vor langer Zeit hat man zu tollen Malern auch Meister gesagt."

„Dann bist du ein Meister!", rief Felix triumphierend aus und begann wieder zu lachen.

„Also ein Malermeister bin ich jedenfalls nicht."

Lennard musste angesteckt durch Felix' Frohsinn ebenfalls laut lachen und strich dem Jungen über seine seidenen, goldglatten Haare.

Es war schon spät geworden nach dieser ausgedehnten Unterhaltung, die damit endete, dass vom Balkon eine

256

Stimme Felix zum Abendbrot rief. Jetzt wusste auch Lennard, wie sein kleines Gegenüber hieß. Er stand auf und sah eine Frau oben im dritten Stock sich über das Balkongeländer lehnen. Obgleich sie ihre besten, sicherlich genossenen Jahre hinter sich gelassen haben mochte, hatte sie an Attraktivität, wenn überhaupt, nur wenig verloren. Schlank und groß gewachsen zog sie mit Anfang vierzig unweigerlich die Blicke nicht nur suchender Männer auf sich. Ihr blondes Haar hatte sie zu einem Pferdeschwanz zusammengebunden, und ihre freundlichen blauen Augen verrieten, dass sie schon vieles im Leben gesehen und erlebt hatten, was die etwas spitzbübische Nasenspitze unterstrich. Felix hatte von seiner Mutter den wohlgeformten Mund geerbt, dessen Lippen die äußersten Mundwinkel immer ein kleines bisschen nach oben zu ziehen versucht waren, was gerade dann auffiel, wenn er zu lachen begann und seine weißen Zahnreihen einem entgegenstrahlten.

Lennard grüßte Felix' Mama, verabschiedete sich aber gleichzeitig von ihm und wünschte beiden einen schönen Abend.

„Bis morgen!", rief Felix, und während er schon die Treppe raufrannte, warf er laut hinterher: „Meister!"

Oben in seinem Zimmer angelangt legte Lennard seine Büchertasche beiseite und kochte sich zunächst einen Kaffee. In der Kaffeetasse rührend stand er am Fenster, blickte quer durch den Innenhof zu Felix Wohnung hinüber und ließ seine Gedanken um das eben vergangene Gespräch kreisen. Nach einer Weile begann er unwillkürlich zu lächeln und beschloss, sich an die Staffelei zu begeben, um dort ein neues Bild zu erstellen. Zunächst mischte er einige bunte Farben an. Bevor er zu malen begann, knipste er alle Lichter an, sodass ihn die weiße Leinwand nach diesen Farben gierend anzublicken schien.

In dieser Nacht malte sich Lennard geradezu in einen Rausch, sodass er erst mit den jungfräulichen Sonnenstrahlen des neuen Tages den Pinsel niederlegte. Viele bunte, aufgrund der Abstraktheit kaum zu erkennende Blumen und Tiere tummelten sich im Bild. Fröhlich harmonierten die kleinsten und die größten Wesen miteinander, die von einer goldenen Sonne beschienen wurden, welche die letzten Wolken an den Bildrand vertrieben hat. Aber da diese Wesen nicht imstande waren, Schatten auf sich zu werfen, fanden sich lediglich auf dem spärlich vorhandenen Boden Schatten. Zufrieden blickte er das neue Gemälde an, versteckte spielerisch eine spiegelverkehrte Signatur unten im Bild und ging schließlich zu Bett.

*

Von da an verging fast kein Tag, an dem Lennard sich nicht mit Felix traf, um sich zu unterhalten oder manchmal etwas zu spielen oder ein Spiel zu erfinden. Selbst oder gerade wenn ein noch so trüber Tag über dem Hof hing, war dieses freundliche, fröhliche Kind die Sonne, die lachend ihre warmen Strahlen in die Herzen brachte.

Als es das Wetter gar nicht zuließ, im Hof eine Unterhaltung zu führen, rannte Lennard quer über den regengepeitschten Innenhof und fragte bei Felix' Mutter nach, ob er ihm denn seine Bilder zeigen dürfe.

Er durfte.

258

So nahm er Felix mit hinüber in seine Wohnung, die mittlerweile in noch größerem Maße einem Atelier glich. Lennard zeigte ein Werk nach dem anderen, und Felix fand ein Bild interessanter und toller als das andere. Das eine Mal erklärte Lennard vieles über die Technik und die Kunst, wie das Bild entstanden war. Das andere Mal erzählte er, was ihm durch den Kopf ging, wenn er verschiedene Motive miteinander vereinen wollte. Und die schönsten Male genossen es beide, ein Bild einfach nur zu betrachten, ohne überhaupt ein Wort miteinander zu wechseln. Das einzige, was hin- und herwechselte, waren Lennards vertiefte Blicke auf sein eigenes Werk und auf Felix, der das Bilderansehen unersättlich genoss.

Schließlich bemalten sie beide noch allerlei Papier, woran Felix große Freude hatte. Bevor es all zu spät wurde, schickte Lennard notgedrungen seinen Freund mit einem Bild, das er selbst gemalt hatte, nach Hause.

Drei Stockwerke hinunter und drei Stockwerke wieder hinaufgeeilt zeigte Felix sein neues Bild sofort stolz seiner Mutter. Nachdem sie ihn in die Arme geschlossen hatte, strich sie ihm über die Haare, gab ihm einen Kuss und sagte: „Ab ins Bett mit dir. Und gleich morgen hänge ich das schöne Bild in die Küche."

Frau Frode, wie Felix' Mutter hieß, war Kinderärztin und arbeitete nur morgens halbtags. Dies hing damit zusammen, dass sie einen fürchterlich arbeitsamen Mann hatte, von dem sie eben deshalb seit wenigen Monaten getrennt lebte, wie die allwissende Nachbarin, Frau Lipjinewski, bei einem der nächsten Treffen zu erzählen wusste. Sie war zusammen mit ihrem Sohn erst vor einigen

Tagen in die frei gewordene Zweizimmerwohnung gezogen, da für sie beide das vorige Appartement übermäßig groß war und obendrein ein Neuanfang gemacht werden musste. Felix' Vater war Oberarzt in der Klinik, Doktor Gerd Frode, dazu ein echter Workaholic, und das betonte Frau Lipjinewski stolz in übelst ausgesprochenem Englisch, sodass Lennard dieses Wort erst bei wiederholtem Nachfragen und nur im Kontext verständlich geworden war. Aber in der Tat habe seine Frau ihn vor die Entscheidung gestellt, entweder mehr Zeit mit der Familie, eben auch mit dem von ihm immer gewollten Sohn, zu verbringen oder auszuziehen. Frau Lipjinewski beendete ihre für Lennard wertvolle Auskunft mit einer ihrem Geiste entsprechenden zurecht gelegten Vermutung: „Und wer weiß, was für junge Hüpfer dort im Krankenhaus alles rumtechtelmechteln."

Lennard gewöhnte sich bald an, unter der Woche stets vor fünf Uhr nachmittags in seine Wohnung zurückzukehren, um noch das fröhliche ‚Hallo Meister' von Felix einzuatmen. Meistens versuchte er aber erheblich früher da zu sein, um so viel Zeit wie möglich mit seinem neu gewonnenen Freund verbringen zu können.

Fast jeden zweiten Sonntag kam Felix' Vater Gerd zu Besuch, um ihn zu einem kleinen Ausflug abzuholen. Daher versuchte Lennard seine auswärtigen Termine und Verabredungen, sofern er denn welche traf, möglichst auf Sonntage zu verlegen. Selbst wenn er sich mehrere Tage hätte frei nehmen können, verreiste er nur am Wochenende, um seinen Freund Felix an den Werktagen in jedem Fall treffen zu können.

Diesen Sonntag beschloss Lennard, die Zeit während Felix' Abwesenheit für so etwas Profanes wie Fahrradreparieren zu nutzen. Obwohl er sich die mürrischen Blicke von Frau Lipjinewski zuzog: „Wissen Sie denn nicht, was für ein Tag heute ist?", begann er sein Flick- und Werkzeug am geheiligten Sonntag im Innenhof auszubreiten.

Aber nicht nur er wurstelte rum, auch Frau Frode verbrachte ihre Zeit bei diesem herrlichen Wetter mit allerlei alltäglichen Dingen. Von ihrer schlanken Gestalt abgelenkt blickte Lennard zum Balkon hoch, wo sie ein Lied summend begann, Wäsche aufzuhängen. Als sie den Wäschekorb geleert hatte, sah sie hinunter und winkte ihm lächelnd zu. Lennard winkte mit dem Werkzeug in der Hand zurück, um nur nicht den Anschein zu erwecken, als habe er stundenlang zu ihr hinaufgesehen.

Nach einer Weile kam sie wieder auf den wäschegefüllten Balkon zurück und rief hinunter: „Hallo, haben Sie nicht Lust, einen Kaffee zu trinken?"

„Ja gerne", erwiderte Lennard, „ich bin gleich soweit, muss mir aber zuvor noch die Hände waschen."

„Es hat keine Eile", sagte sie, „weil ich hier sowieso keinen Platz mehr habe, komme ich mit dem Kaffee in den Hof runter. Bis gleich."

Lennard war gerade erst mit dem Flicken des Vorderrads fertig geworden, was nicht von besonderer Effizienz zeugte. Doch nun beeilte er sich, um rechtzeitig nicht ganz so verschmutzt den Kaffee und Frau Frode in Empfang nehmen zu können. Er verräumte das Werkzeug, schrubbte sich die Hände sauber und rückte einen blechernen Gartentisch an die Sitzbank.

Felix' Mama kam mit einem vollständig bestückten Tablett, das auch ein paar Stücke Kuchen beherbergte, in den Hof herunter. Sie begrüßte Lennard noch einmal mit einem fröhlichen ‚Hallo' und ehe er etwas erwidern konnte, fügte sie hinzu:

„Ich heiße Eva."

Obgleich sie einige Jahre älter war, schien es Lennard sofort selbstverständlich zu sein, Eva bei ihrem Vornamen zu nennen, über dessen Gebrauch er von nun an großzügig verfügte.

Eva setzte sich direkt neben ihn auf die Bank. Natürlich hatte sie auch ein rotweiß kariertes Tischtuch dabei, dass der Kultur wegen die Rostflecken des Tisches zu verbergen hatte. Lennard freute sich an dem natürlichen Stil, wie sie dieses Kaffeetrinken aus der Kürze heraus veranstaltete, ja fast zelebrierte, das dennoch nichts Gekünsteltes hatte. Zugleich ertappte er sich dabei, wie er es mochte, wenn bei fast jeder ihrer Bewegungen ihr blonder Pferdeschwanz munter herumzappelte.

Nachdem Eva ihn nach seinem Tun gefragt hatte, erzählte er einiges aus seinem Studium und von seiner Malerei. Anschließend erzählte sie noch viel mehr von Felix, ihrem großen Glück, und davon, wie es sie in diese Stadt verschlagen hatte. Tatsächlich deckte sich auch das Erzählte weitgehend mit dem, was er bereits aus Frau Lipjinewskis Mund erfahren hatte. Doch viel lieber erfuhr er es durch die angenehme Stimme Evas.

Als ob sie es geahnt hätte, meinte sie: „Bestimmt hat dir Frau Lipjinewski alles schon erzählt."

262

„Ach Eva, weißt du", wollte Lennard ansetzen, aber er wurde sogleich von ihr unterbrochen.

„Mir macht das nichts aus. Wenigstens ist unsere Frau Lipjinewski der ruhende Pol in diesem Häuserblock, und auf ihre Art ist auf sie Verlass."

Damit hatte Eva sicherlich recht, doch grenzte es schon manchmal an physische Anstrengung, ihr allzu lange zuzuhören.

„Siehst du, Lennard?", und sie deutete zu den Fenstern von Frau Lipjinewskis Wohnung. Frau Lipjinewski war nicht da, und sie hatte nicht vergessen, ihre Abwesenheit deutlich anzuzeigen, indem sie die Rollläden halb herabgelassen hatte. Glücklicherweise war sie tatsächlich nicht da, weil sie sonst beim Anblick von Eva und Lennard unweigerlich ihr neues, unerschöpfliches Gesprächsthema zusammengereimt hätte.

Plötzlich wurde ihr Gespräch unterbrochen.

„Hallo Mama!", Felix kam durch die Hofeinfahrt gerannt und fiel seiner Mama um den Hals.

Lennard lächelte bei diesem Anblick. *Habe ich je meine Mutter so begrüßt?* Oder war es nur zu lange her, als dass er sich dessen erinnern könnte? Liebevoll oder herzlich war sein Verhältnis zu ihr nie gewesen. Lennards Mutter hatte ihn wohl umsorgt, aber diese körperliche Beziehung zu ihr gab es keineswegs. Eine Beziehung genoss Lennard höchstens seinem Vater gegenüber, die allerdings im wesentlichen geistiger Natur war und sich auf nur wenige Gespräche beschränkte. Lennard entdeckte bei diesem Anblick, wie sehr er Felix um diese Liebe zu

263

seiner Mutter beneidete. Zugleich aber freute es ihn, dass er sein großer Freund sein durfte.

„Hallo Meister!", rief Felix aus der Umarmung heraus zu Lennard hinüber, der daraufhin zurück lächelte.

Felix Vater verabschiedete sich nur kurz von der Einfahrt aus: „Tschüss Felix, bis zum nächsten Mal!"

„Tschüss Papa."

Lennard fühlte sich mit einem Male sehr fehl am Platze. War es das Erscheinen von Felix, als er mit seiner Mutter gedankenverloren zusammensaß? War es das Erscheinen Gerds, des Vaters *seines* Felix?

Da kam ihm sehr gelegen, dass Eva begann, das Kaffeegeschirr wieder zusammen zu räumen, wobei er bereitwillig mithalf. Ehe er sich zu viele Gedanken machen konnte, verabschiedeten sich Felix und Eva von ihm und gingen ihrer Wege.

23. NUR EINMAL NOCH

Noch in trübe Gedanken verloren kehrte Lennard über einen Heidegger-Paragraphen grübelnd nach Hause zurück. Das Grübeln wich bald der Erkenntnis, dass eben jener Abschnitt nicht so viel Erhellendes hatte, wie einen die sonderbare Sprache und deren Gebrauch glauben machen könnte. Vielmehr gelangte er mit seiner Erkenntnis und sich selbst im Reinen zu einem metaphilosophischen Fragenkatalog: *Was fasziniert an Heidegger? An dieser, an seiner Philosophie? Die Sprache, ist sie denn großartig?*

Er hatte nach diesem letzten Seminartermin ein interessantes Gespräch mit einem Japaner und einem Amerikaner von der Ostküste hinter sich gebracht, die beide hervorragend Deutsch sprachen. Aufgrund ihrer Liebe zur deutschen Sprache schwärmten beide von Heideggers ,Sein und Zeit' und beide bestätigten, dass es geradezu eine Fangemeinde unter den Intellektuellen in Japan wie in den Vereinigten Staaten gäbe. Lennard hatte gefragt ,Noch immer?', woraufhin wiederum beide beteuerten, dass Heideggers Anhängerschaft eher wachse als schrumpfe. Natürlich hätten sie auch Thomas Mann und Nietzsche verschlungen. Aber das war gerade der Punkt: Manns Sprache und die

Philosophie Nietzsches standen Lennard so sehr viel näher. Ja gerade Nietzsches unverwechselbares, herausragendes Sprachgefühl war unerreicht und ist es geblieben.

Lennard widerstrebte jedoch ungeheuer, dass sich die ganze Diskussion im Wesentlichen darin erschöpfte, dieses von Heidegger entworfene Kunstgebilde zu entwirren. So erschwerte dieses Ungeheuer an artifiziellem Konstrukt, das wesentlich Neue seiner Philosophie herauszuschälen, wovon allerdings Lennard überzeugt war, es schälen zu können.

Lennard war nach der Lektüre von Heideggers Hauptwerken hin und her gerissen: Einerseits schien, gemessen am Umfang seines Werkes und noch mehr an dessen Wirkung, wenig Neues in dieser Philosophie zu sein. Oft empfand Lennard die Sprache als allzu gekünstelt, geradezu technokratisch und deshalb leblos. Eine Ethik, soweit vorhanden, war für ihn höchst unvollkommen und völlig unzureichend erkennbar. Auf der anderen Seite war Lennard unmittelbar sympathisch, dass Heidegger der Sprache an sich einen hohen Wert beimisst, da sie doch als der Zugang zum Sein verstanden werden will. Zweifellos schätzte er, mit welcher Konsequenz Heidegger seinem Sprachgebäude und seinen neuen Wortschöpfungen treu bleibt.

Andererseits hatte die Lehre vom Sein bereits bei anderen Philosophen schon viel früher merkwürdig anmutende Wortkonstruktionen hervorgebracht, und Lennard erinnerte sich an die Transzendentalien des Seins bei Thomas von Aquin. Bei ihm ist das Sein, wodurch Seiendes erst Seiendes ist.

266

Bei seinen Heideggerstudien erkannte Lennard natürlich auch Gedankengänge, die ihm neu anmuteten, wie beispielsweise seine Ausführungen zur Angst. Hier wird das ‚Sein zum Tode' zentraler Aspekt, und die Kleinheit, die Zufälligkeit und der Unwille oder die Unfreiheit des Menschen im Sein wird durch das Geworfensein in die Welt treffsicher beschrieben. Wobei Lennard ein Wermutstropfen sehr bitter aufstieß, dass er nämlich diesem wunderschönen Ausdruck des In-die-Welt-Geworfenseins bereits bei Schiller während seiner Lektüre der Klassiker begegnet ist, und dies natürlich im Seminar mit keiner Silbe erwähnt worden war. Dennoch war Lennard tief beeindruckt, wie von Heidegger die Verlorenheit des Einzelnen ausgemalt wird, so dass diese Verlorenheit des Daseins an das Man, was so viel wie die Durchschnittlichkeit bedeutet, offenbar wird.

Als es Lennard mit jener Sprache einmal mehr allzu toll wurde, ähnlich wie beim ersten Lesen der Geworfenheit, lachte er beim Wesen der Technik lauthals heraus. Denn auch sie, die Technik, ist eine Weise, wie sich Sein entbirgt – doch darüber vergisst der Mensch andere Weisen, das Sein zu entbergen. Dieser Gedanke zur Technikgläubigkeit, welche die Gefahr birgt, dass sich alles Sein der Technik unterordnet, war auch zu Heideggers Zeit alles andere als neu. Doch seine Sprachkunst zeigte hier wie an manch anderen Stellen ihren Witz.

Einen wenig witzigen Eindruck hinterließ jedoch die ‚Lichtung des Seins', die in Lennards Augen im Lichte der blumig lebhaften Sprache der Gleichnisse Platons, um die Grenzen der menschlichen Erkenntnis aufzuzeigen, wie ein

267

müder Abklatsch von dessen Ideenlehre wirkte. Selbst die aus Kants transzendentaler Ästhetik stammenden Gedanken zu Raum und Zeit empfand Lennard als so grundlegend, dass er zwar der Sprache in Heideggers ‚Sein und Zeit' etwas, seiner Philosophie allerdings fast nur spielerischen Charakter abgewinnen konnte. Lennard erachtete es immerhin als einen prinzipiellen Wert, das an sich wenig Neue mit einer neuen Sprache zu beleuchten.

Da kam Lennard die malerische Erzählung Favos über einen Heidegger-Vortrag, den er selbst einst gehört hatte, in den Sinn. Auf sämtlichen Sitzen und Stufen hatten sich nicht nur Studenten und Professoren aller Fakultäten getummelt, ja der Hörsaal war bis auf den letzten Stehplatz randvoll gefüllt gewesen. Während der Minuten, in denen man hatte erahnen können, dass der große Philosoph den Saal betreten würde, hatte eine zum Zerreißen neigende Stille geherrscht. Absolute Stille in Hörsälen war zu dieser Zeit sonst undenkbar gewesen. Heidegger zog damit noch vor der ersten Sekunde seines Vortrags alle in seinen Bann. Er sprach kunstvoll und makellos. Er trieb in und um seine Welt. Am Ende hatte das Publikum mit nicht mehr endendem Applaus dem großen Redner und Denker gehuldigt.

Lennard dachte daran, dass Heidegger offenbar eine ungemeine Ausstrahlung besessen haben musste, die zusammen mit seinen Schriften zu einem Kultstatus geführt hatten, den seine Schüler nur allzu gerne pflegten. Demzufolge konnte oder musste dies geradewegs in eine allzu kritiklose Bewunderung führen – ob man seine Philosophie verstanden hatte oder nicht.

268

Noch glücklich darüber, auf dem Nachhauseweg diesen Kern in Gedanken herausgeschält zu haben, betrat Lennard den Innenhof seines Häuserblocks. Dort riss ihn Felix in die Realität zurück.

„Meister, Meister! Hallo, nur noch zweimal schlafen, dann werde ich fünf!"

Lennard fiel aus allen Wolken: Er brauchte ein Geschenk! Noch nie hatte er die Anstrengung unternommen, sich Geburtstagstermine in einen Kalender zu notieren oder gar zu merken – er selbst machte sich nicht das geringste daraus. Schon einige Male hatte Lennard gute Bekannte und erst recht Verwandte verärgert, weil er ihnen nicht gratuliert hatte. Dies hatte aber nichts mit Geringschätzung der jeweiligen Personen, die meinten, er hätte natürlich gerade ihren Geburtstag vergessen, zu tun. Er interessierte sich nur überhaupt nicht für ihr Alter und noch weniger, wann sich dieses jährt. Hinzu kam, dass es ihm zuwider war, das lästige Geld in zweifelhafte Geschenke zu investieren. Diese zu Weihnachten üblicherweise durchgeführte Prozedur hatte er schon vor vielen Jahren generell gestrichen.

„Das ist ja toll!", erwiderte Lennard noch in Gedanken verloren, ein Geschenk auftreiben zu wollen. „Und von mir bekommst du eine schöne Überraschung." Lennard schoss jetzt durch den Kopf, was er dem Kleinen schenken wollte.

„Was denn?"

„Na, wenn ich es dir sagen würde, wäre es doch keine Überraschung mehr."

Am folgenden Tag durchstöberte Lennard ein vollgestopftes Künstlergeschäft, das er für seine Bedürfnisse oft aufgesucht hatte, um für Felix einen Malkasten zu kaufen. In diesem Lädchen war für gewöhnlich nicht viel los. Auch diesmal hätte die nicht vorhandene Kundschaft ihn zum Verweilen einladen können. Doch Lennard wollte alsbald das Geburtstagsgeschenk beisammen haben. So wählte er noch ein paar Pinsel aus, und ein großformatiger Papierblock kam auch noch dazu. Obgleich die wenig ausgelastete Verkäuferin bereitwillig anbot, alles in Geschenkpapier zu verpacken, lehnte Lennard ab, da er selbst diese Aufgabe in Angriff nehmen mochte.

Im Innenhof angekommen empfing ihn Felix neugierig: „Hallo Meister, hast du schon meine Überraschung dabei?"

Lennard versuchte den großen Block zu verstecken und begutachtete seinen alten Lederrucksack, um sicher zu gehen, dass auch keine seiner Erwerbungen herausragte.

„Zeigst du sie mir?"

„Wie oft musst du noch schlafen, bis du fünf wirst?"

„Nur einmal noch!", rief Felix höchst erfreut.

„Siehst du, dann bekommst du morgen schon deine Überraschung."

Felix hüpfte vor noch größerer Freude und rief: „Nur noch einmal schlafen!"

In seiner Wohnung angelangt legte Lennard seine Schätze auf den Teppich. Er nahm den großen, groben Papierbogen, der mit allerlei Farbklecksen neben der Staffelei lag und ihm bislang als Kritzelobjekt gedient hatte. In die-

270

sen packte er seine Geschenke ein und schrieb darauf mit einer Tuschefeder:

‚Für Felix – von Deinem Lennard‘.

Daneben malte er mit schwarzgrüner und strahlendweißer Acrylfarbe ein schönes Blümchen. Er betrachtete zufrieden sein Werk und überlegte, wann er wohl das letzte Mal etwas verschenkt hatte, kam aber nicht darauf und beschloss, einen Kaffee zu trinken und sich ein Buch zu schnappen, das zur Zerstreuung einlud. Auf dem Buchdeckel stand: Ein Pyrenäenbuch.

Der Geburtstag fiel auf einen Sonntag, an dem Felix üblicherweise von seinem Vater abgeholte wurde. Lennard beschloss aber, persönlich das Geschenk zu überreichen, zumal Eva ihm erzählt hatte, dass Felix' Papa diesmal nicht kommen würde, da dieser sich auf einem Ärztekongress im Ausland herumtrieb. Sie lud deshalb Lennard ein, doch einfach zum Frühstück vorbei zu schauen. So war Lennard am nächsten Morgen ebenso aufgeregt wie Felix, als er schon früh aufstand, um sich auf den Weg quer durch den Innenhof zur Wohnung seines Freundes zu machen.

Als Lennard klingelte, hörte er sofort das Trippeln von Felix' raschen Schritten, der sogleich die Tür öffnete.

„Alles Beste und Liebe wünsche ich dir zu deinem fünften Geburtstag!", und Lennard strich Felix über die goldenen Haare.

„Wo ist die ...?"

Doch Lennard ließ Felix nicht ausreden und überreichte ihm sogleich das Geschenk. Er hörte nur noch ein langes „Ohhhhh!".

271

Eva kam aus der Küche, um Lennard zum Frühstück und damit zum heiß ersehnten Kaffee zu bewegen. Sie hatte noch einen Morgenmantel an und meinte lächelnd, dass heute alles länger dauerte als sonst. Auf dem Küchentisch stand ein mit fünf brennenden Kerzen bestückter Schokoladenkuchen und ein Strauß weißer Blümchen, die munter aus einer schicken Vase blickten. Daneben lagen schon einige Kinderbücher, die Felix soeben ausgepackt haben musste.

„Darf ich es aufmachen?", fragte Felix in freudiger Erwartung, der seinen neuen Schatz in die Küche brachte. Dabei wanderten seine munteren, wachen Äuglein zwischen seiner Mama und Lennard hin und her.

„Ja sicher, heute ist doch dein Geburtstag", sagte Lennard.

„Schau mal Mama, das ist vom Meister", und Felix deutete auf die bunten Kleckse der selbstkreierten Verpackung.

„Das ist wunderschönes Papier", sagte Eva mit ehrlicher Anerkennung für die Idee, in dieses selbst erschaffene Geschenkpapier ein Geschenk einzupacken.

„Da steht Felix!", rief Felix stolz und deutete auf die Schrift neben der gemalten Blume.

„Für Felix – von Deinem Lennard", las seine Mama vor und lächelte Lennard an. Mit größter Vorsicht öffnete Felix das Geschenk, um dieses abstrakte Papierbild nicht zu beschädigen.

„Ein Malkasten!", rief Felix, „und ein Malblock! Und Pinsel! Oh danke, danke Meister! Jetzt werde ich auch Meister!" Und Felix kletterte auf Lennards Schoß, um-

272

armte und drückte ihn an sich und gab ihm einen nicht zu überhörenden Kuss auf die Backe.

Lennard hatte eine derart überschwängliche Freude nicht erwartet und musste sich sichtlich bemühen, nicht mit Felix zusammen vom Stuhl zu kippen. Er fasste nun Felix an den Schultern: „Freut mich sehr, dass es dir gefällt. Du darfst später sicher noch ein schönes Bild malen."

Eva lächelte zufrieden und rührte ebenso zufrieden, aber noch müde ihren Kaffee um.

Bevor die Geburtstagskerzen ganz abzubrennen drohten, pustete Felix stolz alle fünf in einem Zug aus. Eva schnitt ein Stück des Schokoladenkuchens ab und reichte es Lennard. Ebenso wie Felix hatte sie erstaunlich schlanke Finger, die ihn an die Flinkheit von Pianistenhänden erinnerten. *Diese Finger werden sich auf einer Zeichnung finden.* Doch zunächst beschloss man, die Frühstücksrunde aufzuheben, um erst einmal den neuen Malkasten auszuprobieren, und Felix trug all seine Geschenke in sein Zimmer.

Eva meinte: „Malt mal schön – ihr beiden Meister!"

Felix grinste über diese Auszeichnung.

„Ich dusche derweil und bringe mich und hier alles auf Vordermann."

„Ist gut", meinte Felix. Lennard half, genügend Platz, der zudem eben sein sollte, frei zu machen, sodass das erste Wasserfarbenbild von Felix entstehen konnte.

„Wir brauchen noch Wasser!", stellte Felix fest.

„Geh du besser, schließlich duscht deine Mama gerade", meinte Lennard. Felix eilte ins Bad und kehrte schnell wie der Wind mit einem wassergefüllten Becher zurück.

Felix malte voller Begeisterung. Sie wechselten kein Wort. Lennard genoss es, seinem jungen Freund zuzusehen, wie sich Konzentration und freudiges Lächeln abwechselten. Felix mischte Farben, malte große Flächen aus, pinselte kleine, lustige Männchen dazu, kreierte bauschige violettfarbene Wolken, eine goldgelbe Sonne mit sorgfältig gleich lang gezogenen Strahlen, schuf einen allerlei sonderbares Obst tragenden Baum und platzierte darüber einen bunten Regenbogen.

Plötzlich öffnete sich die Tür: „Seid ihr immer noch beim Malen?"

Die Zeit war stehen geblieben und verflogen.

„Gerade fertig geworden", sagte Felix und präsentierte stolz sein Werk.

Nachdem er reichlich Lob geerntet hatte, erinnerte ihn seine Mama, dass sie anlässlich seines Geburtstags noch ins Kino gehen wollten. So machte sich Lennard auf und wünschte beim Verabschieden beiden gute Unterhaltung.

„Tschüss Meister!", sagte Felix, und Lennard hörte noch im Treppenhaus: „Juhu! Wir gehen ins Kino."

In seinem Atelier nahm sich Lennard einen Bogen Papier und zeichnete. Bald waren darauf zwei Hände zu sehen. Zehn Finger, schlank, elegant und fein. Schemenhaft bildeten Klaviertasten, schwarze wie weiße, den Hintergrund.

274

24. JEDER VERHANDELT

Wie bei Flohmärkten üblich, insbesondere wenn es mal nicht regnete, begann schon beim ersten Verkaufsstand das Gedränge und Geschiebe. Erst wechselten sich Antiquitätenhändler und Fressbuden ab. Diese wurden dann von Tischen abgelöst, die mit Elektronik, Batterien und Unmengen Plastikramsch vollgestopft waren, und hinter denen wild gestikulierend in rudimentärem Deutsch die Ware feilgeboten wurde. Bevor sich Lennards Laune trüben konnte, machte ich uns mit zweckoptimistischen Sprüchen über das wunderbare Wetter Mut und hoffte, auf originellere Verkaufsstände zu treffen, was sich glücklicherweise bald bewahrheiten sollte.

Endlich hatte ich es wahr gemacht und Lennard besucht. Er hatte zwar nicht oft nachgefragt, ob ich ihn nicht einmal besuchen kommen würde, aber ihm war anzusehen, dass er sich über mein Erscheinen sehr freute.

Ein Stand, der das halbe Familienkellerinventar beherbergte und mit allerlei Spielzeug überhäuft war, wurde akribisch von zwei Kindern verwaltet. Lennards etwas gelangweilte Miene hellte sich auf, und er begann den Krempel zu untersuchen. Mit blitzenden Augen kramte er ein

275

silberglänzendes Blechauto hervor, das sich mit einem Schlüssel aufziehen ließ und sicher schon Generationen von Kindern zu Gesicht bekommen hatten. Mir war klar, dass nur Felix der begünstigte sein konnte.

„Wie viel soll das denn kosten?", fragte er das kleine Mädchen, das gerade das verknotete Haar einer armlosen Puppe versuchte zurechtzukämmen.

Aus ihrer beanspruchenden Tätigkeit herausgerissen murmelte sie: „Äh ... 3,50 ..." Dabei blickte sie unsicher den etwas schlaksigen Jungen an, der offensichtlich ihr älterer Bruder sein musste.

Dieser erwiderte sofort: „4!" und warf seiner Schwester einen strengen Blick zu.

Zu meiner Verwunderung begann Lennard ausgerechnet an diesem Stand mit einer Flohmarktkaufstrategie, die ich von ihm nicht kannte und ihm noch weniger zugetraut hätte.

„Wie bitte? Ich muss mich sicher verhört haben. So ein Auto bekomme ich doch neu im Laden für 1,50!", entgegnete Lennard. Ich wollte ihn schon anstupsen, um seinem Tun Einhalt zu gebieten.

„Naja, dann eben doch 3,50", korrigierte der Junge seinen Preis, woraufhin sein Schwesterlein zufrieden grinsend ihre Puppe weiter frisierte.

„Ein richtiges Entgegenkommen ist das aber nicht ..."

„Also unter 2,50 kann ich aber nicht gehen, bei so einem klasse Auto!"

„Für 2, dann sind wir beide glücklich!"

276

Ich war vollkommen sprachlos, mit welcher Hingabe Lennard verhandelte und fand nicht, dass unser junger Verkäufer mit ‚2‘ glücklich werden würde.

„Also gut“, gab der Junge klein bei und nahm das Geld nicht gerade glücklich entgegen, und Lennard steckte das neue Spielzeug ein.

„Und als kleines Trinkgeld kriegst du noch mal 2 dazu. Aber den kleinen Kurs im Verhandeln musst du dir zu Herzen nehmen, sonst verarmst du hier noch“, sagte Lennard lachend und gab dem nun ebenfalls freudestrahlenden Vorbesitzer die Hand.

Als wir ein paar Meter weiter geschlendert waren, kam das Mädchen vom vorigen Stand uns nachgelaufen: „Hier, der ist für Sie, der ist nämlich im Preis mit drin, hat mein Bruder gesagt“, und sie reichte Lennard ein lilafarbenes Kaugummipäckchen. Verblüfft sahen wir uns an, und schon war sie wieder zurückgerannt.

Mit den Kaugummis beseelt ließen wir uns kauend weitertreiben und kamen an einen riesigen Stand, der sich in mehreren Schichten weit nach hinten zog.

„Sag mal, das wäre doch was für dich und würde genau über deine Kommode passen“, sagte ich und deutete auf einen triptychonartigen Spiegel. Die kaum getrübten Spiegelflächen waren von einem schwarz lackierten Holzrahmen gefasst. Der obere Rand war in mutigen Bögen geschwungen, die an den Seiten nach unten verliefen, wo sie von floralen Jugendstilkranichen aufgefangen wurden.

Lennard war sofort begeistert von dem Stück: „Tatsächlich, das ist ein wunderbares Stück. Der Sprung da unten lässt den Spiegel fast noch edler aussehen.“

Entzückt über den mir zunächst entgangenen preismindernden Sprung meinte ich: „Lass mich mal das Ding einkaufen gehen. Du hast dich schon darin verliebt, was preislich gar keinen Spielraum mehr lässt. Für fünfzig maximal?", fragte ich Lennard, während ich die quietschenden Scharniere inspizierte.

„Nein, der darf schon siebzig kosten", meinte er, der sich eben in den Spiegel verguckt hatte.

Ich machte mich also mit dem korpulenten Nochbesitzer, der mit einem zu engen, die Korpulenz betonenden Ledermantel bekleidet war, an die Kaufverhandlungen. Nach einer fast verloren geglaubten Kaufschlacht wandte ich mich erschöpft wieder an Lennard: „Unter siebzig bekomme ich ihn nicht."

„Na, was habe ich gesagt?", meinte Lennard zufrieden und reichte mir die Geldscheine.

In Lennards Wohnung angelangt machten wir uns sogleich daran, das neue Inventar an der Wand zu befestigen. Immerhin hatte Lennard einen Sortierkasten, in dem zwar nichts sortiert war, worin allerdings genügend Schrauben und Dübel zu finden waren. Nachdem ich zwei zu den entsprechenden Dübeln passende Schrauben gefunden hatte, meinte ich, während ich an die Wand über der Kommode klopfte: „Jetzt brauchen wir nur noch eine Bohrmaschine."

„Die einzige, die ich kenne, die eine besitzt, ist Frau Lipjinewski", seufzte Lennard. Er fand gar keinen Gefallen daran, ihr einen Besuch abzustatten und meinte, eine neue Lösung gefunden zu haben: „Ach komm, wir stellen den Spiegel einfach auf die Kommode."

278

„Was?", schaute ich ihn ungläubig an. „Dann ist doch der ganze Witz mit den klappbaren Flügeln weg! Und zu tief sitzen würde er auch noch. Nein, nein, den hängen wir hier auf."

Sein Widerstand erstarb sogleich. Lennard nickte und machte sich auf zu Frau Lipjinewski. Er klingelte und eine zufriedene und glückselige Frau Lipjinewski öffnete ihm, die ihm sogleich zu Diensten war. *Wenn das Leben für andere so leicht ist, dann auch für mich! Steht denn der Geist im Weg?*

Unterdessen räumte ich die Büsten und die beiden Kerzenständer von der Kommode. Die oben aufliegenden Bücher quetschte ich in die überfüllten Fächer des Regals, nachdem mir klar geworden war, dass ein Verrücken des beladenen Möbelstücks ein unnötig schweißtreibendes Unterfangen geworden wäre.

Völlig am Ende kam Lennard die Augen verdrehend nach einer langen Weile wieder. Er hatte sich anhören dürfen, wie der leider allzu früh von seiner Gattin gegangene Herr Lipjinewski diese wunderschöne Bohrmaschine einst so günstig eingekauft hatte, um eine Wetterstation an der Wand ihres Balkons zu befestigen, den sie das erste Mal begrünte und dessen überbordende Schönheit Lennard artig bestätigen musste, und er möge doch bitte sehr auf diese über alle Maßen nützliche Maschine Acht geben. Nachdem Lennard mehrfach versichert hatte, das Gerät zusammen mit dem Kasten für die Bohrer nach deren Handhabung auf Vollständigkeit zu prüfen und ihr vor ihrer Nachtruhe zurückzugeben, gelang ihm die Flucht.

Wider Erwarten schaffte ich es recht schnell in die Altbaumauer das erste Loch zu bohren. Natürlich verzog es mir beim zweiten die Bohrmaschine, weil ich offensichtlich auf einen Kieselstein in der Wand stieß. Auf dem zwischen den Steinen verbauten Mörtel kam der Bohrer wunderbar voran, bis irgendetwas meinen Vorstoß stoppte und alles Mögliche aus der Wand bröselte. Da das Loch immer größer wurde und auch der größte Dübel in dem reingehauenen Trichter keinen Halt fand, beschloss ich, eine neue Bemaßung vorzunehmen und das Ganze von vorne zu beginnen.

Schließlich hängten wir triumphierend das spiegelnde Triptychon auf, das erst munter aber dann doch nervtötend quietschte, sobald man die Flügel bewegte. Ein paar Tropfen Öl auf die leicht angerosteten Scharniere wirkten Wunder.

Ich positionierte mich vor dem Spiegel und begann die Seitenflügel hin und her zu schwenken.

„Das ist lustig, wenn der seitliche Spiegel genau senkrecht steht, sieht man sich wieder richtig, also nicht spiegelverkehrt. Genau wie uns Tomas damals das Katzenauge erklärt hat."

Ich überließ Lennard den Platz, obwohl ich zunehmend Gefallen gefunden hatte, mit dem Spiegel herumzuspielen. Er schwenkte den seitlichen Spiegel etwas weiter einwärts: „Jetzt sehe ich mich zweimal richtig und jetzt viermal."

Er hatte beide Seitenspiegel genau gleich weit reingeschwenkt und schaute mit erhobenem Finger nachdenklich hinein und ließ seine Augen vorsichtig umherwandern.

280

Lennard schmunzelte bitter und wisperte vor sich hin. *Wahrheit werden oft nur jene Fiktionen genannt, die vor der Einsicht ins Unerträgliche bewahren.* Nach einer Weile meinte er mit ernster Stimme: „Lassen wir das."

Nun fanden die beiden Kerzenständer wieder ihren Platz auf der Kommode, deren Kerzenflammen mehrfach spiegelnd das mittlerweile in Dunkelheit getauchte Zimmer erhellten.

*

Wir hatten aufgrund des langen Flohmarktbesuches auf einen Abendspaziergang verzichtet und es uns bei ihm in der Wohnung bequem gemacht. Da Lennard mehrfach bedauerte, keinen Rotwein besorgt zu haben, kam ich auf die Idee, einen Pizzaservice zu bemühen. Mein guter Freund fand schneller Gefallen daran, als ich vermutet hatte, bestand aber darauf mich einzuladen. Er sprintete sofort das Treppenhaus hinunter, um eines dieser elenden Pizzawerbeblättchen, die einem die Woche über zusammen mit dem anderen Werbemüll an den Briefkästen den Nerv zu rauben im Stande waren. Dieses erste Mal war solch ein Blättchen, das unser abendliches Menü bereithielt, heiß begehrt. Wir bestellten querbeet zwei Pizzas, einen gemischten Vorspeiseteller, einen großen und noch einen Beilagensalat und kamen überein, uns einen Nachtisch zu teilen. Der Grund für diese überaus üppige Bestellung lag nicht alleine darin, dass wir den ganzen Flohmarkttag nichts außer lilafarbene Kaugummis gegessen hatten, was zu einem infernalischen Hunger hatte führen müssen. Vielmehr tüftelte ich anhand der Speisekarte aus, wie viel man gerade bestellen musste, um eine Flasche Chianti geschenkt zu bekommen. Darüber hinaus bestellten wir eine zweite, um nicht plötzlich doch noch auf dem Trockenen sitzen zu müssen.

„Was liest du denn zur Zeit?", fragte ich, da ich in der Tat nicht wusste, womit sich Lennards Kopf derzeit beschäftigte.

„Viel Verschiedenes. Jetzt gerade schmökere ich im ‚Opus majus‘ herum."

Lennard sagte dies mit einer Selbstverständlichkeit, dass ich zunächst nichts erwiderte und nur erstaunt den Folianten erblickte, auf den er mit der Gabel deutete.

„Ich habe mich noch nicht entschieden, was ich kommendes Semester belegen soll."

Lennard schob die Pizzaschachteln beiseite und probierte den Salat.

„Einerseits drängt mich ein Prof, zu seiner Phänomenologieveranstaltung zu kommen, von der ich mir so gut wie nichts verspreche." Er riss zwei Salztütchen auf, von denen glücklicherweise einige mitgeliefert worden waren, und streute den Inhalt über den Salat. „Andererseits will ich kommendes Semester eine Vorlesung über die Hochscholastik anhören."

„Hast du dich damit nicht früher schon beschäftigt?" Ich versuchte, jemanden Passenden zu finden. „Thomas von Aquin, der ist doch in dieser Zeit, oder?"

„Ja richtig", er spießte eine Tomate auf, „aber das liest ein junger Gastwissenschaftler, den ich nicht verpassen möchte. Außerdem ist es ganz gut, wenn man bereits

282

ein paar Sachen von Bonaventura oder die ‚Ars generalis' von Raymond Lull oder etwas von Bacon gelesen hat."

Mir ging das alles zu weit, doch fragte ich ungläubig: „Bacon?"

Diesmal hatte er eine Olive aufgespießt.

„Nicht den Francis, den du meinst. Roger Bacon, der die Naturforschung in Oxford aus der Taufe hob." Er deutete erneut auf den Lederband mit den Goldlettern ‚Opus major'. „An sich legte bereits er den Grundstein zur Aufklärung."

Ich blickte ihn fragend an, während er den Olivenkern ausspuckte.

„Er prangerte die Vorurteile der Menge genauso wie die Macht der Gewohnheit an, die die falsche Wahrheit konserviert. Außerdem zeigte er, dass der blinde Glaube an eine falsche Autorität genauso falsch ist wie das Scheinwissen, das die Unkenntnis verbirgt. Und das alles im dreizehnten Jahrhundert, nicht schlecht, was?"

„In der Tat", erwiderte ich staunend. Ich staunte nicht nur darüber, welche Thesen Bacon, Roger Bacon, damals entwickelt hatte, sondern dass Lennard alles so locker flockig nebenbei berichten konnte. So tröstete mich der Gedanke, dass Lennard eben in diesem Werk gerade las, oder wie er gesagt hatte, schmökerte.

„Außerdem reizt mich ein Seminar zum persischen Mazdaismus", Lennard nahm sich nun ein Stück Pizza, und er setzte mich in noch größeres Erstaunen.

„Gibt's das?"

„Was?"

„Mazdaismus?"

283

„Ja. Der Grund, warum ich darüber etwas erfahren möchte, ist ganz einfach. Ich habe bislang von Zarathustra selbst, abgesehen natürlich von Nietzsches, erschreckend wenig gelesen."

Ich fragte mich, was in Lennards Maßeinheiten ‚erschreckend wenig' ist, war aber gespannt auf seine Ausführungen. So schenkten wir uns Wein ein, und Lennard entführte mich in die Welt des alten Orients. Er erzählte von dessen Verbindungen in den fernen Osten, und er führte die Beziehungen zwischen Zentralasien, Kleinasien und Europa aus, dass ich mich bald fragte, wo eigentlich seine Wissenslücke lag, die er hoffte, durch Belegung eines Seminars schließen zu können. In dieser Nacht fühlte ich mich wie früher, obgleich unser Abstand gewachsen war. Bei Lennard lernte ich viel und vergaß leider viel zu Vieles.

Am nächsten Morgen versprachen wir uns, dass wir mit unserem nächsten Treffen nicht so lange warten dürften. Gemeinsam gingen wir zum Bahnhof. Ich sah Lennard schon vom Bahnsteig verschwinden, ehe sich der Zug in Bewegung setzte. In der Tat sollte ich ihn erst ein halbes Jahr später wieder sehen.

*

Als Lennard in den Innenhof zurückgekehrt war, nahm er nicht seine eigene, sondern kurz entschlossen die Haustür, die zu Felix' Wohnung führte. Eva öffnete und verkündete betrübliche Neuigkeiten.

„Nein, ich möchte auf keinen Fall stören", erwiderte Lennard, „und richte ihm aus, der Doktor habe gesagt, er kann erst anfangen zu malen, wenn er aus dem Bett darf."

So ging er erst gar nicht zu seinem erkrankten Felix und verabschiedete sich an der Wohnungstür von Felix' Mama. Schließlich hatte auch Lennard Sorge, dass sein Freund allzu lange ans Bett gefesselt bleiben könnte.

Als Lennard spät am nächsten Nachmittag von der Bibliothek und vom Einkaufen zurückkehrte und in den Hof trat, erblickte er Eva, die auf ihrem Balkon eine dampfende Kaffeetasse in der Hand hielt.

„Hallo Lennard, komm doch hoch, Felix möchte dich so gerne sehen", rief sie von oben herunter.

„Macht es dir nichts aus?"

„Natürlich nicht. Heute geht es ihm gar nicht gut, und eine Aufmunterung wie dich kann der Kleine sicher gebrauchen."

„Gut, ich komme gleich rüber."

Lennard schleppte seine Einkäufe und ein paar Bücher in seine Wohnung. Dort sah er sich nach etwas um, was er seinem lieben, kranken Freund mitbringen könnte. Es widerstrebte ihm, ein Bild, das noch nicht gemalt war, zu verschenken. Da kam ihm ein Gedanke in den Sinn. Er stürmte die Treppe hinunter und rannte keuchend die Häuserblöcke entlang bis zum Waldrand. Dort sah er sie, die vielen kleinen schneeweißen Blumen, die gleichsam ein großes Bett zu bilden schienen. Lennard kniete sich nieder und pflückte einen dichten weißen Blumenstrauß. Da die verrinnende Zeit das ersehnte Beisammensein mit Felix verkürzte, machte Lennard sich schnellstens auf den

Rückweg. Die Hand schützend vor seine Blumen haltend hastete er zurück, um wenigstens vor Dunkelheit bei seinem kleinen Patienten zu erscheinen.

„Entschuldigung...", wollte Lennard seine Begrüßung aufgrund der Verspätung keuchend einleiten.

„Komm bitte rein", begrüßte Eva ihn leise. Sie führte ihn durch den Flur bis vor Felix' Zimmer. Lennard versuchte ruhiger zu atmen und seine Anstrengung vergessen zu machen. Zugleich merkte er aber auch, wie sehr er sich nach einem Wiedersehen mit Felix sehnte. Er blieb etwas weiter hinten stehen, während Eva durch den Türspalt in sein Zimmer blickte.

Sie drehte sich um und meinte: „Der Arme ist schon wieder eingeschlafen, obwohl er schon fast den ganzen Tag durchschläft."

„Gib du ihm die Blumen ...", wollte sich Lennard verabschieden.

„Nein, nein. Wenn du Zeit hast, geh doch an sein Bett. Er wird bestimmt bald aufwachen."

Sie öffnete die Tür etwas weiter, um Lennard eintreten zu lassen. *Wenn er Zeit hätte. Hier ist meine Zeit!* Hier hatte er sie, und sie solle doch in diesem Moment stehen bleiben, obgleich er wusste, dass es ihm außer in seinen Bildern im Leben nicht möglich war, die Zeit festzuhalten.

Da lag sein Felix im weißen Kinderbett. Im gedämpften Licht schien sein Kopf zu glühen. Schweißperlen rannen ihm über die dunkelrote Stirn, während von Zeit zu Zeit Fieberattacken den kleinen Körper erzittern ließen. Lennard zog sich einen Stuhl heran, setzte sich vor seinen Freund und nahm seine kleine, heiße Hand in die seine. In

286

der anderen hielt er immer noch seinen Blumenstrauß fest. Mit schweigendem Blick nahm er dieses ansonsten hübsche und fröhliche, jetzt leidende Kindergesicht in sich auf.

Er entdeckte bei diesem Anblick eine Haarsträhne, die den Kleinen ärgerte. Immer wenn er sehr tief einatmete, fiel diese ihm in ein Auge, was ihn anschließend zu einem unruhigen Kopfschütteln veranlasste. Gestört durch diesen Akt, entschloss sich Lennard diesen Störenfried aus dem Gesicht zu verbannen. Da er mit der einen Hand die des Jungen nicht loslassen wollte, machte er sich vorsichtig daran, mithilfe des Blumenstraußes die störende, dunkelgoldene Haarsträhne zurück auf den Kopf zu schieben. Aber alle Vorsicht half nicht und Felix begann mit den Augen erst die Blumen und dann Lennard anzublinzeln.

Nach einem Moment richtete er sich im Bett auf und nahm die Blumen entgegen.

„Viele kleine weiße Blumen!", rief er mit heiserer Stimme. Da ihn das offensichtlich anstrengte, flüsterte er leise hinterher: „Die hab ich doch so gerne."

25. DER PIEPMATZ

Felix war bald wieder auf dem Damm. Vier lange Tage hatte er sich ausgeschwitzt und die bösen Geister vertrieben, bis sich seine Temperatur wieder gesenkt hatte. Er hatte sogleich seine Fröhlichkeit wieder, und sein Lachen blitzte so häufig wie eh und je in die Welt hinaus, als ob nichts gewesen wäre. Nach wenigen Tagen hatte sein abgemagerter Körper dank seines ungeheuren Appetits wieder ein gesundes Aussehen.

So verbrachten Lennard und Felix zunächst in der Wohnung, dann aber auch im Freien wie zuvor viel Zeit miteinander, sofern nicht andere Freunde aus Felix' Kindergarten zu Besuch gekommen waren. Sie spielten mit dem silbernen Auto, bauten eifrig Straßen aus Holzbauklötzen oder malten Bilder. Felix ließ sich gerne vorlesen, hörte aber noch viel lieber Lennards Erzählungen zu. Draußen lud der goldgelbe Herbst mit seinem angenehmen Wetter zu ausgedehnten Spaziergängen ein, bei denen sie gemeinsam durch meterhohe Laubhaufen raschelten oder bunt gefärbte Blätter und Kastanien sammelten, mit denen sie allerlei lustige Wesen bastelten.

*

Ein kurzzeitiger Wintereinbruch führte einerseits zu großem Gejammer bei Frau Lipjinewski, die frühmorgens Schnee wegräumte und dabei überlegte, ob sie jemals so viel Schnee im Innenhof an einem Tag weggeschippt hatte. Andererseits war Felix angesichts der Schneemassen begeistert und brachte Lennard zu erstaunlichen Leistungen.

„Der ist aber groß!", staunte Felix.

„Da staunst du, was?", keuchte Lennard, der am allermeisten über seinen Erfolg staunte und den großen Schneemann anblickte. Mit Kastanien, die Felix in einer Kiste im Keller verstaut hatte, bekam der weiße Mann lustige dunkle Augen, eine Knubbelnase und einen löchriglächelnden Mund. Darüber hinaus zierten reichlich Knöpfe seinen dicken Bauch.

„Ich frage mal Frau Lipjinewski, ob sie uns einen Besen leiht", sagte Felix.

Erneut hatte Lennard Grund zum Staunen. Schneller als gedacht kam Felix wieder zurückgeflitzt mit einem alten struppigen Besen in der Hand.

„Felix", rief eine vertraute, für Lennard nicht immer willkommene Stimme hinter ihnen, „schau mal her. Der Hut fehlt doch noch." Und Frau Lipjinewski winkte mit einem alten Kochtopf.

Lennard beschloss, dass dies sein Tag des Staunens werden sollte.

„Die ist aber nett, die Frau Lipjinewski", sagte Felix und reichte Lennard den verdellten Topfhut.

„Das stimmt allerdings", betonte Lennard und vollendete das weiße Haupt.

„Der ist so toll!", rief Felix voller Begeisterung. „Der soll immer bleiben."

So schnell wie der Schnee kam, ging er wieder. Selbst der Schneemann schrumpfte schneller als gedacht, weil ihm der milde Wind deutlich zusetzte. Bald verlor er seine Knöpfe, dann fiel der Besen zur Seite und, bevor er vollständig zusammenbrach, schaute er traurig mit einem Auge unter seinem schiefen verdellten Hut hervor.

Zum Trost hielten die Wintervögel Einzug, und Lennard und Felix beschlossen, dass sie ihre neuen Freunde im Innenhof werden sollten. Lennard kam mit Sonnenblumenkernen nach Hause, um für diese Wintersaison einen ersten Beitrag zur Vogelfütterung zu leisten. Denn immer wieder spendierte jemand, vor allen anderen Frau Lipjinewski, Meisenknödel, um in den kalten und oft trüben Novembertagen den Vögeln einen Futterplatz neben einem uralten Vogelhäuschen zu sichern. So war der Innenhof wenigstens schön belebt, und wenn es nicht gar zu kalt war, beobachteten Lennard und Felix von der Bank aus die Meisen, Gimpel und andere hungrige Vögelchen. Ein Rotkehlchen hatte sich bislang allerdings noch nicht dazugesellt, worauf Felix besonders ungeduldig wartete.

„Der Piepmatz wird schon kommen", hoffte Lennard für Felix.

„Das ist lustig! Genau, Piepmatz! Bitte, bitte Piepmatz, komm!", meldete Felix sofort an. Aber die Witterung ließ es derzeit nicht zu, der Vogelbeobachtung lange nachzukommen.

290

*

Da es auch heute traurig nieselte, war Felix noch rasch vor dem anstehenden Mittagessen zu Lennard in die Wohnung gekommen. Auf einem großen Papierbogen hatte Lennard begonnen, ein hübsches, buntes Bild zu malen, das zum Ansehen einlud. Felix stellte sich direkt davor, um es zu mustern.

„Du hast ja gar keine Ölfarben genommen, Meister."

„Stimmt, ich habe dieses Mal Holzstifte verwendet, das tust du doch auch, nicht wahr?"

„Ja. Aber warum ist es dann auf deiner Staffelei?"

„Das habe ich gemacht, weil es so groß ist und daher mithilfe der Staffelei bequemer ist, zu zeichnen. Gefällt es dir, das Bild?"

„Es ist toll! So schön farbig, und es sieht so ...", und Felix machte eine Pause und kniff die Augen zusammen, „... glücklich aus."

Ich bin glücklich. Lennard betrachtete das angefangene Bild. An diesen Begriff hatte er im Zusammenhang mit seinen Bildern noch nie gedacht, aber vielleicht hatte Felix recht, da er sich im Augenblick alles andere als unglücklich fühlte.

„Wie heißt es denn?"

Und gleich noch mal überraschte ihn Felix. Da er seinen Werken fast nie Titel vergab, hatte er sich auch für dieses Bild keinen einfallen lassen. Doch ehe er sich den Kopf zerbrechen musste, antwortete Felix für ihn: „Es heißt: Dein Glück."

Lennard lächelte zufrieden: „Gute Idee ..."

Beide traten nun ein paar Schritte zurück, um Lennards Glück aus größerer Distanz zu begutachten. Doch da stieß Lennard versehentlich an eine Figur, die daraufhin bedenklich auf der Kommode hin und her schwankte. Felix stürzte dank seines prompten Reflexes hin und hielt sie gerade noch fest, um sie vor einem jähen Absturz zu bewahren. Es war die Skulptur, die Beatrix ihm einst geschenkt hatte und die Lennard von einem Turm aus ins Wasser springend darstellte.

„Schau, ich habe dich gerettet", sagte Felix lachend und hielt die Skulptur noch immer mit beiden Händen fest.

„Ich danke dir, Felix." Lennard nahm sie und stellte sie in sicherer Entfernung von sich in das oberste Regalfach.

„Ich muss los!", rief Felix plötzlich. In der Tat wartete seine Mutter schon mit dem Essen, sodass Felix die Treppe runter stürmte, über den Hof rannte und, kurz bevor er in der Haustür verschwand, noch einmal zu Lennard heraufwinkte, der ihm von oben aus nachgesehen hatte.

Lennard nutzte das trübe Wetter und zeichnete und malte an seinem Bild. *Mein Glück.* Er beschloss, die einfallende Dunkelheit mit ein paar Kerzen zu verscheuchen.

Spätabends legte er die Farben beiseite und beschloss, am kommenden Tag weiter zu malen. Er sehnte sich nach einem frischen Lufthauch. So öffnete er ein Fenster und atmete tief ein. Der aufkommende Wind blies das schlechte Novemberwetter weg und ihm angenehm milde Luft entgegen. Im Kerzengeflacker betrachtete Lennard voller Zufriedenheit sein beinahe vollendetes Werk. Als ein allzu frischer Hauch fast alle Kerzen löschte und auch noch die letzte auf einem Kerzenstummel tanzende Flamme auszupusten drohte, schloss er das Fenster wieder und ließ sich auf seinem Bett niedersinken.

*

Die einfallenden Sonnenstrahlen, die sich in Lennards Zimmer schlichen, weckten ihn an diesem herrlichen ersten Dezembertag erst spät. Da klingelte es schon an Lennards Wohnungstür.

„Hallo Meister!", wurde er von Felix begrüßt.

„Hallo...", grüßte Lennard schlaftrunken und doch lächelnd zurück.

„Heute finden wir bestimmt ein Rotkehlchen. Es ist so schönes Wetter, und bis wir einkaufen gehen, darf ich noch Vögel anschauen."

Lennard musste sich nicht lange bitten lassen, da er seinem Freund nie einen Wunsch des Beisammenseins ausschlagen konnte. Er warf sich schnell ein paar Sachen über und kam hinter ihm die Treppe hinuntergestürzt.

Unter herrlich blauem Himmel und der mild wärmenden, goldenen Sonne setzten sich beide auf ihre Stammplätze in den Innenhof.

„Ist das nicht toll? So eine warme Sonne – wie im Sommer!", schwärmte Felix.

„Ja, es ist fantastisch", bestätigte Lennard mit geschlossenen Augen und füllte seine müde Lunge mit frischer Luft.

Schon bald kamen außer einer für Felix unerwünschten Amsel einige Meisen angeflattert.

„Schau mal, jetzt sind drei Blaumeisen gleichzeitig an dem Knödel!", rief Felix aufgeregt und mit etwas gedämpfterer Stimme: „Vielleicht schafft es die vierte da auch noch."

„Irgendetwas scheint die Vögel heute magisch anzuziehen, so viele wie da neugierig in das Häuschen schauen", überlegte Lennard, „naja, vielleicht ist es einfach der klare, schöne Tag, der unsere hungrigen Freunde herkommen lässt."

„Nein, nein, nein!", widersprach ihm Felix vehement. „Das sind natürlich deine leckeren Körner, die du den Vögeln geschenkt hast."

Zufrieden mit dieser Erklärung strich Lennard Felix mit einem kaum wahrnehmbaren Lächeln über die Haare und beobachtete weiter das muntere Treiben um das hölzerne Vogelhäuschen. Ohne Worte zu wechseln, blickten sich die beiden Zuschauer ab und zu an, wenn sich lustige und zugleich erstaunliche Szenen vor den Brettern, die die Welt der Vögel bedeuten, abspielten. Immer wieder stupste Felix Lennard an, wenn ein neuer Piepmatz auf die Bühne schwebte.

Auf einmal tippte jetzt aber Lennard Felix leicht an der Schulter an und flüsterte ihm leise ins Ohr: „Da drüben in dem Baum neben dem Häuschen, da ist ...".

Felix war sofort außer sich und konnte gerade noch seine Aufregung bändigen. Er fragte mit zitternder Stimme fast lautlos: „Ist das ..., ist das ein Rotkehlchen?"

294

Lennard nickte. Mit größter Neugierde rutschte Felix vorsichtig auf die vorderste Planke der Bank, um durch die gewonnenen Zentimeter einen noch besseren Blick zu erhaschen. Jetzt flog das Rotkehlchen direkt an das frei gewordene Vogelhaus, sammelte ein paar Körner und kehrte genau auf den Zweig des Baumes zurück, woher es gekommen war.

„Es soll aber noch bleiben!", flüsterte Felix bestimmt. Als ob der Vogel ihn vernommen hätte, flog er ein weiteres Mal zum Vogelhaus, setzte sich davor auf einen Zweig und beäugte mit hängendem Köpfchen die beiden Beobachter.

Plötzlich entschied sich aber das Rotkehlchen, den Baum nahe der Torausfahrt anzufliegen, durch die das Sonnenlicht in den Innenhof flutete.

Felix sprang auf. „Nein!", rief er jetzt nicht mehr so zurückhaltend, weil es nun dort kaum mehr zu erkennen war.

„Felix, das Rotkehlchen wird sicher wieder kommen", und Lennard versuchte ihn durch eine Geste dazu zu bewegen, doch wieder Platz zu nehmen.

Das Rotkehlchen hüpfte auf einen tieferen Ast und war unmittelbar vor der Ausfahrt nur noch als schwarzer Schattenriss zu erkennen. Lennard blickte auf diesen wunderschönen Scherenschnitt und wollte sich an Felix wenden, um mit ihm diesen Gedanken zu teilen.

Doch Felix hielt nun nichts mehr auf der Bank. Er rannte hinüber zum begehrten neuen Vogel und rief: „Bleib doch hier bei uns, roter Piepmatz!"

Das Rotkehlchen erspähte Felix erst spät und beschloss durch die Einfahrt davonzufliegen.

Felix packte die Neugier, und er rief außer Atem zu Lennard hinüber: „Wo will es nur hin?"

Lennard lächelte Felix nach. Er schien mit den Händen nach seinem Vögelchen greifen zu wollen und eilte voller Energie dem Piepmatz hinterher. Lennard sprang leise lachend auf und lief seinem jungen Freund hinterher: „Aber Felix, komm doch wieder zu mir!"

In der Hofeinfahrt hallten seine Worte eigenartig entstellt. Und zwar auf eine seltsam furchteinflößende Weise, dass Lennard nun von einer Ahnung ergriffen durch die Einfahrt sprintete.

„Felix!! Nein!!!" *Nimm nicht meinen besten Freund!*

*

Lennard kniete auf die Straße. Er nahm Felix' blutüberströmten Kopf vorsichtig mit beiden Händen auf und legte ihn in seinen Schoß. Felix' Beine waren merkwürdig verdreht, die Kleider zerfetzt, und sein kleiner Körper war von vielen Schnitt- und Schürfwunden übersät. Sein Gesicht war wie durch ein Wunder unversehrt geblieben.

Doch Lennard ertastete eine tiefe Wunde, die an Felix Schläfe klaffte, und deren Blutstrom er mit der bloßen Hand zu stillen versuchte. Zugleich suchte er mit der anderen Hand einen Puls zu fühlen. Beides gelang ihm nicht.

Das Blut sickerte bereits durch seine Kleidung, es wollte nicht versiegen. Er beugte sich nahe über Felix' Gesicht und berührte mit seiner Wange fast Felix' Nasenspitze. Kein Atemhauch war zu spüren.

296

Während er den jungen, kleinen Kopf noch immer im Schoß hielt, blickte Lennard auf dieses lieb gewonnene Gesicht. Seine Tränen trafen Felix' noch offene Augen. Diese Augen, die ihm einst so munter bis ins Herz geblickt hatten. Lennard stieß außer kurzem Schluchzen keinen Laut aus. Noch einmal blickte Lennard in den Himmel und versuchte zu atmen. Zitternd zog er seine Jacke aus, rollte sie zusammen und bettete den Kopf seines toten Freundes darauf. *Kleine weiße Blumen werden dich nie mehr aufwecken.* Er schloss mit einer Hand Felix' Augen.

Wortlos, tränenverschwommenen Blickes begann Lennard die Umgebung wahrzunehmen. Zwei Notärzte eilten herbei: „Danke, sie können loslassen."

Lennard nahm seine blutrote Hand von Felix Schläfe, mit der er vergeblich versucht hatte, das ausfließende Blut aufzuhalten. Die Notärzte untersuchten sofort den kleinen Körper nach irgendwelchen Lebenszeichen. Sie blickten sich an, der eine schüttelte unmerklich den Kopf und murmelte fast lautlos: „Die Halswirbel."

Sie leiteten keinen Wiederbelebungsversuch ein. Im Halsbereich war die Wirbelsäule nahezu durchtrennt. Felix war sofort tot.

Inzwischen war Eva herbeigeeilt und sank neben ihrem Sohn auf die Knie. Einige Passanten säumten den Unfallort. Doch es herrschte unheimliche Stille. Kein Laut war zu hören. Eva nahm ihren Sohn zitternd in den Arm, presste ihre nassen Augen zu und küsste Felix lange auf sein Haar.

Nachdem er unter Mühen seinen Helm von seinem dunkelroten Kopf herunter bekommen hatte, kam ein bärtiger Mann mit stark abgeschürfter Motorradkluft hinkend näher, bis er direkt neben Felix' Mutter zusammenbrach. Mit beiden Händen vor dem Gesicht heulte er so bitterlich los, dass sich sein mächtiger Körper schüttelte. Ein Sanitäter legte den Arm um die starken Schultern des Motorradfahrers: „Kommen Sie bitte. Ich helfe Ihnen."

„Dieser Engel kam einfach rausgerannt ...", schluchzte der an sich so kräftig gebaute Mann, „ich wollte ..., ich konnte nicht ..." Doch es gelang ihm nicht weiterzuerzählen, und so ließ er sich zum Notarztwagen führen.

Lennard stand mit leerem Blick, der sich bald in ein unruhiges Umhersuchen wandeln sollte, auf. Er schleppte sich weg, fort von diesem schauderhaften Ort.

Er kämpfte sich die endlosen Treppen hinauf und war mit seinen Tränen alleine. Langsam schlich er in sein Zimmer.

*

Auf der Staffelei wartete das bunte Bild. Es wartete darauf, von seiner Hand vollendet zu werden. Kaum erblickte es Lennard, lief er geradewegs darauf zu und brüllte es voller Zorn an: „Es ist nicht!"

Lennard nahm den Bogen in die Hand und riss ihn mitten entzwei.

„Es ist nichts!!", rief er lauter, „nichts! Nichts!"

Er zerrupfte es in unzählige Stücke: „Nichts ist!"

Lennard taumelte durchs Zimmer und trampelte auf den Fetzen herum.

„Wo seid ihr alle? Wo?"

298

Einen fand er. Mit eisiger Wut näherte er sich seinem Franziskus.

Er fragte ihn mit zitternder Stimme: „Du Christ liebst … der für dich Gestorbene war die gelebte Liebe … und ist nicht Gott die Liebe? Ist er nicht die Güte? Ist sie das, eure Liebe?"

Die kalte Porzellanstatue schaute ihn mit ihrer ganzen innewohnenden Güte an.

Lennard flüsterte: „Bitte antworte mir."

Er wartete, und heiße Tränen rannen ihm aus den Augen, die den kurzen Augenblick der Stille unterbrachen, als sie auf die Papierfetzen am Boden platschten.

„Du sollst mir antworten!", wiederholte Lennard bitter. „So stellt ihr euch die Liebe vor?"

Er zitterte vor Wut und schrie ihn an: „Antworte mir!"

Noch immer stumm und ohnmächtig sah Franziskus ihm ins Gesicht.

„Ist es die Liebe, die ihr mir verweigert? Immer wenn sie in meine Nähe kommt, nehmt ihr sie mir weg?"

Franziskus antwortete ihm noch immer nicht.

Lennard holte mit der gestreckten Hand aus und schlug ihm den Kopf ab. Mit einem Hieb flog er gegen die Wand, der Rumpf torkelte, fiel zu Boden und zersprang in tausend Stücke.

Vom Bücherregal aus beobachtete Friedrich Nietzsche den Vorgang ernsten Blickes. Lennard wandte sich nach ihm um. Er kickte ein Buch nach dem anderen aus dem Weg, die in hohen Bögen davonflogen und zerfleddert irgendwo auf dem Boden einschlugen. Über Umwegen gelangte er endlich zum Regal.

Er ergriff die Nietzschebüste, rief aufs Blut gereizt aus und dachte nicht daran, einen Dialog aufkommen zu lassen: „Du darfst nicht Recht haben!"

Er schmetterte die Büste an die Wand.

„Siehst du? Du, du bist auch nichts", und Lennard verzog bitter den Mund.

Die Wut überwog jedoch sogleich die Häme.

„Du! Lache nicht!"

Lennard raste zurück zur Kommode. Buddha lächelte von da an nicht mehr und erlitt das gleiche Schicksal.

Erschöpft lehnte sich Lennard schwer atmend an die Wand. Er stierte in die Luft.

Welch erbitterter Kampf. Welch nichtiger Sieg.

*

Lennard zog es ins Freie. *Fort von Euch! Fort von hier!*

Der Blick in den Spiegel erinnerte ihn an sein blutgetränktes Hemd, das er nun unter einem Mantel verbarg.

In der klaren Nacht draußen erinnerte ein dunkler, glänzender Fleck auf dem Asphalt an Felix schreckliches Ende. Doch Lennard eilte weiter.

Wohin? Rastlos trieb es ihn durch die Straßen und Gassen.

In seinem Mantel ertastete er eine Schachtel. Jetzt blieb er endlich stehen, zündete sich eine Zigarette an und eilte weiter. Er verlangsamte seinen Schritt und zog immer weiter. Ab und zu wurde er lediglich vom raschelnden

Herbstlaub begleitet, das hier und da von einem flüsternden Windhauch aufgewirbelt wurde.

Seine Füße trugen ihn den Weg entlang zum Waldrand, wo er einst die weißen Blumen für Felix gefunden hatte. Immer wieder unterbrach er sein Eilen, um zitternd nach der Schachtel zu tasten, bis die letzte Zigarette geraucht war.

Ihn erfüllte eine endlos tiefe Traurigkeit. Er lehnte an einen Baum und spürte seine Rinde, die ihm eine Träne von der Wange stahl. *Ich streichle einen Baum und verweile.* Eine weiße Katze beobachtete ihn und wartete auf sein erwiderndes Lächeln. Doch sie wurde durch kein Lächeln beschenkt und schlich von dannen.

Tief in der Nacht kehrte er zurück. An der Toreinfahrt, wo das Blut nicht weniger glänzen wollte, verharrte er einen Moment. Ein Zittern fuhr durch seinen Körper und er stahl sich fort in seine Wohnung.

Der Mond hauchte sein kaltes Licht durch das Fenster.

Da war sie, seine Welt, ein armseliger Haufen. Ein entropischer Haufen aus nichtssagenden Splittern und Fetzen.

26. NEUJAHR

Lennard malte praktisch nichts mehr. All seine Bilder hatte er unter das Bett gestopft, einige weggeschmissen, und wieder andere türmten sich neben dem Regal zu einem Haufen. Darin fanden sich Aquarelle, Ölbilder und Zeichnungen, die er zu allen möglichen Zeiten geschaffen hatte.

Ab und zu schnappte er sich von einer Unruhe gepackt den Zeichenblock, den er mehr mit dem Bleistift traktierte als ihm vollendete Zeichnungen zu entlocken. Wilde, unkenntliche Wesen oder abstrakte, sich im tiefen Schwarz verlierende Formen bannte er auf Papier. Oft war aber gar nichts zu erkennen, außer wüster Krakelei, in die sich höchstens ein paar verstümmelte Worte verloren hatten.

Aber nicht nur die Staffelei blieb vollkommen verweist. Auch die Bücher fristeten von nun an ein nutzlos gewordenes Dasein. *Ihr wisst nichts!* Lennard verachtete sie. So konnten sie sich glücklich schätzen, nicht zerstört zu werden und vor sich im Staub hinzudämmern.

Als er sich an einer Kaffeetasse festhielt und durch das Fenster und durch den Hofboden ins Nichts blickte, huschte jemand durch sein Blickfeld. Es war Gerd, Felix'

Vater. Er besuchte Eva tatsächlich zu Hause, was er gemäß früherer Absprachen zu Felix' Lebzeiten nie gemacht hatte.

Lennard schien zu erwachen. Das erste Mal seit Felix' Tod fasste er ein Vorhaben.

Am folgenden Morgen stand er auf und besorgte Brötchen und Croissants. Auf dem Rückweg vertrieben wärmende Sonnenstrahlen die kalte Winterluft und brachten ihn kurz zum Verweilen. Im Innenhof angelangt klingelte er bei Eva. Nach wiederholtem Läuten meldete sich eine müde Stimme: „Ja?"

„Ich bin es, Lennard. Wollen wir zusammen frühstücken?"

„Ja, komm einfach hoch."

Als er oben angekommen war, entschuldigte sich Lennard für sein frühes und unangemeldetes Erscheinen: „Habe ich dich geweckt?"

„Nein, ich bin schon länger wach. Wenn man das wach nennen kann."

Eva setzte zu einem erschöpften Lächeln an. Tatsächlich schienen ihre trockenen Augen in der letzten Zeit sehr ungenügend Schlaf abbekommen zu haben.

Während die Kaffeemaschine brodelte und blubberte, deckte Lennard mit dem Besteck klappernd den Tisch und Eva entlockte dem Kühlschrank einige Käsereste, ein fast leeres Marmeladeglas und eine sehr gelbe Butter.

Endlich war der ersehnte Kaffee fertig, und beide setzten sich an den Küchentisch. Da keiner sprach, nahm Lennard nur die Stille wahr. Doch es war unangenehm

303

still, und sein Herz verkrampfte sich bei den Gedanken an schönere Tage, die er hier verbracht hatte.

„Ich ziehe übrigens aus", durchschnitt Eva die Stille.

So unerwartet wurde Lennard von dieser Aussage wie von einem Blitz getroffen, dass er fast die Kaffeetasse verschüttete. Mit wieder gewonnenem Griff begann er daraus zu schlürfen.

Doch durfte dies überhaupt überraschen? War es nicht naheliegend und vernünftig, zu versuchen, die Vergangenheit hinter sich zu lassen? *Vernünftig.*

„Wann?", fragte Lennard mit so ruhiger Stimme wie möglich.

„Nächsten Montag."

„Aha", antwortete Lennard, dem ruhig zu bleiben schwerfiel, weil er erst recht nicht erwartet hatte, dass Eva so schnell wegziehen würde.

Nach einer weiteren Pause hob Eva wieder an: „Ich ziehe zu Gerd. Wir wollen es noch einmal versuchen."

Diesmal traf Lennard wirklich der Blitz. Ungläubig und matt blickte er sie an: „Sicher. Das ist sicher eine gute Idee." Er fand die Idee tatsächlich gut. *Vernünftig.*

Beide sahen sich, nur von kurzen Sprechfetzen unterbrochen, schweigend an. Keiner verspürte den Drang, eine Unterhaltung zu führen. So tranken sie schweigend ihre Tassen aus.

Schließlich stand Lennard auf: „Ich muss gehen."

„Gut", sagte Eva und begleitete ihn an die Wohnungstür. Dort blickten sich beide ein letztes Mal in die Augen. Eva ging einen Schritt auf Lennard zu, umarmte ihn und

304

drückte ihn fest an sich. *Schön, diese Wärme, dieser Körper.*

„Alles Gute", flüsterte sie. Lennard spürte ihre Träne auf seiner Wange. Er mochte die Umarmung nicht enden lassen, die länger als die Gegenwart zu überdauern schien. Doch sie endete.

Er ließ die verschlossene Tür hinter sich und ging langsam die Treppe hinunter. Seine Füße waren bleischwer. Es war, als hätte er ein zweites Mal den kleinen Körper umarmt, als ob er erst jetzt endgültig Abschied genommen hatte.

*

Da sich das traurige Ereignis bis zu uns herumgesprochen hatte, ahnte ich, dass es Lennard entsprechend unsäglich schlecht gehen müsste. So wünschte ich ihm dennoch oder gerade deshalb ein gutes Neues Jahr. Denn ich war mir im Klaren, dass dieses Neue für Lennard nicht würde schlimmer kommen können als das vergangene. Nun stand er vor mir. Da Lennard wie zu erwarten wenig Lust verspürt hatte, mit uns Silvester zu feiern, kam er heute an Neujahr zu Elina, um uns alles Gute zu wünschen.

Dabei war der Abend, wozu diesmal Elina und ich eingeladen hatten, dank Favo und Tomas enorm witzig und kurzweilig gewesen, was in dem Versuch gegipfelt hatte, eine Batterie von leeren Flaschen so zu arrangieren, dass sich möglichst viele Raketen in der Luft kreuzten. Das war freilich misslungen. Die einzigen Raketen, die sich gekreuzt hatten, waren am Boden aufeinander gestoßen. Sie waren nämlich zweier Flaschen entstammt, die Favo beim Zündschnurentfachen umgestoßen hatte.

„Magst du ein Glas Sekt?", fragte Elina Lennard.

„Nein, danke."

„Sehr gut!", sagte ich, da weder ich noch mein Mageneingang die geringste Lust verspürten, erneut einen Schaumwein oder etwas Ähnliches runter zu spülen.

Weil bereits der frühe Nachmittag uns guten Morgen sagte, schlug Elina vor: „Lieber einen Kaffee?"

Lennard nickte.

Elina verschwand sich die Hand an die Stirn haltend und etwas von „Schrecklich ..., dieser ganze Sekt ..." murmelnd in der Küche. Nach dem wärmend aufmunternden Getränk beschlossen wir, trotz der eisigen Kälte einen Spaziergang zu machen.

Ich vermisste sein Suchen, seinen Intellekt, sein Auftreten. Wenigstens sah Lennards Äußeres nur wenig verändert aus, obgleich er erheblich abgenommen hatte, was man nur drinnen erkannte, wo Lennard seinen Mantel abgelegt hatte.

Als wir auf der Straße angelangt waren, zündete sich Lennard eine Zigarette an. Er war bei allen Antworten sehr kurz – noch kürzer als üblicherweise – angebunden und schien sich für nichts zu interessieren.

Ab und zu entlockte er sich belanglose Fragen wie: „Und Favo geht's gut?"

Daraufhin sprudelte Elina los und berichtete von allen möglichen Anekdoten, von denen Lennard mehr als die Hälfte von früher gekannt haben musste. Dabei nickte er immer wieder mit abwesendem Blick.

Wir nahmen den Weg vorbei an Ben's, weil wir wussten, dass sich dort Favo und Tomas einen neujährlichen Milchkaffee genehmigen wollten.

Favo fuchtelte uns wild gestikulierend und lachend durch das Fenster zu, als er uns erblickte.

„Komm, wir gehen rein!", freute sich Elina, die sich schon im Warmen auf einem Sofa rumräkeln wähnte.

„Ich warte kurz hier draußen", meinte Lennard. Er kramte umständlich nach Tabak, um sich genau jetzt eine Zigarette zu drehen.

„Na gut, sag doch den beiden Bescheid, dass wir weiter spazieren", schlug ich Elina vor und zog mir den Schal etwas fester um den Hals. Kaum war sie drinnen, nahm Favo seinen Mantel in den Arm, zahlte an der Theke neben dem dickbauchigen Buddha und kam herausgestürmt.

Lennard zündete sich seine Zigarette an, die zu meiner Verwunderung perfekt gedreht war, da ich bei der Kälte am wenigsten meine nackten Finger krumm machen würde.

„Ich grüße dich, Lennard!"

„Tag, Favo", sagte Lennard und nahm einen tiefen Zug.

Jetzt kam auch Tomas hinterher, der fest eingepackt in einen dicken Mantel und einer Pelzmütze dem eisigen Wetter trotzte. Uns wünschte er allen noch einmal und besonders Lennard ein gutes Neues Jahr.

Favo bemühte sich redlich, beste Laune zu versprühen. Da der gestrige Abend aber auch an ihm nicht spurlos vorübergegangen war und sein Funke kaum auf Lennard übersprang, wechselte er das Thema und erkundigte sich nach Lennards Philosophiestudien.

Philosophie? Weisheit lieben? „Zur Zeit lese ich nicht", meinte Lennard.

Favo war verdutzt, blieb jedoch zäh dran: „Was hast du denn zuletzt gelesen?"

In der Tat schien Lennard das erste Mal überhaupt nachzudenken, wenn er gefragt wurde. „... den Fahrplan", entfuhr es Lennard, dem an sich zuallerletzt nach einem Witz zu Mute war. Aber er meinte es so, wie er es sagte, da er stur chronologisch zurückgedacht hatte, welche Buchstaben und Zahlen seine Augen zuletzt hereingelassen hatten.

„Da schaut her", sagte Favo lachend „unser Lennard kann wieder lachen."

Tomas schaltete sich ein: „Lass mal, Favo. Lennard, du musst wieder mal was Vernünftiges essen, von Zigaretten wirst du wirklich nicht satt."

„Die wärmen", entgegnete Lennard. Doch deren Gespräch wurde sogleich unterbrochen.

„Schau dir das an!", rief Favo und er deutete auf ein großes Gemälde. Sie waren am Rathaus angelangt. Es war Lennards Fassadenbild. *Mein altes Bild.*

Tomas und Elina inspizierten das Bild von Nahem, um zu überprüfen, warum in der unteren rechten Ecke Farbe abgebröckelt war.

‚Was für ein Bild!', dachte ich, und Favo dachte wohl ähnlich: „Das war wahrlich ein Meisterstück!"

Lennard blickte endlich auf die von ihm bereicherte Fassade. *Liebe? Sie ist nicht findbar, du armer, reicher*

Gott lässt sie mir nicht. Lennard verzog den Mund, in dem eine neue Zigarette klemmte: „Das war es", antwortete er Favo und kramte in der Tasche nach Streichhölzern.

„Da hinten gibt's Glühwein!", rief Elina, als sie wieder zu uns kam.

„Schmeckt zwar weniger als Tokajer, wärmt aber besser als Rauch", freute sich Tomas zu Lennard gewandt.

Auf dem ganzen Platz gab es nur diese einzige Bude, die geöffnet hatte, was erklärte, warum sich auch nur dort Leute aufhielten, die sich wie eine sich wärmende Hammelherde um die Quelle scharten. Favo gab nicht weiter vor, gute Laune zu haben, er hatte sie tatsächlich.

„Fünfmal Glühwein bitte!", Er hatte sich gleich zwischen die Menschen an die Theke vorgedrängt, um uns möglichst bald einladen zu können. Da vernahm er eine Stimme neben sich.

„Nicht vordrängeln, Favo!"

Erstaunt fuhr er mit dem Kopf herum.

„Grüß dich, Favo", hörte er lachend.

„Beatrix!", rief nun Favo, „Bist du auch im Lande? Schön, dich zu sehen."

Favo schlängelte sich mit Beatrix und fünf heißen Glühweintassen zurück durch den Menschenauflauf. Bei uns angelangt rief er: „Schau mal, wen ich dir mitgebracht habe!"

„Ein gutes Neues Jahr allerseits", strahlte uns Beatrix an „dir auch, Lennard!"

„Alles Gute", sagte Lennard und gab ihr die Hand.

Elina und Beatrix hatten sich sofort unheimlich viel zu erzählen, sodass wir nur staunend zuhörten und unsere Hände an dem gnadenlos heißen Glühwein wärmten.

„Ich glaube, ich muss los", sagte Beatrix bald und verabschiedete sich in Richtung Gedränge.

Kaum war sie weg, entdeckte Elina Pascale. Das war nicht schwer, so wie Pascale gekleidet war mit ihrem purpurroten Wintermantel. Außerdem hatte sie schon eine Weile zu uns herüber gewunken und bedeutete uns, dass sie auf einen Glühwein spekulierte. Als sie endlich einen in der Hand hielt, kam sie zu uns herüber und begrüßte uns alle.

„Das ist ja ein lustiges Stelldichein", meinte Favo.

„Das könnte glatt zur Gewohnheit werden", sagte Tomas.

„Du meinst an Neujahr?"

„Ja. Nicht jeden Tag, mein lieber Favo", und er stupste in Favos dick bekleideten Bauch, bevor die beiden dumpf mit den Tassen anstießen.

„Mein Bruder kommt auch gleich her", sagte Pascale.

Das muss nicht sein. Fehlt nur noch Yo. Ich blickte Lennard an, dem das Treffen hier höchst suspekt schien. An seiner Hand baumelte die leere Glühweintasse. Er flüsterte zu mir: „Fehlt nur noch Yo."

„Sie kommt nicht", sagte ich, obwohl ich wusste, dass er keine Antwort erwartete. Elina hatte uns bereits erzählt, dass Yo für ein halbes Jahr nach Japan gegangen war.

Da tippte Lennard jemand auf die Schulter. Er hatte einen eleganten, schwarzen Mantel, Lederhandschuhe und

310

einen champagnerfarbenen Schal an. Pascales Bruder Marco war da.

„Ich habe dich hier rumstehen sehen. Da dachte ich, da muss ich hin", und Marco packte sein charmantes Lächeln aus. „Wie geht's dir?"

„Gut ...", Lennard konnte gar nicht den Versuch starten, etwas zu erzählen.

„Na erst mal alles Gute und viel Glück im Neuen Jahr."

„Ja, dir auch."

Lennard beschloss, eine neue Zigarette zu drehen und drückte mir seine nutzlos gewordene Tasse in die Hand.

„Euch allen ein gutes Neues!", wünschte Marco und verabschiedete sich sogleich in Richtung Menschenauflauf.

„Noch eine Runde?", fragte Favo in eben diese, und erhielt unerwünscht viele verschiedene Antworten wie ‚Gerne!' von Tomas oder ‚Mal schauen' von mir. Elina sagte: „Ich glaube, ich gehe nach Hause und lege mich hin." Pascale verabschiedet sich direkt mit „Ups, ich habe noch ein Date." Lennard meinte schließlich: „Ich nehme den nächsten Zug zurück."

So trennten wir uns voneinander. Favo und Tomas entschieden, noch eine Runde auszuharren und wünschten insbesondere Lennard alles Gute.

„Und lass dich bald mal wieder hier blicken", meinte Favo zu Lennard, als wir schon losgetrabt waren.

„Sicher", sagte Lennard kaum hörbar, *sicher*.

Als sich unsere Wege trennten, verabschiedeten Elina und ich uns ebenfalls von Lennard, der sich Richtung Bahnhof aufmachte. Wir winkten ihm nach, wandten uns dann aber bald um, um zu Elinas Wohnung mit strammen Schritten zurück zu spazieren. Weil jetzt ein eisiger Wind pfiff, drückte sie sich dicht an mich, und ich legte fest meinen Arm um ihre Schultern, damit wir uns einbilden konnten, etwas mehr Wärme bei uns zu halten.

„Das war ja ein gelungener erster Januar", fing Elina durch ihren Schal hindurch zu erzählen an, „richtig schön, alle mal wieder zu treffen. War zwar nur wenig Zeit, aber es hat dich doch gefreut, dass Lennard vorbei gekommen ist, oder?"

„Ja...", ließ sie mich gerade noch antworten.

„Aber verändert hat er sich sehr."

„Ja, ich vermisse ihn. Ich vermisse ihn als meinen Freund von früher."

Müdigkeit paarte sich nun bei mir mit einem Brummschädel. So war mir eher nach Elinas wärmendem Bett als nach einer Unterhaltung in dieser Neujahrskälte zu Mute.

„Irgendwie sieht er gar nicht glücklich aus", meinte Elina.

„Das stimmt," erwiderte ich.

Doch ich mochte mir nicht weiter den Kopf zerbrechen, da ich das Gefühl hatte, dass dieser unsägliche Glühwein das alleine besorgte.

27. KEINE KLEINEN WEISSEN BLUMEN

Lennard hielt nichts mehr im Hause, er schien gar kein Zuhause mehr zu haben. Zwar verbrachte er jede Nacht in seinem Bett, was immer mehr einem Lager aus Matratze, Decken und Jacken gleichkam, aber im Gegensatz zu seiner Wohnung machte er selbst dennoch keinen derart verwahrlosten Eindruck.

In dieser Wohnung hatte sich seit Felix' Tod praktisch nichts mehr verändert. Die leere Staffelei gähnte in den Raum hinein, Farben und Pinsel trockneten ein, Kleider häuften sich neben dem Schrank, und der Scherbenhaufen mit den Fetzen der letzten Zeichnung fand sich noch immer an derselben Stelle. Links und rechts dieses Haufens hatte Lennard allerdings zwei große, weiße Kerzen aufgestellt. Wenn er nachts nicht schlief, zündete er sie an und gedachte seiner verschollenen Welt, wobei seine rastlosen Augen über die zerbrochenen Überbleibsel wanderten.

Jeden Morgen rasierte er sich sorgfältig, während ihm eine Tasse starken schwarzen Kaffees auf dem Waschbeckenrand Gesellschaft leistete. Dieses schwarze Gebräu war zusammen mit einigen Zigaretten, die er sich selbst morgens auf Vorrat für den ganzen Tag drehte, bereits das

313

Frühstück. Wenn er überhaupt etwas aß, schnitt er sich von einem Brotlaib eine dicke Scheibe ab und nahm diese mit auf seine Spaziergänge durch die frische Luft. Aus diesem Grund war die kleine Küche immer leer. Außer der röchelnden Kaffeemaschine, einer Tasse und dem langen Brotmesser fand nichts mehr Verwendung.

Ab und zu klopfte es zaghaft an seine Wohnungstür. Entweder vernahm er dieses Anklopfen gar nicht – oder, was häufiger der Fall war, er war sich sicher, dass er niemanden empfangen wollte und öffnete deshalb nicht die Türe. Ein paar Mal fand sich aber vor der Tür ein Stück Kuchen oder Obst. Diese Gesten waren von Frau Lipjinewski gekommen, weil ihr selbstverständlich nicht entgangen war, wie es um Lennard bestellt war. Leider fanden weder Kuchen noch Obst großen Anklang. Vielmehr verstaute Lennard alles in seine Manteltaschen, nahm es mit auf seine Streifzüge und verfütterte es an die Vögel.

Lennard war sehr mager geworden, seine Wangenknochen traten kantig hervor, und auch seine Hände waren knochig geworden. Mit der Zeit fingen seine Finger zu zittern an, was aber nicht an der Kälte, sondern vielmehr an seinem Kaffeekonsum und dem ständig gestiegenen Zigarettenverbrauch lag. Seine Ausflüge wurden ausgedehnter, weshalb er immer häufiger erst spät in der Nacht zurückkehrte. Blicke anderer Menschen, die er zweifellos auf sich zog, erwiderte er nie, zumal er diese bald überhaupt nicht mehr wahrzunehmen schien.

Da er sich bei der anhaltend kalten Witterung mit einem heißen Kaffee und dem warmen Zigarettenrauch versuchte aufzuwärmen, gelang es ihm immer weniger, eine

314

Nacht unter seinen Decken und Jacken durchzuschlafen. Vom Koffein wach gehalten begann er, getrieben von Gedankenfetzen und Erinnerungen, mit seinen alten, zerschlagenen Gefährten und sich selbst zu reden. Die Dispute, die er so ausfocht, endeten nicht selten in einer wirren Faselei, die ihn, vom Schlaf übermannt, schließlich einschlummern ließen. Dieser Frieden währte nicht lange, da er nachts meist von Träumen geplagt aufschreckte, bei denen die Klarheit schwand, ob sie Wirklichkeit waren oder im Begriff waren, seine neue Welt zu werden.

Sein Zustand wurde immer sonderbarer, als er nun auch tagsüber laut über seine Träume nachdachte, die er mit dem Jetzt verschwimmen ließ. Bei den ausgedehnten Streifzügen begann er, Streitgespräche mit seinen für ihn existenten Widerparten zu führen. *Nein, du hast nicht Recht und keine Rechte! Sein ist nicht. Und du verschwinde! Liebe! Ha! Was wollt ihr Lügner hier? Haut bloß ab!*

Dann wieder kramte er in seinem angesammelten Wissen, das vom Leben gezeichnet war, und stammelte unverständliche Dinge vor sich hin. *Logos? Kreise, Parabeln, Körper, alles Tand. Alle Körper, du Mensch, sind nichts! Du Ja gibt es nicht.*

Manchmal ließ er sich durch den Flug einer Amsel, der er reflexartig Brot- oder Kuchenkrümel zuwarf, ablenken. Oder das sich im Wasser spiegelnde Sonnenlicht blitzte ihm in die Augen, was ihn unwillkürlich zum Verweilen zwang, bis er alsbald weiterzog und disputierte. *Geist soll nicht sein. Nimm ihn mir, du Schuldiger! Das Mensch ist so oder so leer.*

315

So zog er seine Kreise durch die Nachbarschaft bis in den winterlichen, blattlosen Wald hinaus oder über die vom Frost befallenen kalten Felder. Überhaupt schien ihm die eisige Kälte nichts anzuhaben, da er immer häufiger ohne seinen Mantel, lediglich mit einem über den Hosenbund seiner schwarzen Leinenhose hängenden weißen Hemd bekleidet, umherschweifte. Alles hing schlaff an seinem dürren Körper herunter. In seinen früher passenden, jetzt aber klobig wirkenden alten Schuhen trug er keine Socken, weshalb seine nackten, kreidefarbenen Knöchel bei jedem Schritt hervorblitzten.

*

Auch an diesem klaren Februartag irrte Lennard umher. In der frühen Abenddämmerung führten ihn seine Schritte, durch die Gedanken an Felix gelenkt, zum Friedhof. Entlang der Friedhofsmauer suchten seine Blicke weiße Blumen, die er aber um diese Zeit dem Gang der Natur wegen nirgends zu finden vermochte. Er huschte durch das gusseiserne Tor.

Er war auf dem Friedhof. Es herrschte absolute Stille. Selbst Lennards Mund, der sonst ruhelos stammelte, blieb stumm. Lautlos versuchte er auf den Pfaden zwischen den Gräbern durchzulaufen, um diese Stille aufzusaugen.

Endlich war er bei seiner gestorbenen Liebe angekommen. Das Grab war ordentlich hergerichtet worden, und jemand musste vor kurzer Zeit Rosen dort abgelegt haben. Lennard beugte sich über die Grabplatte, die dort ruhte.

316

Wer wirft hier drauf? Lennard zupfte mit seinen zitternden Händen einzelne Tannennadeln von dem Grabstein, bis dieser unbedeckt und rein vor ihm lag. Als ob er diesen zuvor nie gesehen hätte, las er die Aufschrift laut vor. Dann richtete er sich auf und starrte durch die steinerne Platte hindurch, um seinen Felix zu sehen. Seine Stimme hob an: „Mein lieber, liebster Felix. Ich leide, weil ich dir nicht eine weiße Blume, deine Blume bringen konnte. Bitte verzeih mir."

Lennard warf den Kopf in den Nacken und blinzelte durch die Äste in den dunkel gewordenen Himmel. Er verharrte so eine Weile und beobachtete den Lauf einer noch hell angestrahlten Wolke, die sich langsam seinen Blicken entzog. Dann wandte er sich wieder der Grabstätte zu: „Nein, ich versage nicht. Schau, für dich will ich noch mal Meister sein. Das soll deine Blume sein."

Lennard riss sich erst den obersten Knopf, dann nach und nach alle anderen seines Hemdes ab. Dabei verstrich Zeit, die Lennard nicht mehr kannte. Mit der Hand voller weißer Knöpfe kniete er sich schließlich nieder und legte aus diesen eine weiße Blüte auf den Grabstein. „Die habe ich doch so gerne", flüsterte Lennard.

In der Zwischenzeit war es stockfinster geworden, lediglich ein paar Totenkerzen flackerten über den Gräbern. Lennard erhob sich zaghaft. Nun aufrecht in der Kälte stehend schien ihn seine innere Unruhe so zu packen, dass er gestikulierend und wirre Dinge stammelnd den Weg nach draußen zu suchen begann.

Vor dem Friedhofseingang herrschte allerdings eine eigene Welt, die ihn nie erwartete. Von dort beobachteten ihn aber vier ungeduldige Augen, die ihn bereits beim Umherirren verfolgt hatten.

„Das ist doch nichts. Der Spinner da bringt null", sagte eine der beiden Gestalten.

„Mann, hier ist das doch die Chance. Hier ist keiner. Vor lauter Schiss rückt der alles von alleine raus. Lass mich mal machen, du musst einfach nur rumstehen", meinte der zweite dieser in schwarzen Jacken gekleideten Jünglinge und baute sich am Eingang auf.

„Hey du! Liefer' hier mal schön was ab und mach keinen Stress, oder wir haben noch eine Menge Spaß mit dir!"

Lennard musste nicht tun, als ob er ihn nicht hörte. Er bekam ihn, wie vieles andere, gar nicht mit, verharrte in seinem Gemurmel und stolperte aus dem Friedhof heraus an den Halbstarken vorbei.

Von seinem Unterfangen wollte der Wortführer allerdings nicht abrücken, zumal er sowieso nichts für wortgewaltige Gespräche übrig hatte und stattdessen zur Tat zu schreiten gewohnt war. Er streckte den Arm aus und packte Lennard mit der Hand an der Schulter.

Das war sein Fehler. Lennard stieß einen markerschütternden Schrei aus, der den beiden augenblicklich in die Knochen fuhr.

„DU WURM! IHR SEID NICHT LEBENSWÜRDIGER DRECK!", brüllte er sie an, seine Stimme überschlug sich: „IHR WOLLT ETWAS? WARUM LEBT *IHR*? HABT IHR ZU WOLLEN, IHR NICHT DENKENDE, NICHT DENKEN KÖNNENDE, IHR DAHIN VEGETIERENDE WESEN?"

318

Seine mit für ihn ehemals so fremdem Hass erfüllte Augen blitzten die beiden an.

„Lass uns abziehen", musste der erste den zweiten nicht erst überzeugen.

Lennard gewann an Energie, sprang mit wehendem weißen Hemd, das seine ebenso weißen Rippen entblößte, über eine Tonne auf die Friedhofsmauer und ergriff behände einen umherliegenden Ast, während er unverständliche Dinge vor sich hinmurmelte: *„... wenn der Richter kommt ... sitzt der Richter dann zu richten ... nichts kann vor der Strafe flüchten ... "*

Er erhob sich mit dem Stock drohend über jene, die so unwirsch in seine Welt drangen.

„ICH RICHTE ÜBER EUCH!", rief er mit heiser werdender Stimme. Er rang nach Luft. Die beiden schwarzen Gestalten schreckten abermals auf, blickten sich in die Augen, um mit einem bestätigenden Nicken gleich darauf fortzulaufen.

„Was werd' ich Armer sagen ... lass Gnade walten. ICH, ICH BIN GNÄDIG!", und dabei betonte Lennard mit bebender Stimme sein ‚Ich'. Weiter stammelnd *„... Den Verdammten zur Belohnung ... nicht hinabstürzen in die Finsternis ..."* versuchte er, auf der Mauer den Fliehenden hinterher zu eilen. Ihm gelang es dabei, trotz der Finsternis mit noch nicht verlorenem Geschick den tiefhängenden Ästen auszuweichen und dabei sogar an Schnelligkeit zu gewinnen.

„... Für jene Seelen ... hinübergehen zum Leben ... IHR SOLLT LEBEN!"

Er verweilte kurz und rief: „HÖRT IHR MICH? LEBT!"

Keuchend tappte er weiter. Die Erschöpfung holte ihn ein.

Er flüsterte in die Dunkelheit stierend: *„Himmel und Erde sind erfüllt ... Licht leuchte Ihnen ... Himmel und Erde wanken ... "*

Seinen nun nutzlos gewordenen Ast warf er in hohem Bogen auf die menschenleere Straße. Mit erhobenen Händen blickte er in den sternenklaren Himmel und bäumte sich auf: „IHR DÜRFT, IHR SOLLT LEBEN, IHR WÜRMER!"

Ein zerrissenes Lachen war zu hören.

Doch dieses Lachen erstarb jäh. Lennard hatte den Halt verloren und war kopfüber von der Friedhofsmauer gestürzt.

28. LENNARDS VATER

Der Aufprall war nicht aus sehr großer Höhe erfolgt und wurde obendrein von einem Busch abgefangen. Dennoch lag Lennards Körper sofort reglos am Boden.

Die Nacht war schwarz und dunkel. So mochte gut eine Stunde vergangen sein, bis ihn Passanten dort auffanden und sofort Hilfe holten. Der kurze Zeit später eintreffende Notarzt stellte zunächst eine schwere Kopfverletzung fest und transportierte Lennard auf schnellstem Wege in das Klinikum.

Frau Schönethal verständigte mich schon früh am darauf folgenden Tag. Mir war sofort klar, dass etwas Außergewöhnliches geschehen sein musste, weil Lennards Mutter mich in ihrem und meinem Leben noch nie angerufen hatte. Sie teilte mir am Telefon mit, in welchem Zustand Lennard gefunden worden war und dass er im Klinikum in einem instabilen Koma läge. Da sie erst später nachkommen könne, schlug sie vor, dass ich mich am besten mit Lennards Vater verabreden solle. Dieser sei bereits losgefahren und werde mittags in Lennards Wohnung anzutreffen sein. Dabei sprach sie mit so ruhiger und fester Stimme wie sie nur konnte. Für mich war klar, dass sie unter Schock stehen musste. Mir selbst ging es nicht sehr viel anders, aber ich beschloss alles stehen und liegen zu lassen, um sofort zu Lennard zu fahren.

So packte ich einen kleinen Rucksack mit Sachen, die ich im Wesentlichen überhaupt nicht brauchen würde und machte mich auf, um Herrn Schönethal zu treffen.

*

‚Lennard Schönethal', Lennards Namensschild an seiner Wohnungstür zog mich kurz in seinen Bann, bevor ich die Klingel betätigte. Oft werde ich hier nicht mehr klingeln, drang es in meinen Kopf. Sogleich öffnete mir der unwiderruflich deutlich gealterte Vater und blickte mich mit müde gewordenen Augen an. Zunächst versuchten wir, uns umständlich zu begrüßen, bis wir uns schließlich wortlos für einen Moment umarmten.

In der Küche setzten wir uns an den kahlen Küchentisch. Herr Schönethal schenkte mir einen Kaffee ein und reichte mir ein Stück trockenen Kuchen, den er noch von der Fahrt hierher mitgebracht hatte. Zunächst tranken wir das bittere Gebräu, weil weder Milch noch Zucker aufzufinden war, und blickten uns schweigend an.

„Heute in der Klinik habe ich Lennard gesehen", meinte der Vater nach dieser Einstimmungsphase. „Allerdings nur durch eine Glasscheibe auf der Intensivstation. Es sieht schlecht aus, sehr schlecht", und er machte eine Pause. „Am späten Nachmittag können wir ihn aber noch besuchen."

322

Ich nickte stumm. Nach ein paar wortlosen Minuten sagte er: „Ich denke, ich gehe ein wenig spazieren."

Offenbar erwartete er eine Antwort, weshalb ich meinte: „Wenn es ihnen nichts ausmacht, würde ich gerne hier bleiben. Ich habe nicht die Absicht hier etwa aufzuräumen. Vielmehr ruhe ich mich etwas aus."

Diesmal nickte Lennards Vater scheinbar teilnahmslos, zog sich seinen warmen Wintermantel an und ging von dannen.

Nachdem ich den restlichen, viel zu bitteren Kaffee weggeschüttet hatte, ließ ich mich auf Lennards Matratze nieder. Weil mir aber viel zu viele Dinge durch den Kopf gingen, drehte ich mich auf die Seite und ließ meine Blicke gedankenverloren durch Lennards Zimmer umherschweifen. Plötzlich blieben mein Blick an einem runden Etwas haften.

Da ich meinen Augen nicht traute, stand ich auf und holte unter der Kommode dieses Ding hervor. Es war der Kopf der Franziskusstatue. Dieser war nahezu unversehrt, was man vom Rest der Statue nicht behaupten konnte, der zusammen mit vielen Splittern und Fetzen auf einem Haufen lag.

Ich überlegte, ob ich Lennards Heiligtum antasten dürfte und beschloss, dass die Antwort ‚ja' sein müsse. Wenn nicht ich, wer dann?

Die großen Stücke der Franziskusstatue hatte ich schnell aus dem Haufen herausgefischt. Nach einigem Suchen hatte ich eine Menge kleinerer Porzellanteile zusammen, die zweifellos zu dem Heiligenabbild gehörten. In den Schubladen kramte ich nach Klebstoff und wurde zwischen vielen Pinseln, Farben und Papier bald fündig.

Ein plötzlicher Eifer überfiel mich, und so machte ich mich mit den Bruchstücken und dem Kleber ans Werk.

Schneller als zunächst gedacht hatte ich die Franziskusstatue zusammengepuzzelt. Ich vergewisserte mich, dass die Statue nahezu vollständig sein musste. Einige kleine Splitter ließen sich beim besten Willen nicht mehr finden, an der rechten Hand fehlten drei Finger, und die Kittstellen waren als helle Risse auszumachen. Dennoch bewunderte ich stolz dieses wiedergenesene, schöne Kunstwerk. Ich stellte es vor den Triptychonspiegel. Mir fiel auf, dass er aufgrund eines Sprunges im mittleren Teil nahezu viergeteilt war. So erklärte sich auch das geteilte Spiegelbild des Franziskus.

*

Im Krankenhaus wurde mir erklärt, dass Blumen oder ähnliches auf der Intensivstation nicht erlaubt seien. Blumen oder ähnliches führte ich aber auch nicht mit mir. Als ich dort angelangt war, wurde ich mit einem grünen Kittel ausgestattet, sodass wenigstens erlaubt werden konnte, an das Bett von Lennard zu treten. Da mein mit Statue gefüllter Rucksack nichts Pflanzenähnliches war, nahm ich beides mit.

In diesem sterilen Raum hörte man lediglich das Piepsen des EKGs, und wenn man sehr genau hinhörte, war auch das langsame Atmen von Lennards Körper zu hören.

324

Ich holte Franziskus hervor und stellte ihn mit Blick auf Lennard auf einen Tisch. Hier bei dem stark gedämpften Licht schienen die Risse in Franziskus verschwunden zu sein. Nur die drei fehlenden Finger erinnerten an bessere Tage.

Endlich erblickte auch ich meinen Freund. Obwohl man mir bedeutete, dass er nichts vernehmen würde, sprach ich ihn an. „Mein lieber Lennard. Werde wieder stark", wobei mir unmittelbar klar wurde, dass ich keine besonders originellen Worte fand. Aber ich musste doch trotz meiner verbalen Ohnmacht ein letztes Mal an ihn appellieren.

Ich nahm seine weiße Hand in die meine und musterte meinen alten Freund. Vom Sturz selbst waren keine besonders auffallenden Auswirkungen erkennbar. Aber Lennard war schrecklich abgemagert, und seine Haut war aschfahl. Ich blickte in seine Augen. Sie waren halb offen und die Pupillen eng zusammengezogen. Bei diesem Anblick trat in mein Bewusstsein, dass sich seine Seele bereits von dieser Welt verabschiedet hatte.

War das wahr? Musste ich ohne meinen besten Freund weiterleben?

Ich wusste es nicht. Nein, ich sah Lennards Ende zwar mit meinen eigenen Augen, aber ich nahm es nicht wahr. Mein Gedächtnis, meine Erinnerung, mein Jetzt, schlicht – für mich war es keine Wahrheit. Die Erfahrung, ohne den besten Freund zu leben, fehlte. Und ich sehnte mich überhaupt nicht nach dieser Erfahrung, sondern klammerte mich unwillkürlich an mein altes, gelebtes Leben.

*

Im Flur traf ich auf den behandelnden Arzt, der mir mit kleinen, sich nach Schlaf sehnenden Augen bereitwillig Auskunft gab.

„Die eigentlichen Verletzungen kann man überleben, in den meisten Fällen sogar ohne bleibende Folgen."

Diese einleitenden Sätze ließen mich nicht aufatmen, und der freundliche Mann in weißem Kittel fuhr fort: „Die Umstände sind aber alles andere als vielversprechend. Der Patient wurde spät nach seinem Unfall gefunden und war stark unterkühlt."

„Meinen Sie denn, dass er es schaffen kann?", wollte ich wissen.

Daraufhin blickte mich der Arzt fast verzweifelt an: „Körperlich ist es um ihn nicht gut bestellt. Er ist regelrecht abgemagert, hat kaum Abwehrkräfte, um nicht zu sagen, dass sein Immunsystem darniederliegt, und wie groß die tatsächliche Schädigung des Gehirns ist, lässt sich noch nicht ermessen."

Schweigend blickten wir uns an, was mir mehr sagte, als ich aus mühsam zusammengeklaubten Fragen hätte erfahren können. Wortlos bedankte ich mich und wandte mich ab. Wie dicht man am Leben ist, wenn man mit dem Tod zu tun hat.

Nachdem ich ein paar Schritte den Flur hinab gegangen war, erblickte ich Lennards Vater, der mit verschränkten Armen in einem der Wartesaalstühle aus den Siebzigern saß. In diesem Bereich, worin sich tagsüber Kassen-

326

patienten aufhielten, um auf einen Besprechungstermin für ihre anstehenden Operationen zu warten, wirkte dieser Mann geradezu skurril, zumal neben ihm der überquellende Zeitschriftenständer allerlei profane, prallbusige oder motorisierte oder sonstige nichtige Titelseiten präsentierte.

Er blickte geradewegs an die Wand. Er durchbohrte sie.

Ich beschloss, mich neben ihn zu setzen.

„Lass uns gehen", vernahm ich neben mir.

Wir gingen. Wir gingen den Flur entlang, die Treppen hinab, wir kamen am Nachtpförtner vorbei und gingen die Straße entlang. Es wehte ein angenehm milder Wind, der Himmel war sternenklar.

„Ich habe Jahre nicht geweint", sagte Lennards Vater. Er blieb stehen und sah mit feuchten Augen in die Sterne.

Mir fehlten die Worte, was unmittelbar mit meinem schwirrenden Kopf in Zusammenhang stand, der zu ordnen versuchte.

„Ich vermisse ihn sehr", sagte ich.

Gleichzeitig dachte ich daran, dass Lennard mir nicht fehlen konnte, weil ich seine Abwesenheit noch gar nicht realisiert hatte.

Beide wurden wir uns bewusst, dass wir keine Unterhaltung führen konnten. Dennoch waren wir froh, jetzt nicht alleine zu sein.

Nach vielen wortlosen Schritten, die entweder von Herrn Schönethal oder von mir durch gemeinsame Erinnerungsfetzen unterbrochen wurden, kamen wir an Lennards Wohnung an. Während Lennards Vater die Matratze in Beschlag nahm, machte ich es mir auf einem Teppich mit ein

327

paar Decken bequem und schlief nach einigen ungeordneten Gedanken, die sich in wirre Träume auflösten, ein.

Am Morgen saßen wir beide am Küchentisch. Ich hatte von Frau Lipjinewski Milch geborgt, um den Kaffee trinkbar zu machen.

„Man weiß gar nicht, wie lange so ein Koma anhält", meinte ich.

„Ich habe längere Zeit mit dem Arzt geredet", sagte Lennards Vater, „er macht sich wenig Hoffnungen. Vielleicht könnte Lennard schon morgen oder in einer Woche oder erst in einem Monat aufwachen."

Er nahm einen kräftigen Schluck dampfenden Kaffees und fügte hinzu: „Wenn er es überlebt."

Doch schon bald sollte sich herausstellen, dass jede seiner Zeitangaben zu niedrig gegriffen war.

*

Ich besuchte Lennard noch dreimal, ohne dass irgend eine Änderung seines Zustandes eingetreten war.

Mitte April rief mich Lennards Vater an, um mich zu fragen, ob ich nicht mit ihm zusammen in die Klinik fahren wolle. Da seine Gattin nicht mitkommen konnte, sei es ihm sehr recht, wenn ich ihm Gesellschaft leisten würde.

Wir waren schon früh in der Klinik angekommen. Auf der Station empfing uns sogleich eine Schwester. „Kommen sie bitte mit. Es gibt Neuigkeiten – seit letzter Nacht."

Wir blickten uns verwirrt an.

„Gehen Sie bitte alleine, ich komme nach, wenn es ihm entsprechend gehen sollte", sagte ich zu Herrn Schö-

328

nethal. Obwohl ich Lennard seit Kindesbeinen an kannte und viele seiner Höhen und Tiefen nicht durchlebt aber doch miterlebt hatte, entschied ich, dass das nun die Stunde des Vaters sein musste. Schließlich würde ich früh genug erfahren, was es mit den Neuigkeiten auf sich haben sollte.

Lennards Vater nickte. Er zog den grünen Kittel an, den man ihm gereicht hatte, um weiter in das Herz der Inneren Medizin vorzustoßen.

„Mitten in der Nacht gegen halbzwei ist Lennard aufgewacht."

„Er ist wach?", fragte sein Vater vollkommen ungläubig. Eine wärmende Freude umgab sein Herz, das nun so laut zu pochen begann, dass er dachte, jeder in der Station müsse es hören.

„Er schläft wieder, aber er ist aus dem Koma erwacht."

„Das ist schön. Sehr schön ..."

„Wir sind gleich da."

Er ging zusammen mit der Oberschwester weiter. Lennard lag in einem separaten Raum. Da sie bis zu seiner Zimmertür nicht mehr gesprochen hatten, blieb auch der Vater still und machte mit dem Zeigefinger eine Geste, um eintreten zu dürfen, was ihm durch ein Nicken gestattet wurde.

In der Tat musste sich Lennards Kopf bewegt haben, der nun leicht zur Seite geneigt war. Seine Augen waren verschlossen und wurden durch Franziskus' Blick bewacht.

Lennards Vater zog sich einen Hocker heran und setzte sich nahe ans Bett zu seinem ruhenden Sohn. Als letztes kam ihm in den Sinn, ihn jetzt aufzuwecken. So sah er ihn nur an.

Er war blass, aber er atmete. Kantiger denn je traten Lennards Wangenknochen hervor, und weiß und dünn lagen seine Hände auf dem Laken. Ein Handrücken war mit einer Kanüle durchstoßen, eine zweite steckte in seinem Unterarm, der mit Nährlösung vollgepumpt wurde. Der Blick des Vaters schweifte über die blinkenden Apparate, von denen einer immer wieder, ohne müde zu werden, fiepte. ‚Letztes Mal war das lauter‘ sann er nach. Offenbar hat jemand die Lautstärke herunter gedreht, um Lennard nicht unnötig vom Schlaf abzuhalten. Ein kleiner Bildschirm zeigte das EKG, dessen Maxima mit dem Fiepen einhergingen. Er versuchte nun mitzuzählen, um auf Lennards Puls zurückzuschließen.

Während er so zählte, fiepte es plötzlich eine Nuance schneller. Aus der Zählerei herausgebracht blickte er sofort zu Lennard, der ihm nun unvermittelt in die Augen sah.

Vater. Lennard bewegte langsam die Lippen, doch es kam kein Laut heraus.

„Lennard“, sagte sein Vater mit zitternder Stimme, „ganz ruhig. Es wird alles gut.“

Er erinnerte sich daran, dass dies genau dieselben Worte waren, die er am Sterbebett seiner Mutter gesprochen hatte. So beschloss er, sofort irgendetwas zu erzählen, um diesen unerwünschten Gedanken zu vertreiben.

Er begann von den Bäumen zu erzählen, die vor Lennards ehemaligem Zimmer nun in frischem Grün sprossen und von den blühenden Blumen. Das führte ihn dazu, von der einstigen Zelttour zu berichten, die sie zu zweit durch

330

die Berge gemacht hatten, als Lennard zu seinem zwölften Geburtstag von der Großmutter Wanderschuhe bekommen hatte.

Vater!

Eine Erinnerung nach der anderen sprudelte aus ihm heraus, manche trieben ihm ein Schmunzeln ins Gesicht. Doch kaum war eine Anekdote vorbei, ereilte ihn der Ernst der Lage, bis ihm wieder etwas anderes einfiel. Als er gerade neu ansetzen wollte, hörte er eine kaum wahrnehmbare Stimme. Sie klang wie aus unendlich weiter Ferne.

„Vater", hauchte Lennard, „nicht traurig sein."

Es schien, als habe er für diese Worte seine gesamte Kraft zusammengenommen.

Herrn Schönethal schossen Tränen in die Augen, und er strich seinem Sohn über die Stirn.

Immer noch leise doch mit erheblich höherer Frequenz war das Fiepen zu hören. Fast zeitgleich ging die Tür auf, und die Oberschwester kam zusammen mit einem Arzt raschen Schrittes ins Zimmer. Sehr geschäftig drehte der Arzt mit einer Hand an irgendwelchen Knöpfen, während er gleichzeitig mit der anderen Lennards Hand hielt und mit den Augen über Zahlenwerte huschte, um sich ein Bild der Situation zu verschaffen.

Der Puls verlangsamte sich wieder.

Er verlangsamte sich immer weiter. Lennards Vater sah, wie sein Sohn die Augen schloss. Er nahm seine Hand in die seine.

Einmal, einmal noch war der Puls zu fühlen.

Aus seinen nassen Augenwinkeln heraus beobachtete er, wie auf dem kleinen Bildschirm der letzte Puls unerbittlich langsam nach links wanderte, um danach einer geraden Linie Platz zu machen.

29. DER REST DER SONNE

Flinke Vögel zogen ihre Bahnen. Es waren die ersten Schwalben in diesem Jahr. Auch war es der erste angenehm warme Tag in diesem Frühling.

Gerade als ich nach Hause zurückgekehrt war, klingelte das Telefon. „Ja?"

Es war Lennards Vater. Ich freute mich, seine Stimme zu hören. Und ich freute mich noch mehr, als ich seine Bitte vernahm.

„Ich, nun ... wir fänden es wunderbar, wenn du zu Lennards Trauerfeier etwas auf dem Klavier spielen könntest."

„Ja selbstverständlich, dass mache ich gerne."

„Vielen Dank. Wir können uns dazu ja noch einmal treffen. Meine Frau möchte dich auch noch sprechen ..."

Fast ohne Unterbrechung war nun Frau Schönethal am Apparat. Sie erzählte mir von allem Möglichen, was sie zu erledigen hätte, welche Lieder sie herausgesucht hätte und bedankte sich für meine Unterstützung.

Ich beschloss, zwei Stücke zu spielen, zu Beginn und am Ende der Trauerfeier. Außerdem wollte ich Elina davon überzeugen, mindestens eine schöne Arie vorzutragen, wozu ich wenig Energie benötigen sollte, obwohl sie noch am gleichen Abend ein Konzert zu bestreiten hatte. So setzte ich mich ans Klavier und blätterte in endlos vielen Noten herum, spielte vieles an, überlegte und spielte ein Stück nach dem anderen. In den Fingern etwas müde geworden spielte ich entsprechend langsam die Appassionata.

Ich erinnerte mich daran, wie ich Beethovens Stück auf Lennards Wunsch hin auf seinem Flügel gespielt hatte, als er mal wieder eines seiner größeren Gemälde malte. Ich fühlte mich einsam, sehr einsam, lediglich zwei Tränen leisteten mir Gesellschaft.

Er hätte überleben können. Da war aber keine Physis, und da war kein Wille. Lennard war nicht mehr hier, aber noch die Musik und sein Bild.

*

Ich war zusammen mit Elina etwa eine Stunde früher in die Friedhofskapelle gekommen. Ich klimperte etwas Pietätloses auf dem Klavier, um zu meiner Überraschung festzustellen, dass es gar nicht vollkommen verstimmt war. Noch stand es im Vorraum. Da kam auch schon ein Bediensteter, der meinte das Instrument nun in die Kapelle reinschieben zu müssen.

Vorne in der Mitte des ovalen Raumes war der Sarg aufgebahrt. Bei dessen Anblick schnürte es mir den Hals zu. Angesichts des reichhaltigen Blumenschmucks, den sicherlich Frau Schönethal organisiert hatte, fiel mir auf, dass ich keinerlei Blumen oder irgendein Gesteck oder etwas Ähnliches bieten konnte.

„Dafür bieten wir doch etwas Unsterbliches – die Musik!", sagte Elina in ihrer lieben Weisheit.

Ich gab ihr einen Kuss. „Das hast du schön gesagt."

Wir beschlossen, nicht weiter zu proben, da wir schon Lennards geschäftig gestikulierende Mutter hereinkommen sahen. Nach kurzer Begrüßung bedankte sie sich nochmals bei uns im voraus: „Und auch danke für die Adressen. Ich hoffe, dass die meisten kommen."

Weil die Trauerfeier nun bald beginnen sollte, setzte ich mich hinter das Klavier. Elina nahm neben mir auf einem Stuhl Platz. Sie nahm die ungewöhnliche Perspektive genau so erstaunt wahr wie ich. So sahen wir, wie sich die kleine Kapelle immer mehr füllte. Tomas und Favo waren, abgesehen von Lennards weiterer Familie, recht früh dran. Schließlich hatte Favo es sich nicht nehmen lassen, Lennard ein paar Abschiedsworte mitzugeben, in die er selbst oder gerade jetzt einen Funken Humor einzubauen vermocht hatte. Beatrix war zur Zeit in der Stadt und war selbstverständlich auch gekommen. Sie setzte sich in eine Bank und zitterte am ganzen Körper. Ein Taschentuch, das ihr ein gut gekleideter Mann reichte, nahm sie dankend an. Es war Marco. Er unterhielt sich mit seiner Schwester. Im Unterschied zu sonst lächelte er diesmal nicht.

Ich war versucht zu beobachten, wer wo saß und was hier geschah. Dies tat ich auch. Doch versuchte ich, so beiläufig wie möglich meine Blicke durch den Raum schweifen zu lassen. Das Ehepaar Frode, Felix' Eltern, kamen herein und nahmen in der letzten Bank Platz. Eva hatte ihre blonden Haare hochgesteckt und hielt die Hand ihres Gatten fest in der ihren.

335

Nun bekam ich vom Pfarrer ein Zeichen und begann, Klavier zu spielen. Die Klänge hallten wider. Nur *meine* Klänge durchbrachen die Totenstille.

Da öffnete sich so leise wie irgend möglich einen spaltweit die Tür, und ein schmaler, ganz in schwarz gehüllter Körper zwängte sich hindurch. Schwarzglänzende Haare und eine Sonnenbrille vollendeten diese Person. Es war Yo. Wie hatte sie davon erfahren? Hatte sie die Anzeige in der Zeitung gelesen, die Frau Schönethal zweifellos pünktlich aufgegeben hatte?

Elina und ich blickten uns mit einem bestätigendem Nicken an. Es waren tatsächlich alle gekommen.

Wir vernahmen von unseren exponierten Plätzen erst die Ansprache des Pfarrers und danach Favos Worte. Im Anschluss daran setzte Elina an. Ihre glockenklare Stimme hallte durch die Stille. Elina sang wunderschön, was mich verpflichtete, so verhalten wie möglich mein Tastenbeiwerk untermalend einzusetzen. Ich dachte: Professionell, meine Elina. Ihre Liebe lächelt mir zu. Das ist meine Liebe.

*

Herr Schönethal öffnete mir die Tür. Ich hatte mich gerne bereit erklärt, Lennards Werke durchzusehen, um soweit möglich etwas chronologische Ordnung in diese zu bringen. Wir gingen zu zweit hinunter. Den ganzen Krempel aus Lennards voriger Wohnung hatten seine Eltern zusammengepackt und in Lennards früheres Zimmer gebracht.

Lennards Vater deutete auf einige Kisten: „Die Bücher habe ich durchgesehen. Ich denke, es sind keine entliehenen mehr dabei, aber du kannst natürlich gerne noch einen Blick darauf werfen."

Er zeigte mir, wo überall bemalte Leinwände standen und hingen und wo Zeichnungen und andere Bilder lagen. „Ich bringe dir einen Kaffee. Viel Erfolg schon mal."

Es herrschte Stille. Früher war es zwar auch nie sonderlich laut gewesen, wenn ich Lennard beim Malen zugesehen hatte. Doch jetzt vernahm ich nicht einmal das Streichen der Pinselhaare auf der Leinwand.

Ich sah mir zunächst die Ölbilder und alle anderen Leinwände an, von denen mir die meisten geläufig waren. Da Lennard meistens unten an den Rahmen ein Datum geschrieben hatte, fiel das Ordnen leicht. Bei den Zeichnungen musste ich mich sehr auf mein Gedächtnis verlassen, weil auf diesen fast nie ein Datum zu finden war. Einfach war es wiederum bei den Studien zu dem Wettbewerb oder zu Bildern der Vernissage.

Schließlich fand ich ein aufgerolltes Stück Papier. Es war verändert. In großen, aber kaum lesbaren, eckigen Lettern war mit weißer Farbe darauf geschrieben: ‚Suche der Liebe'. Lennard muss es erheblich später hinzu gefügt haben, da ich das Bild ohne Schriftzug in Erinnerung hatte. Das einsam im Boot kämpfende Kind. Alles blau. Es war in Acryl gemalt nahezu das gleiche Bild, das Lennard einst extra für seine Vernissage angefertigt hatte. Alles blau bis schwarz. Das war der Unterschied, jetzt war sie weg – kein weiß, keine Sonne. Der Rest der Sonne war übermalt.

Mit dem versprochenen Kaffee kam Lennards Vater wieder herein. Zusammen ließen wir uns Zeit, viele der Werke gemeinsam durchzugehen. Er bedankte sich sehr für meine Hilfe und bot mir an, doch einige mitzunehmen, bevor wir uns voneinander verabschieden sollten.

Ich nahm nichts von alledem mit außer einem kleinen Bild. Es war ein Bild gemalt mit schwarzer Tusche, unruhig aber nicht wild. Etwas war rot. Weit über die Hälfte war weiß und leer. Es war Lennards unvollendetes Bild.

*

Langsam schlenderte ich die Straße hinunter. War es mein letztes Mal? Ich hatte kein Ziel.

So folgte ich willenlos dem Weg, den wir einst als Ministranten entlanggegangen waren. Endlich langte ich an der Kirche an.

Seltsam, dieser Backsteinbau lud tatsächlich zum Hinaufklettern ein und mir kamen Erinnerungen aus der Kindheit in den Sinn, als Lennard und ich im Winter lachend und johlend mutig auf das Dach des kleinen Seitenschiffes gestiegen waren, um dann hilfeschreiend in den tiefen Schnee zu springen. Diese Erinnerung trieb mir ein Lächeln ins Gesicht. Auch erinnerte ich mich daran, wie wir vor gar nicht langer Zeit diese Geschichten schön ausgeschmückt zum Besten gegeben hatten, als wir mit Yo hier entlanggelaufen waren und uns gekrümmt hatten vor Lachen.

Als ich an der Kirchenmauer angekommen war, blieb ich stehen und blickte an dem Backsteingebäude hoch.

Ich erkenne die Steine wieder, die einem helfen, empor zu kommen. Ohne weiteres erklimme ich wie früher recht schnell die paar Meter bis zum Seitendach. Angespornt von dieser Unbeschwertheit treibt es mich weiter hinauf, bis dahin, wo man alle Sinne beisammen haben muss, um die Turmspitze zu erklimmen.

Im kühlen Abendwind richte ich mich auf. Ich stehe oben auf dem Kirchturm, wo mir das alte Kreuz Halt gibt, und sehe den im frühen Abendrot tiefer fliegenden Schwalben nach.